Georg Hartwig, u. a.

Bibliothek der Unterhaltung und des Wissens

Jahrgang 1886

Georg Hartwig, u. a.

Bibliothek der Unterhaltung und des Wissens
Jahrgang 1886

ISBN/EAN: 9783741130656

Hergestellt in Europa, USA, Kanada, Australien, Japan

Cover: Foto ©Andreas Hilbeck / pixelio.de

Manufactured and distributed by brebook publishing software
(www.brebook.com)

Georg Hartwig, u. a.

Bibliothek der Unterhaltung und des Wissens

Bibliothek

der

Unterhaltung

und des

Wissens.

Mit Original-Beiträgen

der

hervorragendsten Schriftsteller und Gelehrten.

Jahrgang 1886.

Dritter Band.

Stuttgart.

Verlag von Hermann Schönlein.

Inhalts-Verzeichniß des dritten Bandes.

Der Talisman des Weibes.

Roman

von

Georg Hartwig.

(Fortsetzung.)

13. (Nachdruck verboten.)

„Na ja," sagte der Justizrath dreimal hintereinander, während er sich energisch den Schnurrbart strich. Beim letzten Mal brach seine gute Laune wieder siegreich durch, er schenkte sein Kelchglas mit perlendem Schaum bis zum Rande voll, verneigte sich gegen Frau Mechelmann und sprach: „Auf die Emanzipation des Weibes!"

Sie lachte laut auf und zeigte dabei eine tadellose Reihe kleiner, spitzer Zähne, die unwillkürlich an das Gebiß eines grauen Nagethiers erinnerten. „Warten Sie etwas, so thue ich Ihnen Bescheid! Ich bin keins von den gezierten Wesen, die da meinen, Essen und Trinken sei unästhetisch für ein Frauenzimmer, wenn Männer zuschauen, im Gegentheil, ich werde dafür Propaganda machen, daß die Restaurationen mit ihren feinen Kochkünsten fortan auch uns zur Verfügung stehen. Wo liegt der Unterschieb, ob ein Chlinderhut am Riegel hängt oder eine Spitzenkapotte?"

„Nirgends," schaltete Fowder ein, „als in der Voreingenommenheit der Männer!"

„Und in den Anstandsregeln!" warf der Graf unsäglich widerlich berührt ein. Wäre er nicht Dreysing's Gast gewesen, so würde er jetzt seinen Stuhl zurückgestoßen haben und davon gegangen sein. Nur die Rücksicht auf seinen liebenswürdigen Wirth bewog ihn zu bleiben.

Doktor Fowder runzelte die Stirn. „Mein Herr —"

„Graf Freiberg!" unterbrach dieser ihn mit abweisender Kälte, welche Dreysing insgeheim entzückte.

Frau Mechelmann hatte aufgehorcht, jetzt legte sie ihre Gabel nieder und rief malitiös, den jungen Mann beobachtend. „Ein Graf? Ein wirklicher Graf? Ah, es ist das erste Mal in meinem Leben, daß ich mit einem solchen zusammenspeise! Die Bekanntschaft des ungarischen Grafen im vergangenen Winter hatte mich schon mißtrauisch genug gemacht, in jedem Grafen einen durchgegangenen Kellner zu wittern!"

„Ihr Herr Gemahl befindet sich hoffentlich nicht gar zu schlecht?" fiel Dreysing ein.

„Krank? Er? Nein! Aber mein ältester Knabe hat die Bräune gehabt und bedarf noch der Pflege. Nun, das geht Ihnen wohl wieder über allen Spaß?" lachte sie, sich weit in den Sessel zurücklehnend. „Natürlich, dazu sind wir Frauen ja in der Welt, alle Unannehmlichkeiten auf unsere Schultern zu laden! Also, mein verehrter Herr Graf, worin liegt der Grund, daß ich heute Abend in der dumpfen Stubenluft vegetiren soll, während der Vater des betreffenden Kindes bei Billner Champagner trinkt? Kann's nicht mit demselben Rechte umgekehrt sein!"

„Kein Mann von Gerechtigkeitsgefühl wird dies leugnen können," bemerkte Doktor Fowder gebieterisch. „Das Behagen der Frau, welche einzwängende Fesseln heroisch bricht, ihre Freude an der nie gekosteten Freiheit sind ein sprechender Beweis für ihr Recht darauf. Man folge, wie überall, so auch hier getrost der Stimme der Natur!"

„Weiter als bis zu den Urzuständen menschlicher Gesellschaft werden Sie uns ja wohl nicht zurückzuführen gedenken!" warf Freiberg ironisch ein. „Womit ich nicht etwa die gesitteten Indianer gemeint haben will, welche noch etwas auf Anstand zu halten pflegen, sondern die Papuas, die Australneger."

„Ich kann Ihnen einzelne meiner Gedanken über die Emanzipation der Frauen ja schon heute verrathen," rief Fowder mit einer gewissen mitleidigen Nachlässigkeit. „Wer nicht gerade verhärtet sein will, wird wenigstens zum Nachdenken angespornt werden. Stoßen wir an, Frau Mechelmann — auf gläubige Herzen!"

„Und unzerdrückte Halskrausen," murmelte Dreysing bei sich, denn sein verwöhntes Auge hatte längst bemerkt, daß die Rüschen der hübschen Emanzipirten etwas zerknittert waren und ihre krausen Haare in genialer Verwirrtheit die Stirn fast bis zu den Augenbrauen beschatteten. Dabei bewegte sie ihre runden Hände äußerst lebhaft nach allen Richtungen, so daß dem Grafen eine aufgetrennte

Naht am Aermel ihres sonst eleganten Tuchkleides unaufhörlich vor den Augen blieb.

Laut sagte der Justizrath, sein Glas dem der jungen Frau ebenfalls nähernd: „Mit mir altem Hagestolz müssen Sie doch ausnehmend zufrieden sein, da ich die langweilige Ehe standhaft geflohen habe.“

„Ich sagte bereits,“ nahm Fowder wieder das Wort, während er häufig Gelegenheit nahm, sein Bild in dem gegenüberhängenden Spiegel zu betrachten, „bevor wir nicht mit Hilfe der zumeist Betheiligten die alten Institute der Frauenpflichten und Mädchenerziehung fortgeräumt haben, ist an keine Aenderung des Ehekontraktes zu denken. Gleiche Schulbänke, gleiche Lehrer, gleiche Leibesübungen, gleiche Staatsanstellungen, das Uebrige entwickelt sich dann folgerichtig!“

„So folgerichtig,“ sagte Dreysing, welchen der heimliche Verdruß Luise Mechelmann’s, Freiberg nicht in ihre Fesseln spannen zu können, außerordentlich belustigte, „so folgerichtig, daß eines schönen Tages der Primaner, ach, was sage ich, der Unter-Sekundaner Gabriele oder Marianne mit dem Geschichtslehrer ein Rendez-vous verabreden wird. Der Referendar Friederike wird weniger Interesse für sein Protokoll haben, als für die Werbungen des verliebten Vorsitzenden, und umgekehrt, der Herr Postdirektor wird mehr Augen und Ohren für seinen hübschen, blonden Sekretär haben, als für seine postalischen Obliegenheiten. Gegen dieses Hinüber- und Herübernetzen gibt es keinen Appell! Das ist die wahre Stimme der Natur, Herr Doktor Fowder! Was haben Sie hierauf noch zu erwiedern?“

„Still!" rief hier die Schülerin ihrem Lehrer herrisch
zu, als dieser sich zu einer hasligen Erwiederung anschickte.
„Lassen Sie mich diesen vorsintsluthlichen Mann wider-
legen! Zuvor soll er sich aber noch definitiv als Bekenner
eines überwundenen Standpunktes erklären. Wozu ist also
nach Ihrer Meinung," sie stürzte ihr Glas entrüstet auf
einen Zug hinab, „die Frau in der Welt?"

„Dazu, die entgegengesetzten Eigenschaften des Mannes
durch die ihren zu ergänzen zu fruchttragender vollkommener
Einheit!"

„Pah! Also in erster Linie sein Lastthier zu sein und
zu bleiben!"

„Sie bringt den Erdenbeherrscher zur Welt, heischt die
Natur —"

„Mit dem Verluste ihrer Gesundheit!" warf die junge
Frau bitter und schwer gereizt ein.

„Sie gibt ihm Nahrung," fuhr Dreyssing gelassen fort.

„Mit dem Verlust ihrer Schönheit, jawohl!"

„Sie pflegt seine hilflose Jugend —"

„Unter Aufgebung aller ihr zustehenden Lebensfreuden!"

„Aha!" lachte der Justizrath fein. „So weit hätte ich
Sie also glücklich gebracht! Nun, meine zürnende Gegnerin,
diese sämmtlichen drei Fakta lassen sich, so lange Frauen
Frauen sind, nicht aus der Welt schaffen. Wenn Sie
also darauf bestehen, Ihren Lebensberuf mit unbeschränkter
Wahl zu erfüllen, frei und mannigfaltig, so schneiden
Sie sich schmerzlich in Ihr eigenstes Fleisch, denn die Zeit
der äußeren Reize beim Weibe ist kurz, die der Reiz-
losigkeit jedenfalls bedeutend länger, und so lange Männer

Männer sind, das heißt also für ewige Zeiten, werden dieselben bei solchen Anschauungen Ihrerseits auch nur nach dem äußeren Schein wählen. Wehe also Ihrem einsamen Alter! Thäten Sie auf diese Prognose hin, abgesehen von einigen vielleicht sittlich beschränkten Anschauungen, nicht besser, etliche Jahre der Freiheit einem sorgenlosen und angesehenen Lebensabend zu opfern? Die Männer, welche Ihnen die Aufhebung der Ehe predigen, werden wahrlich die Letzten sein, welche sich unnöthiger Weise eine verblühte und kränkelnde Gefährtin nehmen wollen. Hier haben Sie abermals die gepriesene Stimme der Natur!"

„Wenn jedem Weibe nach ihren Bedürfnissen eine entsprechende Rente vom Staat zugesichert würde, so käme Angst vor der Zukunft gar nicht in Betracht. Das wäre ein Haupterforderniß und liegt als solches meinem nächsten Vortrag zu Grunde," sagte Doktor Fowder pathetisch. „Wenn wir Männer für geleistete Dienste eine Staatspension erheben, warum die Frauen nicht auch?"

„Dieser letzte Gedanke kann jedenfalls Anspruch auf Originalität machen," lachte Dreyfing. „Wie bei uns die Zahl der Dienstjahre, fiele dort die Kinderzahl in's Gewicht. Sagen wir pro Kopf rund dreihundert Mark jährlich, so ließe sich bei gesunden Anlagen und gutem Willen eine ganz bequeme Existenz führen. Aber wohin nun mit den lieben Kleinen, wenn ich fragen darf? Wer sorgt für die Kinder?"

„Herr Justizrath," rief der Graf empört, „ist das eine Sache, die man in dieser Weise entheiligen darf?" Er dachte an die sanften Liebkosungen seiner heimgegangenen Mutter und den zärtlichen Stolz seines ritterlichen Vaters.

„Warum denn nicht, so lange ein Mitglied des schönen Geschlechtes Interesse daran findet? Ruhig, lieber Graf!"

Frau Mechelmann hatte sich eine Cigarrette angezündet, die Fowder ihr dargereicht, und ringelte kleine Rauchwolken in die Luft. „Sagen Sie den Herren doch Bescheid, Herr Doktor, sonst könnten sie wähnen, uns in die Enge getrieben zu haben!"

„Wer anders als der Staat!" erwiederte Fowder achselzuckend.

„Ja, der hat allerdings breite Schultern! Aber ich möchte daran erinnern, daß unsere staatliche Ordnung auf den Grundpfeilern der Ehe erbaut ist. Stoßen Sie diese um, so haben wir eine Türkenwirthschaft, und vom regelmäßigen Auszahlen der gewünschten Pension dürfte dann wohl kaum die Rede sein. Auch ist mir nicht bekannt, daß der türkische Staat sich durch Kleinkinderbewahranstalten berühmt gemacht hat."

„China, China ist Ihr Eldorado, mein Herr," sagte Freiberg, sein schönes Antlitz Fowder zum ersten Male zuwendend, „dort wird mit jungen Hunden und kleinen Kindern der nämliche kurze Prozeß gemacht: sie werden einfach ersäuft. Herr Justizrath, gestatten Sie mir, Ihnen für heute Abend Lebewohl zu sagen!"

„Warten Sie, ich komme mit!"

„In die Flucht geschlagen!" rief Frau Mechelmann, ihrem Nachbar lachend zunickend. „So müssen alle unsere Feinde enden!"

„Neue Vorstellungen machen auf die Mehrzahl der Menschen denselben Eindruck, wie ein zu steif gestärkter Halskragen und unbequeme neue Stiefeln," gab Fowber vertraulich flüsternd zurück.

Dreyfing und Freiberg erhoben sich. Letzterer schritt mit kaum merklichem Gruß an dem Paar vorüber, der Justizrath dagegen blieb nicht ohne Interesse vor der jungen, hübschen Frau stehen.

„Wenn wir uns nicht wiedersehen sollten, möchte ich Sie an das weise Wort erinnern: Herr, schütze mich vor meinen Freunden, vor meinen Feinden," er wies auf sich und den Grafen, „werde ich mich schon selber schützen! Ihrem Knaben übrigens gute Besserung!"

„So, jetzt soll's erst gemüthlich werden!" sagte Fowber, als beide Herren verschwunden waren, seinen Stuhl dicht an den seiner Jüngerin heranrückend. „Kellner, noch eine Flasche Sekt!" —

Unterdessen eilte der Graf verstimmt seiner Wohnung zu. Er hatte sich über die Aeußerung des Justizraths schwer geärgert, daß jede Narrheit, auch diese, nur seine Lachmuskeln reize.

„Wenn Dreyfing im Ernst behaupten kann, daran ein Vergnügen zu haben, so frage ich, mit welchem Rechte er mir heute mißtrauisch, ja feindselig entgegentrat? Als ob ich nicht mit allen Kräften gestrebt hätte, die Ehre der geliebten Frau vor ihren Feinden sicher zu stellen? O, Irmengard, daß ich Dich wiederfände, daß ich an Deiner Brust, in Deiner Liebe den Lohn so vieler schlummerlosen Nächte empfinge! Dieses fieberhafte Pochen meines Her-

zens will nicht an Deiner Treue verzweifeln, es stellt Dich
in diesem Augenblick mir wieder so nahe, so nahe wie
damals, als Du mit bewegter Stimme meinen Frühlingstraum zum Ausdruck brachtest!" Er drückte die Hand
gegen seine Augen. „In jener Stunde gehörtest Du bereits mir an — wir wußten es Beide!" —

Das Licht in seinem Schlafzimmer erlosch. Aber noch
fand Freiberg keine Ruhe. Es lag wie ein Alp auf seiner
Brust, ein unbewußtes Vorgefühl von kommenden Dingen,
welche den Geist mit dumpfem Druck belasten. Jahre
lange Vorstellungen nahmen in der nächtlichen Finsterniß
immer hellere Farben an, bis ein Bild von so rührender,
überwältigender Schönheit geschaffen war, daß der wache
Träumer sich daran bis zur Seligkeit entzückte. Irma,
die Reine, von ihrem Stolze in Dürftigkeit Gejagte, zu
hochherzig, um Opfer zu heischen, tauchte in schlichtem
Gewande plötzlich neben ihm auf. Er sah ihre goldenen
lockigen Haare, die Röthe tiefer Scham auf den erglühen-
den Wangen, er sah ihre blauen Augen verklärt und
traurig zugleich auf sich gerichtet, kein Lächeln des Glückes,
des Uebermuthes umspielte mehr den schönen Mund, nur
fragend drängte sich ein banger Seufzer nach dem andern
über die zitternden Lippen. O der Wonne, sie dann
stürmisch zu umfangen, mit heißen Küssen die Zweifel
ihrer Brust zu tilgen, den Eid der Treue, der hochgesinnten
Liebe in ihre Hände niederzulegen, Stolz gegen Stolz,
Triumph gegen Triumph!

Der Graf athmete schwer wie im Fieber. Es brauste
ihm Heine's Sang fort und fort durch die entzückten Sinne:

„So tief, meertief also,
Verstecktest Du Dich vor mir
Aus kindischer Laune,
Und konntest nicht mehr herauf
Und saßest fremd unter fremden Leuten,
Derweilen ich, die Seele voll Gram,
Auf der ganzen Erde Dich suchte,
Und immer Dich suchte,
Du Immergeliebte,
Du Längstverlorene,
Du Endlichgefundene!" —

Der kommende Tag brachte Abhaltungen genug, um es Freiberg unmöglich zu machen, Dreyßing während der Vormittagsstunden aufzusuchen, und ein Diner im Kreise einer Familie der hohen Aristokratie nahm ihn bis zum anbrechenden Abend vollends in Anspruch.

Die Dame des Hauses, Gemahlin des italienischen Legationsrathes v. Passevini, fand an dem ernsten jungen Mann augenscheinlich großes Gefallen, wenigstens bezeigte sie ihm ihr Wohlwollen durch jene Bevorzugung, welche die Gesellschaft nach stillschweigendem Uebereinkommen dem Vornehmsten oder Liebenswürdigsten zugesteht: sie lud Freiberg bei Tafel an ihre Seite. Hier inmitten seiner Standesgenossen, deren selbstbewußte Zurückhaltung jedes Ueberschreiten gezogener Grenzen unmöglich machte, angeregt von dem leichtfließenden Geplauder seiner Nachbarin, welche diskret, aber unablässig bemüht war, die gesellschaftlichen Talente eines jeden Gastes in das beste Licht zu stellen, wirkten die am verflossenen Abend erhaltenen Eindrücke noch einmal und zehnfach verstärkt in Freiberg nach. Eine

Parallele zwischen Frau v Passevini und Luise Mechelmann erfüllte ihn mit zorniger Verachtung gegen sämmtliche Freiheitsstreberinnen, und ein Vergleich, welcher sich
ihm wider Willen zwischen der kindlichen Heiterkeit Irmengard's und dem sinnlichen Uebermuth dieser Gleichheits-
priesterin aufdrängte, ließ ihn den Stab brechen über alle .
Frauen, welche das Urtheil der Welt herauszufordern wagen.

„Nun, lieber Graf," sagte Frau v. Passevini lächelnd,
ihre dunklen Augen auf sein sprechendes Antlitz heftend,
„welches Problem beschäftigt Sie so lebhaft, daß Sie die
interessante Mittheilung unseres verehrten Präsidenten über-
hören konnten?"

„Ich bitte um Verzeihung, Frau Baronin, aber kein
Problem, zu dessen Auflösung man erst durch eine
Reihe von Schlüssen gelangen kann, fesselte meine Ge-
danken. Vielmehr war es ein moderner Schwindel, dessen
Widersinnigkeit auf der Hand liegt: Die Fraueneman-
zipation!"

„Ach, lassen wir dieses unerquickliche Thema bei Seite!"
rief die verwöhnte Südländerin, deren Geist sich mit tiefer
liegenden Fragen nicht gern beschäftigte. „Das ist Sache
der Gelehrten und des großen Haufens!"

„In einer Hinsicht haben Sie Recht, Frau Baronin,"
entgegnete der Chef des Oberlandesgerichts, Herr v. Exleben, schnell, „Damen Ihres Standes muß diese brennende
Frage ewig fern liegen. Man kann nicht beurtheilen,
was man nicht kennt. Wer immer satt war, lacht über
den Hunger Anderer, und wer einen warmen Pelz besitzt,
weiß nicht, was Kälte ist!"

Die Hausfrau drohte ihm scherzend über die Tafel hinweg. „Sie Undankbarer! Habe ich nicht diesen tiefsinnigen jungen Mann um Ihretwillen gescholten, weil er nicht weiß, welches musikalische Genie in Ihnen steckt, und weil er von der beglückenden Perspektive, welche Sie unseren etwas monotonen Abenden für die nächste Zeit eröffneten, keine Notiz nahm?"

„Sehr gnädig in der That, wenn es nicht von Seiten des Herrn Grafen Hochverrath gewesen wäre, neben einer solchen Nachbarin in Träumerei zu versinken!"

„Wovon war denn die Rede?" fragte Freiberg eifrig.

„Zur Strafe sollen Sie jetzt erst meine Neuigkeit in Empfang nehmen!" scherzte Frau v. Passevini, während sie mit gesuchter Langsamkeit eine Mandel verzehrte. „Nur Geduld!"

„Ich brenne vor Verlangen!" betheuerte der Graf lachend. „Gewiß und wahrhaftig!"

„Vielleicht dürfte ich inzwischen —" neckte Herr v. Erleben seine liebenswürdige Wirthin.

„Kein Wort! Bei meiner Ungnade! Diese sensationelle Nachricht soll den Grafen meinem Hause dankbarlichst verpflichten."

„Frau Baronin, Sie beschämen mich!"

Die Mandel war verzehrt. Frau v. Passevini schob den kleinen, bunten Teller zurück und begann ein ihr unentbehrliches Fächerspiel, welches ihre vollen Arme sowie die schöngeformten Hände zur besten Geltung kommen ließ.

„Wenn ich sagte, daß es meine Absicht sei, Sie unserem

Hause," hier wies sie mit zuvorkommender Kopfbewegung auf den Legationsrath v. Passevini, welcher zwischen Herrn v. Erleben und seinem ersten Sekretär Platz genommen hatte, „zu verpflichten, so drücke ich damit vielmehr die Hoffnung aus, daß Sie mir in der Erfüllung einer schweren Pflicht ritterlich zur Seite stehen wollen!"

Sie blickte fragend zuerst über die ganze Tafelrunde, bis ihre Augen auf Freiberg haften blieben.

„Bedarf es einer Versicherung, Frau Baronin?" erwiederte dieser galant.

„Sehr gut! O, ich sehe der Zukunft bedeutend erleichtert entgegen! Nun also: wir erwarten in den nächsten Tagen den Besuch einer Nichte meines Gemahls — "

„Vergiß nicht hinzuzufügen, meine theure Bella," schaltete Herr v. Passevini dazwischen ein, „daß Deine Nichte jung, schön und geistig ungewöhnlich begabt ist!"

„Ja doch, ja!" seufzte die Baronin. „Das Letztere beunruhigt mich ja ohne Ende! Dieses wunderbare Mädchen interessirt sich für die Genüsse der großen Welt gar nicht, Scherz und Spiel sind ihr verhaßt, und die leichtlebige männliche Jugend, ja, meine Herren, ich darf es nicht verschweigen, hat von ihr nur die abweisende Kälte der allerfrostigsten Göttin Minerva zu gewärtigen!"

„Meine theure Bella, Du siehst zu schwarz!" beruhigte der Legationsrath seine in der That zaghafte Gemahlin.

„Gäbe es der Himmel! Mir bangt schon im Voraus vor ihrer scharfen Kritik meiner kleinen harmlosen Freuden! Graf Freiberg, ich zähle zuversichtlich auf Ihren Beistand!"

„Als ob mir etwas Besseres bevorstünde als meinen
Altersgenossen! Ich fürchte, Frau Baronin, Ihre Neuigkeit war nur erdacht, um meine Selbstliebe auf das Glatt-
eis zu führen!"

„Nein, o nein! Sie sind für Ihre Jahre ein Muster-
bild von Tugend und Verstand! Die ganze Gesellschaft
singt Ihr Lob. Wenn Sie, selbst ein halber Tanzver-
ächter, bei solchen Vergnügungen es auf sich nehmen, meine
schöne, geistvolle Nichte zu unterhalten —"

„Es wird mir zur hohen Ehre gereichen, Frau Baronin,
Ihren Intentionen zu genügen," lächelte Freiberg, die
dargereichte Hand der Legationsräthin an seine Lippen
ziehend.

„Herzlichen Dank!"

„Er liegt in dem Erfolg meiner Mission! Darf ich
jetzt noch einmal um Ihre Neuigkeit bitten, Herr Präsident?"

Herr v. Exleben zuckte schmerzlich die Achsel. „Unsere
verehrte Wirthin hat sich grausam an meinem gutgemeinten
Beispiel gerächt, indem sie ihrer phänomenalen Anverwandten zuerst Erwähnung that. Welcher Reiz liegt nun
noch in dem Namen einer Künstlerin? Um mich also
schnell mit meinem Verdruß abzufinden: Garda Menari
trifft morgen Abend schon statt am künftigen Donnerstag
aus Petersburg hier ein und eröffnet übermorgen bereits
ihr dreimonatliches Gastspiel als Leonore im ‚Fidelio'!"

„Garda Menari?" wiederholte der Graf mit lebhaftem
Interesse. „Man las viel von ihr in den Zeitungen!"

„Sie sind doch ein Musikenthusiast?" fragte Frau

v. Passevini scherzhaft. „Sonst hätten Sie es auf ewig
mit Herrn v. Erleben verdorben. Ich sehe schon im Geist,
wie er der schönen Sängerin — sie soll in der That
hübsch sein — sein Haus zur Disposition stellt. Wahrlich,
wir freuen uns bereits jetzt Alle auf Ihre nächsten Soiréen,
Herr v. Erleben! Nur gut, daß keine Frau Präsidentin
diese gefährlichen Paroxysmen am Eheſtandsbarometer nach-
messen und dämpfen kann!"

Der Legationsrath hatte bereits seine Serviette neben
den Teller gelegt. Jetzt klappte auch seine Gemahlin ihren
Federfächer zusammen. Der Diener schob den Stuhl ge-
räuschlos zurück.

„Ich bitte die Herren, den Kaffee bei mir im Salon
einzunehmen!" sagte Frau v. Passevini, während sie freundlich nach allen Seiten nickend die Verbeugungen ihrer Gäste
in Empfang nahm. „Ihren Arm, lieber Graf!"

14.

Vierundzwanzig Stunden später war Garba Menari
in der Residenz angelangt, und abermals vierundzwanzig
Stunden später begann die Auffahrt einer fast unabseh-
baren Reihe von Equipagen und Droschken vor dem Ein-
gangsportal des Opernhauses. Dazwischen strömten von
allen Seiten bescheidene Fußgänger eilfertig und erwar-
tungsvoll hinzu. Glücklich, wer sein Billet unanfechtbar
in den Händen hielt, denn die Kasse, von einem dichten
Menschenknäuel umlagert, bot auch nicht die geringste
Aussicht mehr auf das entlegenste Stehplätzchen. Der
ganze hehre Musentempel, diese Hochburg der edelsten

Kunst, war trotz der hohen Preise lange vor Beginn der
Vorstellung ausverkauft.

Der Reiz der Neugier nicht minder als die Sehnsucht
nach den verheißenen Silbertönen einer schönen Frauen-
stimme hatten Balkon und Logen des ersten Ranges mit
dem distinguirtesten Publikum der Residenz gefüllt. Gleich
einer vielfarbigen Rosenguirlande umzog ein reicher
Damenflor im Halbkreis den glanzerfüllten Raum, und
wo ein Haupt sich zur Seite neigte, leuchteten Brillanten
auf und sandten ihre funkelnden Strahlenblitze in die
neidischen Augen so vieler sehnsüchtig darnach Verlangen-
der. Die Magie des Wahnes beginnt schon vor dem
Aufzug des Vorhanges in empfänglichen Herzen zu wirken, wenn sich Alles, Duft, Farbe, Licht, Flüstern und
geheimnißvolles Rauschen vereint, um sinnberückend mit
den ersten Tönen der Einleitungsmusik zu verschmelzen,
vor Allem, wenn diese Töne die Fibelio-Ouvertüre ein-
leiten.

Noch unter der ersten sanft verhallenden Fermate erschien der königliche Hof in seiner Loge. Frau v. Passevini erhob sich alsobald von ihrem Sitze, welchen sie
zwischen ihrem Gemahl und Herrn v. Exleben inne hatte,
um sich über die Toiletten der fürstlichen Damen genau
zu orientiren, als sie plötzlich lebhaft nickend nach dem
Proscenium hinüberschaute. Ihr scharfes Auge hatte
Botho Freiberg schnell erkannt. Einladend bewegte sie
ihren silbergestickten Fächer gegen den jungen Mann, als
halte sie eine Mittheilung der wichtigsten Art für denselben bereit.

Der Graf verbeugte sich zustimmend. „Ohne Zweifel,"
murmelte er lächelnd bei sich, „handelt es sich wieder um
die gefürchtete Anverwandte, deren ernstere Lebensanschau=
ung der leichtherzigen Weltbame so schwere Skrupel ver=
ursacht. Ich wünschte, Dreyfing übernähme dieses Ehren=
amt für mich! Sein naturwüchsiger Realismus würde
am schnellsten die schadhafte Wurzel dieser frühreifen
Philosophin bloßlegen. Ach, wie gleichgiltig, wüßten es
nur Alle," seufzte er, sich nach der Bühne wendend, über
welche der Vorhang jetzt emporflog, „erscheint mir das
ganze weibliche Geschlecht, seitdem ich Irmengard verlor!"

Der Graf, erfüllt von diesem Gedanken, lehnte sich
tief in seinen Sessel zurück, senkte die Augen zu Boden
und ließ sein empfindungsreiches Herz auf den Wogen
einer unsterblichen Musik willenlos treiben, als plötzlich
ein lauter und langanhaltender Applaus ihn widerwillig
seiner Träumerei entriß. Fidelio hatte die Bühne be=
treten.

Eine herrliche, jugendfrische Erscheinung in schlichter
Knabentracht, stand Garda Menari in der Mitte der
Scene.

Freiberg hatte nur flüchtig aufgeschaut. Er kannte
die Oper gut genug, um zu wissen, welche Nummer jetzt
folgen mußte, das Quartett: „Mir ist so wunderbar" —
Sein Augenglas blieb unberührt.

Seinen stillen Gedankengang wieder aufnehmend, riß
eine jähe Unruhe den Faden plötzlich mitten entzwei. Ein
seltsames Zucken und Beben in allen Fibern zwang seine
Aufmerksamkeit jenem Weibe zu, das mit einer Fülle

süßester Töne Aller Herzen begeisterte und rührte. Welch'
eine Stimme! Aber wunderbar, der Graf glaubte sich
sinnverwirrt, er kannte diese Stimme, ja, er hatte sie
schon gehört — kein Irrthum! Aber wo? Wann? Im
Traum? Weit beugte er sich über die Brüstung der Loge,
sein Auge hing starr und immer starrer an Garba
Menari's liebreizendem Munde. Diese Täuschung war
Höllenspuk! Er riß sein Glas mit leidenschaftlicher Gewalt an die Augen. Ein Moment noch, und Freiberg
sank zurück.

Garba Menari war — Irmengard, seine tief betrauerte,
heiß bemitleidete, sehnsüchtig gesuchte Irmengard!

Da flammte Zorn und vorwurfsvolle Bitterkeit wild
in ihm empor. Genarrt von Jahre langem Wahn, hinter-
gangen von liebgewonnenen Bildern, sah der Graf mit
einschneidendem Schmerz die Gestalt seiner Träume versinken. Irma, seine Irma eine Sängerin — eine Theater-
prinzessin! Er fühlte sich erkältet, abgestoßen bis in's
innerste Mark. Fast verwirrt hielt er Umschau in den
athemlosen Reihen, als könne er diese andachtsvolle Aufmerksamkeit nicht begreifen. Aber die Gewalt der sich
immer kühner, fesselloser aufschwingenden Töne zog ihn
unwiderstehlich in den Bann des zauberschönen Weibes
zurück. Ihr heißes Flehen zur Hoffnung riß die empfangene Wunde schmerzlich tiefer . . .

Der Graf zuckte zusammen. Irmengard hatte zu ihm
aufgeschaut. Nein, er wollte nicht mehr von ihr erkannt
sein, nie, nie mehr! Aber indem er es dachte, bog er
sich unwillkürlich jenem strahlenden Blick näher entgegen,

der wieder und immer wieder den seinen suchte. Welche Wandlung! Freiberg hörte allmählig auf, sich von seinen Empfindungen Rechenschaft zu geben. Die tyrannische Macht des Genie's, sein jugendlich wallendes Blut, ja selbst der eigene ursprüngliche Widerwille umgarnten ihn mit süßen Banden, ließen ihn fürchten, zittern und zuletzt beglückt sein in dem Gedanken, daß er dieses reizvolle, viel bewunderte Weib in kurzer Frist liebkosend am Herzen halten werde, einsam und ungestört. Nicht entfernt tauchte ihm ein Zweifel auf, ob das, was er für Irmengard momentan fühlte, wahre Liebe sei oder nur plötzlich aufflammende Leidenschaft.

Der Vorhang fiel — die Oper war zu Ende. Das Publikum, gesättigt von erhaltenen Eindrücken und Beifallsbezeugungen, erhob sich.

Freiberg schaute flüchtig zur Loge hinüber, wo Frau v. Passevini sich noch angelegentlich mit dem begeisterten Präsidenten v. Egleben unterhielt, während der Legationsrath vergebliche Anstrengungen machte, den buntgestickten Theatermantel seiner Gemahlin um deren Schultern zu legen. Ihrer stummen Aufforderung jetzt noch nachzukommen, fiel dem Grafen nicht ein. Er eilte vielmehr nach einer Seitenpforte des Theaters, woselbst der Wagen für Garda Menari bereit stand. Zwei Frauengestalten traten auf die Straße hinaus, Beide dicht verschleiert und umhüllt gegen die kalte Nachtluft. Er konnte Irmengard nicht unterscheiden, nur an der Stimme, mit welcher sie einen Befehl ertheilte, erkannte er die Längstgesuchte. Kaum war der Schlag zugeworfen, als Freiberg einen vorüberrollenden

Fiaker anhielt und hineinspringend dem Kutscher befahl, jenem ersten Fuhrwerk auf der Spur zu bleiben.

Fast gleichzeitig hielten beide Gefährte vor einem stattlichen Hause an, dessen Beletage durchweg hell erleuchtet war. Garba Menari sprang leicht wie ein Vogel zur Erde, und den Moment benutzend, wo die Zofe noch mit dem Garderobenkorbe beschäftigt war, eilte der Graf seiner Geliebten nach in den Flur und weiter, die Stufen hinauf, durch das offen gelassene Entrée in den mit Behaglichkeit ausgestatteten Salon.

Die junge Frau, noch erregt von den Erfolgen ihrer herrlichen Leistung, bestürmt und gemartert von überwältigenden Erinnerungen, welche Freiberg's unvermutheter Anblick in ihr wachgerufen, fühlte beim Eintritt in ihr stilles Reich eine unbeschreibliche Leere wie eine Todtenhand über ihr heißes Herz schleichen. O, jetzt allein bleiben zu müssen, wo sie den Freund mit vollster Inbrunst herbeisehnte!

Hastig schleuderte sie den Mantel bei Seite, die weißseidene Kapuze, daß ihr nur lose aufgestecktes Haar entfesselt über Schultern und Nacken floß, dabei warf sie einen Blick in den Pfeilerspiegel, und —

„Freiberg!" schrie sie auf. „Botho Freiberg!"

Der Graf war Mann, jung und leidenschaftlich. Er überhörte die sonst rege Stimme der Pflicht und der Vernunft in diesem himmlischen Freudenruf. Zu Irmengard stürzte er, und ihre beiden Hände an die Lippen pressend, sank er zu ihren Füßen nieder und drückte seine fiebernde Stirn in die kühlen Falten ihres Gewandes.

Mit feuchten Augen, sprachlos vor Bewegung, stand

sie, sich tief über ihn beugend, das schöne Antlitz verklärt
von dankbarem Entzücken. Er schaute auf. Sie lächelte,
während eine Thräne schwer an den dunklen Wimpern
hing, aber die Lippen zitterten dabei.

„Ich habe Sie nie vergessen," flüsterte Irmengard leise,
mit sanfter Gewalt ihn emporziehend, „nie!"

„Und ließest mich suchen nach Dir bis zum Lebens-
überdruß!" stieß er fast zornig hervor, indem er ihre Rechte
an sein pochendes Herz legte. „Aber Du dachtest nicht an
meine Hoffnungen, nur an Dein Glück, Du gingst in die
Welt, um frei zu werden, und mich zwangst Du in un-
zerreißbare Fesseln, Du fandest Freude auf Deinem Pfad,
und ich suchte Dich in Trauer. O Irmengard, Jahre
hindurch zitterte ich für Dich —!" Er brach plötzlich ab
und überschaute ihre herrliche Erscheinung mit leuchtenden
Blicken. „Kann ich's denn fassen, daß Du vor mir stehst?
Nein, ich träume! Wie ein Betäubungstrank lähmt Dein
Athem mein klares Bewußtsein!"

„So erwachen Sie!" rief Irmengard, und wie damals
schmolzen Scherz und Rührung in ihr zusammen. „Ich
trage an meinem eigenen Glück vollauf genug, das Ihre
kann ich nicht noch auf mich nehmen. Zwingen Sie durch
diesen einen Lebensbeweis Ihren Glauben an meine that-
sächliche Existenz zurück!" Sie legte ihren Arm in den
seinen und schritt neben ihm her zu einem kleinen Eckdivan,
über welchem eine breitblätterige Palme wie ein grünes
Schirmdach schwankte.

„Erzähle mir," bat er leise, „von jener unglücklichen
Stunde an!"

Sie schüttelte nach alter, siegesgewisser Weise das blonde
Haupt.

„Jetzt nicht, erst wollen wir uns völlig überzeugen,
daß wir Menschen sind und nicht abgeschiedene Geister.
Susanne soll den Thee auf diesem Tischchen serviren. Graf
Freiberg," sagte sie mit verändertem Ton und selbst-
bewußter Haltung, „so sollte es sein bei einem Wiedersehen, Sie mein Gast, ich nicht der Ihre!"

Gleich darauf fiel sie in liebenswürdige Plauderei zurück, fragte Tausenderlei über die heutige Vorstellung und
schalt Freiberg, daß er nicht eher auf den Einfall gekommen sei, aus dem Namen Irmengard den Künstler-
namen Garda Menari zu bilden.

Der unsagbare Reiz dieses Beisammenseins erhob den
jungen Mann auf den Gipfel der Begeisterung. An seiner
Seite ruhte die Geliebte. Ein süßer Duft von Hyazinthen
und Veilchen durchschwebte das stille Gemach und ver-
mischte sich mit dem aromatischen Hauch, welcher Irmengard's glänzenden Locken entstieg. Das monotone Summen
des Theekessels klang wie die Stimme eines Märchen-
erzählers, und wie Beifall nickend hoben und senkten sich
die Palmenwedel über dem Haupte des völlig Verzauber-
ten. Dazwischen sah er Irmengard's blaue Augen liebevoll auf sich ruhen, berührte ihre schlanke Hand, wenn
sie ihm lächelnd die gefüllte Tasse reichte, und fühlte
elektrische Ströme durch seine Glieder rinnen, als ihr Arm
unter seinem heißen Blick zu beben begann.

„Sehen Sie," sagte die junge Frau, während Susanne
die zahlreichen Bouquets, welche man der gefeierten Künst-

lerin auf und hinter der Scene überreicht halte, geschickt in Vasen ordnete, „sollte man nicht glauben, daß Kunst und Blumenpracht einerlei sei? Und doch würde Dreyßing sagen: sie haben nur das Eine gemein, schnell vergessen zu werden! O, auch ich besitze darin schon einige Erfahrung! Aber die Gluth des Enthusiasmus ist dennoch so mächtig in mir, daß sie mich über alle Intriguen, über alle Vorurtheile hinwegreißt. Ich bin stets, was ich darstelle. Dauerte die Vorstellung ein ganzes Leben, ich würde stets Fidelio sein und bleiben.“

„Das Urbild hingebender Liebe, Irmengard!“ warf er zärtlich ein.

Sie erröthete. „Soll ich daran glauben, daß es überhaupt ein solches gibt?“ fragte sie mit einem tiefen Sehnsuchtsseufzer. „Habe ich es in Ihnen gefunden? Ist das, was seit jener nächtlichen Abschiedsstunde mir wie ein Hoffnungsstern vorgeschwebt hat, Ihre Liebe, nicht erloschen im Wechsel der Zeiten? Ich kann Ihnen nicht verhehlen,“ rief sie, in übermüthiger Freude emporspringend, „daß mein Stolz stärker war als dieses unruhig schlagende kleine Ding hier, welches statt vorwärts zu eilen, immer wieder rückwärts drängte. Graf Freiberg und eine Bettlerin, die seinem Edelmuth ewig Dank schuldet! Und Graf Freiberg im Wettlauf mit anderen seines Gleichen, ein dankerfüllter Sieger! Was meinen Sie, Botho, war diese Metamorphose nicht eines Versuches werth?“

Er hatte nur Augen für ihr süßes Lächeln, nur Ohren für den Silberklang ihrer Stimme, der tiefe Sinn dieser letzten Frage entging ihm.

„Du gehörst mir unverbrüchlich an," erwiederte er, sie wieder zu sich niederziehend. „Der Wettlauf ist zu Ende. Zwei lange Jahre, Du herrliches, geliebtes Weib, hast Du mich durch Stadt und Land gejagt, jetzt gönne mir die Ruhe der Seeligen an Deiner Seite!"

„Genug, genug!" rief sie, halb verlegen ihre Hände befreiend. „Sie sollen Ihren Willen haben, denn jetzt werde ich erzählen und Sie schweigend zuhören. Es gilt dem Märchen von dem häßlichen kleinen Entlein, welches sich zuletzt doch als Schwan entpuppte. Erinnern Sie sich unseres damaligen Zwiegespräches? Gut! Bleiben Sie auf dieser Stelle sitzen, ich rolle mir einen Sessel heran. So! Gerade gegenüber, denn sehen Sie, wenn ich mit Jemand spreche, so muß ich auch in sein Gesicht sehen können! Man sagt zwar, selbst das Antlitz könne eine einzige große Lüge sein, aber dies glaube ich nicht. Wenn es so scheint, kommt es nur daher, weil wir es falsch entziffern."

„Willst Du Wahrheit sehen, so blicke mir in's Auge, Du findest nichts darin als Dein Bild," unterbrach er sie zärtlich. „Das ist die Wahrheit meiner Liebe!"

Sie warf ihm muthwillig eine Rose zu, in deren Kelch sie zuvor ihre Lippen gedrückt.

„Ich sehe schon, wenn ich ungestört sprechen will, muß ich Ihnen ein Spielzeug geben. Ein tollkühner Jüngling hat einmal einen Hymnus auf meine Lippen gemacht, wofür er von mir in einem Gegenhymnus auf seinen Flaumbart gegeißelt ward, daran muß ich stets denken, so oft ich eine Centifolie sehe. Doch nun zur Sache!" Sie ward plötzlich ernst, blickte vor sich nieder und begann

leise zu sprechen, als gälte es eine wunde Stelle möglichst
sanft zu berühren. „Ich entfloh einem widerrechtlichen
Zwang in früher Wintermorgenstunde. Es war mir wie
im Traum zu Muthe. Hatte mich mein eigener Wunsch
oder der Zufall nach der Residenz geführt, ich weiß es
heute, jetzt in dieser Stunde noch nicht! Das lähmende
Gefühl überstandener schwerer Krankheit war jedenfalls
verschwunden, und freiheitsberauscht näherte ich mich der
Stätte meiner glücklichen Kindheit. Weshalb sollte ich
nicht hoffen und der Kraft vertrauen, welche so lebendig
mir im Busen Trost einsprach? In den nächsten Stunden," fuhr Irmengard spöttisch fort, „hatte ich nun reich-
liche Gelegenheit, Charakterstudien zu machen. O Himmel,
wie die ehemaligen Freunde meines Oheims ihre Zeit,
ihre Mühe, ihre Börsen vor der Hilfesuchenden verwahrten!
Aber gerade daran stählte sich mein Muth, wenn auch
heiße Thränen über diese erste bittere Lehre flossen. Ja,
mein Optimismus ist leider so hartnäckig, daß ich selbst
heute noch von allen Menschen am liebsten das Beste
glaube. Von Ihnen auch!" nickte sie Freiberg schelmisch zu.

„Irmengard, gib den fremden Ton gegen mich auf!"

„Still doch! Ich habe noch so unendlich viel zu erzählen, daß ich fürchte, wir tauschen die Rollen des Wilhelm und der Marianne in Wilhelm Meister's Lehrjahren
einmal um: ich plaudere, und Sie kämpfen mit dem
Schlafe."

Gleich darauf bereute die junge, unbedachte Frau das
gefährliche Gleichniß, denn sie sah den Grafen auf's Neue

ihr zu Füßen stürzen, indem er ihre Schulter heftig küßte.

Was Irmengard auch fühlen mochte, sie richtete sich stolz empor.

„Das ist gegen die Abrede, Graf! Ich glaubte mich in der Obhut meines künftigen Gemahls wohl geborgen. Noch eine solche Vergeßlichkeit, und der Schluß meiner Lebensgeschichte dürfte Ihnen verborgen bleiben!"

„Ich war wahnsinnig," flüsterte er, sich verwirrt erhebend. „Warum beschworst Du dieses Bild herauf?"

Sie sah ihn mit glänzenden Augen stumm, aber vorwurfsvoll an, dann fuhr sie in ihrer Erzählung fort.

„Ich beschloß mein Malertalent auszubilden, und zwar in Dresden. Denken Sie, welch' großartige Idee, mit ebenso viel Goldstücken in der Tasche als Jahren auf dem Haupt — just zwanzig — allein und unbeschützt, Raphael's Nachfolger werden zu wollen! Natürlich schrumpften meine Riesenerwartungen vor dem gestrengen Blick des Meisters zusammen. Dutzendwaare im besten Fall! Von königlicher Freistelle keine Rede! Es gab freilich noch eine Möglichkeit, das Wohlwollen eines zweiten unverheiratheten Direktionsmitgliedes zu erlangen, aber," sie preßte die Zähne zusammen und schlug die Wimpern nieder, „ich habe den Versuch dazu nur einmal gemacht, der Preis war mir zu hoch. An jenem Abend," fuhr Irmengard mit unsicherer Stimme fort, „stieg der Haß gegen den Vergifter meiner Seelenruhe, gegen Hans Meischick, glühender denn je in mir empor. O, daß er Recht haben mußte, daß die thörichten, abscheulichen Menschen ihm die Macht in die

Hände legten, meine stolze Zuversicht zu verhöhnen! Ich litt unter meinem persönlichen Mißgeschick minder, als unter diesem mich unsäglich marternden Bewußtsein!"

„Ein Wink, und ich wäre bei Dir gewesen!" unterbrach er sie erregt.

„Um mich vollends zu bemüthigen!" rief Irmengard, das schöne Haupt abweisend zurückwerfend. „Nein, dieses Letzte ersparte mir ein gütiges Geschick. Was nun folgt, klingt fast romanhaft. Lady Milford, seligen Angedenkens, wandelte auch einst verzweifelnd an den Ufern der Elbe und überlegte, was tiefer sei, ihr Kummer oder die glitzernden Wasser drunten, und sehen Sie, dasselbe that auch ich!"

„Irmengard," rief der Graf erbleichend, „sage, daß die Erinnerung an mich und meinen ewig unheilbaren Schmerz Dich von diesem grausamen Vorhaben zurückhielt!"

„Soll ich lügen? Nein," rief sie aufathmend, „nicht Liebe zwang mich in das Joch des Lebens zurück, sondern der Gedanke," sie hielt flüchtig inne, dann schleuderte sie die schwere Lockenfülle heftig in den Nacken und drückte ihre Hände gegen die Brust, „der Gedanke an Hans Meischik's Triumph, welchen er neben meiner Leiche gefeiert haben würde! Dazu reichte meine Ueberlegung noch aus in der bittersten Verzweiflung, daß ich lieber Hunger und Elend ertragen könne, als sein Mitleid. Schon die Vorstellung seines unbarmherzigen, hochmüthigen Lächelns, wenn er sich über meine armselige Gestalt neigte, jagte mir belebenden Trotz durch das träge rinnende Blut. Ich wollte siegen über seine Vorurtheile und meinethalben dann siegend untergehen!"

Dieses Geständniß entfachte Freiberg's Eifersucht.

„An ihn zu denken nur," rief er empört, „der Dich, die Blume seines unfruchtbaren Daseins, mit der Wurzel aus dem steinernen Boden seines Herzens riß, ist Hochverrath an meiner Liebe! Den Mann, welchen ich hasse mit dem Recht Jahre langer Ueberzeugung, sollst Du nie wieder in meiner Gegenwart nennen, nie! Versprich es mir, schwöre es! Er ist todt für mich und für Dich!"

Irmengard kräuselte spöttisch die Lippen. „Bedarf es solcher Versicherung? Doch Sie können freilich nicht wissen, was ich dem Hasse gegen diesen Zuchtmeister verdanke: Alles, meinen Ruhm, meine Ehre, meine Gesundheit, mein reines, unbeflecktes Gewissen! Und ich sollte diese allmächtige Triebkraft erlahmen lassen, die mich vom Bodensatz des Lebens bis auf seinen Gipfel trug, die mich über Fürstinnen erhebt, weil sie mir ein Diadem um die Stirne flechtet, das kein Juwelier der Welt je zu schmieden vermag? O, sie soll nie in mir ersticken, als in Ihren Armen, mein Freund, da darf ich den Zwang ablegen, denn ich habe nichts mehr von mir selbst zu fürchten!"

Sie reichte ihm über den Tisch die Hand, welche er mit stürmischer Zärtlichkeit an seine Lippen drückte.

Als er dieselbe freigab, lachte Irmengard hell auf. „Bei so viel eingeschobenen Paragraphen dürfte meine Erzählung bis zum Morgen währen. Die arme Susanne schläft schon ganz fest in der Nebenstube. Horch, es schlägt Mitternacht! Drum also zum Schluß. Geben Sie mir das rothe Tuch herüber, mich fröstelt," fügte sie, leicht erschauernd, hinzu.

Als er neben ihr stand, umfaßte sie liebevoll seine Rechte. „Mein theurer Freund, wie glücklich bin ich heute!" Ahnte sie den Wonneschauer, welcher das hochgespannte Nervensystem des jungen Mannes durchzuckte, als er wieder an ihrer Seite stand? Nein, Irmengard's Seele hatte bei mannigfacher Erfahrung keusche Reinheit sich bewahrt, jene elastische Reinheit, welche jeden Eindruck ausgleicht, ohne eine Spur zu hinterlassen. Deshalb blickte sie auch jetzt freudig zu ihm auf.

„Darf ich den Schluß nicht zu Deinen Füßen vernehmen?" bat er mit heißem Flüstern.

„O, Sie Thor, wenn Ihnen dieses Kissen bequemer dünkt als jener Divan, mir kann's recht sein!"

Sie lehnte sich abermals in den Sessel zurück, während er ihre beiden Hände fest umspannt hielt.

„Heimgekehrt in mein kleines Zimmer, glaubte ich, das Herz müsse mir brechen vor Angst und Jammer in dieser entsetzlichen, engbegrenzten Einöde, die mir gegen meine ehemaligen glänzenden Räume wie ein kahles, düsteres Gefängniß erschien. Der Mond leuchtete schon in vollem Glanze, ganz so wie an jenem Abend, als Sie mir Ihre hübsche italienische Romanze erzählten, durch die Scheiben, da entdeckte ich plötzlich in der Ecke ein altes wurmstichiges Instrument, dem man in diesem Zimmer augenscheinlich das Gnadenbrod gönnte. Es sehen und wie erlöst darauf zustürzen, war der Impuls eines Momentes.

Die Saiten klangen entsetzlich dünn, aber es war nicht
verstimmt genug, um unbrauchbar zu heißen. Zuerst, das
können Sie denken, hämmerte ich verzweifelt auf der
Klaviatur umher; was ich nur Rollendes und Tobendes
wußte, mußten die armen vergilbten Tasten wiedergeben,
die zuweilen ebenso jammervoll aufschrien wie meine Seele.
Allmählig ermattet aber auch der wüthendste Orkan, und
ich begann zu singen. Unseren schönen Frühlingstraum!
Ihr Blick sagt mir, daß jener Abend auch Ihnen im
Herzen lebendig geblieben ist. Nun gut, ich sang. Und
als dieses Lied zu Ende war, begann ich ein anderes und
wieder eines, die Stimme schwoll mir in der Brust an
wie ein Schatz, der gehoben werden will. Und siehe, da
klopfte die Wünschelruthe schon an meine Thüre. Ich
sprang auf, als das Schloß sich leise öffnete. Wer trat
ein? Ein kleines, dürres, altes Männlein, ganz wie im
Märchen der Zauberer oder der verwunschene Prinz herein
zu treten pflegt. Und er ward mir Beides. Die Welt
nannte ihn einen Sonderling und Musiknarren, ich hieß
ihn einen rettenden Gott!"

„Die Zauberin lockte den Zauberer," lächelte Freiberg, die Erzählung über der Erzählerin immer mehr ver-
gessend.

„Auf seinen Rath, dem er großherzig die nöthigen
Mittel beifügte, verließ ich bald darauf Dresden, um
unter seinem Schutz nach Mailand überzusiedeln, wo ein
Freund von ihm meine gesangliche Ausbildung übernahm.
Alexis Weiler, so hieß der edle Menschenfreund, hat
späterhin auch meine gerichtliche Scheidung von Hans

Meischick veranlaßt und den Rechtsgelehrten zu unver-
brüchlichem Schweigen über meine Person und meinen
Aufenthaltsort verpflichtet. Das Letztere ward bald über-
flüssig. Irmengard Meischick hatte ausgelitten, Garda
Menari trat an ihre Stelle. Von Mailand gingen wir
nach Paris, die letzte Feile an meine spielend erlernte
Kunst zu legen. Hier traf mich der herbe Verlust des
väterlichen Freundes. Nach seinem Tode stellte es sich
heraus, daß er den Rest seines Vermögens zu meinen
Gunsten verausgabt hatte. Nach den Lehrjahren trat die
Wanderlust in ihr Recht. Von Paris eilte ich nach Wien,
von Wien nach Petersburg. Von Petersburg endlich trieb
mich mein Stolz hieher. Wie eine Verfehmte hatte ich
flüchten müssen, wie eine Königin wollte ich wieder ein-
ziehen, und es ist mir über alle Erwartung gelungen!"

„Und von jetzt an wirst Du mir allein angehören,"
rief Freiberg glückberauscht, „die lauten Triumphe werden
in stillen Liebesseufzern verhallen und Deine glänzenden
Erfolge in meinen Armen ein seliges Ende finden. Was
Tausende entzückte, Deine Schönheit, Dein Liebreiz, das
schließe ich fortan in meines Herzens engsten Schrein.
Frieden und Liebe wohnen nicht auf den Brettern, zur
Schau gestellt entschwinden sie nur zu flüchtig. Laß uns
die Grenzen der Empfindung in süßer Einsamkeit ermessen,
laß uns zeugenlos begreifen, was Dein Lächeln mir un-
begreiflich wonnig malt: ein schrankenloses Glück!"

Sie erhob sich lebhaft, obwohl sein Arm sie nicht
mehr frei gab, dabei zitterte etwas wie Wehmuth oder
Rührung durch ihre reizenden Züge.

„Selbst wenn ich dieses Opfer bringen wollte, so plötzlich könnte es nie geschehen. Für ein ganzes Jahr binden mich Kontrakte, und wollte ich sie lösen, ich bin nicht reich genug, die großen Summen zu zahlen.“

„Aber ich! Davon kein Wort! O Irmengard, wie magst Du davon sprechen!“ fiel er ihr fast zornig in die Rede.

Sie lehnte ihr Haupt an seine Schulter. Da war's um Freiberg's Ueberlegung abermals geschehen. Die schlanke Gestalt des jungen Weibes zum ersten Mal am Herzen haltend, vergaß er momentan, was als unumstößlicher Grundsatz, als halb eingestandener Widerwille gegen Irmengard's Beruf auf's Neue in ihm lebendig geworden war. Sie fest und fester an sich schließend ließ er die Sehnsucht langer Jahre in einem glühenden Kuß auf Irmengard's Stirne ausströmen.

Sie entwand sich ihm feuchten Auges. „Genug, Botho, genug! Ich fühle mich ermattet — mir ward an Deiner Brust fast bange. Morgen, morgen sehen wir uns wieder und alle Tage, mein theurer, treuer Freund!“

„Zu welcher Stunde finde ich Dich, Geliebte?“

„So oft ich zu Hause bin, so oft findest Du mich an dieser nämlichen Stelle. Wie viel habe ich Dich noch zu fragen, unbeschreiblich viel! Für heute gute Nacht, Botho! Gute Nacht!“

Sie drängte ihn anmuthig scherzend nach der Thüre.

„So träume wenigstens von mir, wie auch meine Gedanken nicht von Dir weichen werden,“ flüsterte er mit einem letzten zitternden Druck ihrer weißen Hand, und lautlos fiel der Vorhang hinter ihm zusammen.

15.

Kein Stern leuchtete am Firmament, als der Graf in die kalte Nachtluft hinausstürmte, dafür glühte und funkelte der Stern jenes blumendurchdufteten, schimmernden Gemaches in Meteorenschöne an dem wolkenlosen Himmel seiner Liebe und verblendete seine Seele gegen die alte Erfahrung, daß Meteore im Aufflammen erlöschen. Zuweilen blieb er stehen, er. mußte in seinem Laufe inne halten, um Athem zu schöpfen. Trotz der herrschenden empfindlichen Kälte brannte seine Stirn, und mit Befriedigung fühlte er, wie der eisige Zug allmählig die quälende Hitze seines Inneren linderte. Sein Weg führte ihn an Billner's Restaurant vorüber, welches noch taghell erleuchtet war. Obwohl Freiberg augenblicklich die Gegenwart Fremder verabscheute, ließ ihn nichtsbestoweniger ein tiefes Verlangen nach einem kühlenden Trunk rasch entschlossen eintreten.

Er öffnete die Thür zu dem nächstgelegenen kleinen Kabinet und wollte sie eben verdrießlich beim Anblick eines einzelnen Herrn wieder schließen, als derselbe seine Zeitung hinlegte und ohne jegliche Ueberraschung sagte: „Wenn es Ihnen möglich ist, lieber Graf, so lassen Sie nicht mehr Zugluft herein, als unumgänglich nothwendig ist. Dafür biete ich Ihnen diese vorzügliche Regalia an. Gegessen werden Sie jedenfalls schon haben?"

„Herr Justizrath —" drängte es sich über Freiberg's Lippen.

„Sie wollen noch soupiren? Hier ist die Karte! Austern

würde ich Ihnen heute Abend nicht empfehlen — vielleicht lag's auch an meinem Geschmack!"

„Herr Justizrath, Dreyfing, mein Freund — sie ist hier, ich komme von ihr!" rief der Graf abgerissen, indem er Dreyfing's Arm schüttelte.

„Wer? Was? Sie meinen —?" fuhr der alte Herr auf, mit jugendlicher Elastizität vom Sessel springend.

„Garda Menari ist Irmengard Meischick! Bleiben Sie sitzen, ich rücke zu Ihnen heran — es soll Niemand etwas davon erfahren, als Sie!"

„Wie so?" fragte Dreyfing mißtrauisch, indem er sein Pince-nez hervorholte.

„Meine Brust ist übervoll! O Dreyfing, die Natur hat sich übertroffen in diesem Weibe. Sie liebt mich, sie wird die Meine! Ich habe das Versprechen Irmengard's empfangen!"

„Ah, das ist etwas Anderes! Wir Thoren, wir Blinden!" schalt der Justizrath, dem jungen Mann die Hände schüttelnd. „Wo suchten wir denn? Nun, Gott sei Dank, sie ist gefunden! Sagen Sie mir ihre Wohnung. Wie erging es denn dem trotzigen Kinde in der Fremde? Morgen früh bin ich bei diesem lieben Wildfang und schelte sie nach Herzenslust, uns so viel Kummer gemacht zu haben. Aber wo war sie, was haben Sie erfahren? Haben Sie denn vor Entzücken die Sprache verloren, lieber Graf? Das ist auch ein liebenswürdiges Vorrecht der Jugend, wo sie schweigen sollte, spricht sie, und wo sie sprechen sollte, schweigt sie!"

Freiberg begann flüchtig zu wiederholen, was Irmengarb ihm über ihre Vergangenheit mitgetheilt hatte, nur der Name Meischick blieb unerwähnt.

Dreyfing schaltete hie und da eine scherzhafte Frage dazwischen, behielt aber den Erzähler fest im Auge, als wollte er in dessen Zügen lesen.

„Und Sie sind gewiß, daß die kleine Zauberin ihre Konventionalstrafen durch Sie bezahlen lassen wird?" forschte er zur Ueberraschung des Grafen, welcher einen ganz anderen Einwurf erwartet hatte. „Durch Sie, ihren zukünftigen Gemahl?"

Die letzte Frage enthielt einen Pleonasmus, welcher den Angeredeten empfindlich berührte. Er stand hastig auf, ohne sein Glas geleert zu haben. „Sie sind in keiner angenehmen Laune, Herr Justizrath! Vielleicht sprechen wir morgen weiter darüber!"

„Herr v. Erleben läßt sich Ihnen empfehlen!" rief ihm Dreyfing nach.

„Danke!" erwiederte der Graf frostig. „Wie kommen Sie zu dieser Uebermittelung?"

„Der Präsident saß bis vor Kurzem neben mir und marterte ein mir jetzt sehr interessantes Thema in allen Tonarten und Variationen ab. Wir sprachen auch von Ihnen, und kaum — wie sagt doch der unsterbliche Busch? — kaum war das Wort dem Mund entflohn —"

„Gute Nacht!" rief Freiberg im höchsten Unwillen und verschwand.

„Wohl zu schlafen," murmelte der Justizrath, die Asche seiner Cigarre vom Rockärmel stäubend. Allmählig verschwand der heitere Ausdruck seiner Züge und machte

nachdenklichem Ernst Platz. Kopfschüttelnd erhob er sich
zuletzt, setzte den Kneifer auf, wie er in bedenklichen Fällen
zu thun pflegte, und schritt etliche Male durch das kleine
Gemach.

„Es wird am besten sein, ich suche die liebenswürdige
Circe auf, bevor dieser Odysseus einen zweiten Trunk aus
ihrem Zauberbecher gethan. Am frühen Morgen pflegen
die Fiebergrade zu sinken. Ueber zwei Widersprüche kann
ich nicht hinwegkommen. Sehen wir also selber zu, wie
ein Arzt, welcher die Diagnose eines Anfängers nicht gerade bezweifelt," er lächelte eigen, „aber beargwöhnt!" —

In der neunten Stunde des kommenden Tages betrat
der alte Herr Garba Menari's Künstlerheim. Er hatte
kaum seine Karte abgeben lassen, als drinnen im Salon
deutlich ein Ruf der Freude hörbar ward, gleich darauf
klirrte es wie von heftig zurückgeschobenem Porzellan-
geschirr, ein Sessel rollte unsanft bei Seite, und alsbald
stand Irmengard im Rahmen der Thür und streckte dem
Freund frohlockend beide Hände entgegen.

Dem Justizrath wurde wider Willen warm um's Herz.
Aber sie ließ ihm weder Zeit zum Nachdenken, noch zum
Sprechen. Da war von Berechnung oder Koketterie keine
Rede, Kinderfreude jubelte aus den leuchtenden Augen.
Sie zog ihn vollends in das Gemach und dem Impulse
des Gefühls nachgebend, wie oft zuvor, umschlang sie halb
in Thränen, halb im Scherz seinen Nacken und küßte ihn
zärtlich auf die Wange.

„Mein lieber, alter, mein guter Dreyßing! Sie hier?
Bei mir? Wissen Sie, daß mir heute Nacht von Ihnen

träumte? Was sehen Sie mich denn so schulmeisterlich
strenge an? Freiberg ist ja auch hier, er wird bald kommen — wahrscheinlich gerade, wenn ich zur Probe fahren
muß!" So plauderte sie fort, die Hand des Freundes
nicht eher freigebend, bis er neben ihr saß.

Dem Justizrath war ganz eigen zu Muth. Er wollte
strenge Unparteilichkeit bewahren und entdeckte mit Verdruß, daß er auf dem besten Wege war, seiner reizenden
Nachbarin Wort für Wort zu glauben. Er konnte es nicht
unterlassen, Irma's Hände väterlich zu streicheln und ihre
warmen Versicherungen unverbrüchlicher Anhänglichkeit mit
den aufrichtigsten Dankesworten zu erwiedern. Freiberg's
gestriger Paroxysmus kam ihm völlig begreiflich vor, als er
dieses jugendschöne Weib, schmuck- und kunstlos, im an-
schmiegenden Morgengewande vor sich sah, das üppig her-
vorquellende Haar mit schlichtem Band im Nacken zurück-
gehalten.

Sie unterbrach seinen stillen Gedankenflug mit silber-
hellem Lachen. „Das hätten Sie wohl nicht geglaubt,
als wir uns damals in Kronthal zuletzt Lebewohl sagten?"

„Nein, denn ich hegte die Zuversicht, daß Sie mehr
Vertrauen zu mir haben würden! Es hätte Ihnen vielleicht Manches erspart bleiben können bei denselben Erfolgen!" entgegnete er warm.

„Also Sie brechen nicht den Stab über mich und
meinen Beruf?" fragte sie nachdrücklich.

„Nein! Wer thut es denn sonst?"

Sie dachte flüchtig nach. „Vielleicht Freiberg!"

Er wurde aufmerksamer. „Woraus schließen Sie das?"

„Je nun, mir schwirren einzelne seiner Aeußerungen durch den Kopf. Aber ich bin eine Thörin, jetzt leeren Grübeleien nachzuhängen, wo Sie das Anrecht auf vollste Befriedigung Ihrer Neugier haben. Soll ich Ihnen erzählen, was Freiberg schon gestern Abend von mir vernommen?"

Dreyßing überlegte, ob er seine Kenntniß eingestehen sollte oder nicht, indessen fand er es unerläßlich, eine Aufklärung jener beiden ihm aufgefallenen Widersprüche in Irma's Charakter auf diesem Wege anzustreben. „Wenn Sie die Mühe nicht scheuen, mir auch die kleinste Regung Ihres Herzens dabei zu enthüllen, so könnte allerdings eine Geschwindbrücke geschlagen werden, welche jene letzte Stunde in Kronthal mit der augenblicklichen folgerichtig verbinder. Ich bin Zeit meines Lebens ein schlechter Neuigkeitsjäger gewesen, und wenn Sie mir sagten: ich habe nur einige Daten anzuführen, so würde ich darauf antworten wie der Sohn des vielgelehrten Israel von Saragossa: Laß' die Daten und die Juden!"

„Freiberg," fiel sie ein, „wollte umgekehrt Ereignisse hören, keine Beweggründe. Aber Sie dürfen nicht erschrecken, wenn ich Ihnen jene Quelle nenne, aus welcher ich noch heute Entschlüsse, Thatkraft und eine Alles überwindende Energie schöpfe!"

Der alte Herr wandte sich schnell auf seinem Sessel um, so daß er Irmengard's sprechendes Antlitz, von der Frühsonne beleuchtet, andauernd im Auge behielt.

Und sie erzählte. Der Inhalt ihrer Worte war freilich derselbe, aber diese selbst glichen den gestrigen wie

zwei Lieder, in verschiedene Tonarten übertragen, gleich
und doch unendlich verschieden."

Was Dreyfing anbelangt, so hatte er im Verlauf des
Gespräches mehr und mehr das Gefühl, als drehe ihn
Jemand immer im Wirbel um einen gewissen Punkt, und
zwar nahm dieser Punkt von Minute zu Minute mehr
das Ansehen eines grinsenden, höhnenden Kobolds an.
Seine heitere Laune schwand unter dem Bewußtsein, daß
der eine Widerspruch allerdings gelöst sei, aber in anderer, ganz anderer Weise, als der Justizrath sich je hätte
träumen lassen. Es ward ihm schwül in der blumendurchdufteten Atmosphäre, schwüler noch in der Nähe
des liebreizenden jungen Weibes, welches ihm plötzlich
so hart gestraft, so beklagenswerth erschien. Er selber
kam sich angesichts dieser seiner Erkenntniß kläglich wie
ein Schulknabe vor, der seine Aufgabe nach allen Seiten hin erwogen hat, nur nicht in der Hauptsache. Wer
war nun der größere Thor von ihnen Beiden gewesen,
Freiberg, etwas Sonnenklares übersehend, oder er, Dreyfing, den Worten eines Wonneberauschten Glauben schen-
kend? Es dünkte dem Justizrath geradezu ein Verbrechen, den Grafen in seinem glücklichen Wahn bestärkt
zu haben.

Irmengard hatte schon geraume Zeit die Wandlung
auf seiner Stirn bemerkt, und annehmend, daß ihm irgend
eine Verschlingung ihres Geschickes mißfällig sei, legte sie
schmeichelnd ihre weiße Hand auf seine Schulter.

„Seien Sie nicht philiströs, Dreyfing! Das war es
ja, was mir stets die Laune verbitterte, was wie ein

Wurm an meiner Lebensfreude fraß: Meischick's spieß-
bürgerliche Anschauung —"

Der Justizrath pochte mit der Hand auf den Tisch.

„Und sehen Sie," fuhr Irmengard sorglos fort, „wenn
ein Mann nicht mit Verhältnissen zu rechnen versteht,
wenn er in allen Fällen immer wieder in die enge, un-
zulängliche Schale seiner Begriffe hineinkriecht und meint,
damit sich und Anderen genug gethan zu haben, als ob
Sonne, Mond und Sterne und die ganze Welt mit ihren
Einrichtungen nur dazu da wären, ihm als Belege für
seinen Schematismus zu dienen, so hat sein sonst bedeu-
tender Geist hierin eine bedenkliche Verkürzung erfahren.
Warum nicht Jedem gönnen, und gönnen heißt begreifen,
was ihm Bedürfniß ist?"

„Sie fühlen sich durchaus befriedigt von Ihrem Beruf?" fragte Dreyfing etwas ungeduldig dazwischen.

„Durchaus!"

„Und wollen ihn doch aufgeben?"

„Wie so? Ach ja," lächelte sie erröthend, „Freiberg
ist hier —! Vorläufig nicht!"

„Seltsam! Ich sprach, offen gestanden, gestern Nacht
noch mit dem Grafen. Er setzt seine Ehre darein, Sie
aus allen Verbindlichkeiten loszulösen, was Sie ihm selbst
zugestanden."

Irmengard sprang auf. „Da träumte der gute Graf!
Das Anerbieten ehrt ihn, aber ich lehne es dankend ab."

Dreyfing zog den Kneifer hervor, ließ ihn aber eben
so schnell wieder verschwinden. Da war auch der zweite
Widerspruch in sich zusammen gefallen.

„So sprechen Sie doch," rief sie heftig, sich über seinen Sessel neigend, „thue ich nicht recht daran, meinem Prinzip treu zu bleiben bis zu dem Moment, wo er mich zum Altar führt?"

„Und wenn er dies nicht auf Jahresfrist hinausschieben will?"

Sie zuckte erregt die Achsel. „Ein Brautstand dauert oft länger als zwölf Monate. Was wollen Sie? Mein Stern ist erst im Aufgehen begriffen, wohin ich blicke, winkt mir Glanz und Ruhm. Was verliert Freiberg an der kurzen Frist seiner Erwartung, was er nicht tausendfach an den Erfolgen seiner zukünftigen Gattin wieder gewönne? So hoch werde ich steigen, daß Fürsten um meinen Besitz werben — dann ist der Augenblick gekommen, wo ich das Gefühl ihm gegenüber verloren haben werde, welches meinen Stolz nicht zur Ruhe kommen läßt, daß er sich zu mir herabläßt."

„Liebes, gutes Kind," sagte der Justizrath kopfschüttelnd, obwohl ihr Mangel an Menschenkenntniß und der selbstbewußte Stolz, welcher die gefährliche Bahn dieses schönen Weibes fleckenlos erhalten, ihn rührten, „in diesem Fall würde ich mich mit Freiberg ohne Umschweife aussprechen. Sie können sich nicht verhehlen, daß Ihr Beruf, wie Sie ja auch schon durchgefühlt haben, für einen Mann mit streng aristokratischen Gesinnungen etwas Anstößiges haben muß."

„Daran muß er sich gewöhnen und wird es gern thun, denn er liebt mich und weiß sich sicher in meinem Herzen!" rief sie siegesfreudig. „Auf dieser nämlichen Stelle schwur

er — ach, weshalb Ihnen das erzählen!" unterbrach sie
sich muthwillig. „Von solchen schönen Dingen verstehen
Sie, alter Hagestolz, ja doch nichts — schade um jedes
Wort! Ich wette, dieser Strauß," sie riß ihn der ein-
tretenden Zofe fast aus der Hand, „bestätigt meine Behauptung. Richtig, von Freiberg! Ein Briefchen auch!
Um zwölf Uhr wird er hier sein! Da, lesen Sie einmal
die Unterschrift," lächelte sie schelmisch, Dreyfing das duftende Billet hinhaltend. „Was sagen Sie jetzt, Sie alter,
lieber, fürsorglicher Brummbär?"

„Daß Sie mich wahrscheinlich verabschieden werden —
Ihre Jungfer macht schon ein bedenkliches Gesicht," erwiederte er ablenkend.

„Richtig, es ist Zeit, mich zur Probe anzukleiden!
Morgen müssen Sie mich als Donna Anna bewundern!
Welch' ein schöner Strauß! Der gute Freiberg! Stelle
ihn hieher, Susanne, dicht vor meinen Platz! Auf Wiedersehen, mein Freund! Auf Wiedersehen!" Sie eilte leichtfüßig in's Nebengemach und überließ es Dreyfing, den
Ausweg selbst zu finden. —

Die hellen Strahlen der Morgensonne, welche wie goldene Pfeile durch die unverhüllten Fensterscheiben des
Grafen Stirn trafen, erweckten diesen aus kurzem, tiefem
Schlafe. Er fuhr empor, den Namen Irmengard auf den
Lippen. Alle süßen, hoffnungsseligen Gefühle erwachten
mit ihm und durchrieselten sein Herz. In dieser Stimmung erschien es ihm ein Leichtes, seinem Vater das glück-
liche Ereigniß des verflossenen Abends mitzutheilen und die
Bitte daran zu knüpfen, ihm die Mittel zu bewilligen,

Irmengard ohne Verzug aller Verträge zu entbinden. Diesen Brief, ein treues Abbild der umwälzenden Gefühle, welche Freiberg bewegten, trug er persönlich auf das Postamt, als die Stunde des Wiedersehens heranrückte. Wie selig still und unbelauscht winkten ihm die gestern Abend so stürmisch verlassenen Räume! Er glaubte in den leise schwankenden Palmenblättern das Symbol jener zaghaften Liebe zu erkennen, welche Irmengard seiner leidenschaftlichen Bewerbung andauernd entgegengesetzt hatte. Wie liebte er sie um dieser weiblichen Scheu willen heute noch inniger!

„Das Fräulein ist erst vor Kurzem aus der Probe gekommen," sagte die hübsche Zofe verständnißvoll lächelnd, als sie dem zukünftigen Gemahl ihrer Herrin die Thüre öffnete. „Bitte, man erwartet Sie, Herr Graf!" Diensteifrig durch das Vorzimmer ihm voranschreitend, schlug sie den rothen Vorhang nach dem Salon zurück.

Schon etliche Schritte vorher hatte Freiberg verschiedene Stimmen zu hören geglaubt, jetzt überblickte er eine Gruppe, welche seine Liebe nicht minder als sein Zartgefühl auf's Aeußerste verletzte.

Im Kreise mehrerer Herren, unter welchen der Graf den Präsidenten v. Exleben schnell erkannte, lehnte Garda Menari in halbliegender Stellung auf dem Divan. Ein Hausgewand von Seide mit bunten Blumenranken gestickt, konnte den kleinen Fuß nicht ganz verhüllen, der sich nach dem Takt des zuletzt gesungenen Finale noch lebhaft bewegte. Ihre Wangen, von der gehabten Anstrengung und momentanen Erregung frischer gefärbt, wetteiferten

an leuchtendem Glanze mit den dunklen Rosen, welche ihre
schnell athmende Brust schmückten.

Sobald Irmengard den Grafen eintreten sah, richtete
sie sich halb in die Höhe und winkte ihn mit liebreizendem
Lächeln zu sich heran. „O, Sie verzeihen, wenn ich mich
meinem bequemen Sitz nicht entreißen mag," rief sie ihm
entgegen, „aber es läßt sich nicht beschreiben, wie müde
ich durch das lange Stehen geworden bin! Die Herren —
ah, Sie kennen sich?" rief Irmengard etwas erstaunt, als
sie Exleben dem Grafen die Hand reichen sah. „Desto
besser! Hier Affessor Wüllner, Freiherr v. Ganfingen
und — ja, jetzt Gedächtniß stehe mir bei!"

„Von Weirach!" unterstützte sie ein hübscher, eleganter
Offizier in kleidsamer Husarenuniform.

„Ja, so ist's!" rief die hübsche Frau, dem jungen
Mann unbefangen zunickend. „Graf Freiberg, meine
Herren! Ein lieber, ein sehr lieber Freund von mir aus
alten Zeiten her, den bald noch innigere Bande an mich
fesseln werden!" Sie reichte ihm die Hand, welche er mit
erzwungenem Lächeln küßte, und lud ihn ein, sich irgend-
wo ein Plätzchen auszuwählen.

Das Erscheinen des Grafen nicht sowohl, als die
frostige Atmosphäre, welche er trotz seiner bevorrechtigten
Stellung in diesen von Genialität und Bewunderung warm
durchhauchten Kreis ausströmte, ließ eine Pause entstehen,
welche Herr v. Exleben auszufüllen wünschte.

„Verehrter Herr Graf, nachdem Sie meine Glückwünsche zu dem schönen Ziel empfangen haben, welches
Fräulein Menari uns soeben ahnen ließ, gestatten Sie

mir, Ihnen zu bemerken, daß Sie Frau v. Passevini gestern durch Ihr Nichterscheinen in Trauer versetzten."

Freiberg fühlte sich von dem ungeahnten Empfang so tief verstimmt und gereizt, daß er erwiederte: „Ich bedauere, meiner Pflicht nicht bereits gestern Abend nachgekommen zu sein, heute wird es nachträglich ohne Zweifel geschehen."

„Frau v. Passevini?" fragte Irma neugierig. „Wer ist Frau v. Passevini?"

„Eine unserer liebenswürdigsten Botschaftsdamen," sagte der Präsident, sich zu der schönen Fragerin niederbeugend. „Die liebenswürdigste aller Frauen zu heißen, ist nur Einer beschieden, und diese heißt Garba Menari!"

„O, wie galant, wie hübsch gesagt!" rief sie, das reizende Antlitz nicht ohne Koketterie zu ihm erhebend. „Und das am ersten Tage unserer Bekanntschaft! Was werden Sie mir da erst beim Abschied versichern?"

„Nichts Schöneres," lächelte er voll enthusiastischer Bewunderung, alle Anwesenden überschauend, als riefe er sie zu Zeugen auf, „denn die Krone der weiblichen Schönheit ist Liebenswürdigkeit und Anmuth!"

Sämmtliche Herren stimmten lebhaft bei, nur Freiberg nicht, der sich mit einem Bilderwerke auf dem Tisch zu schaffen macht.

Irmengard fand dies eigenthümlich und befremdend. Nicht gewohnt, sich zu beherrschen, rief sie mit forcirter Heiterkeit: „Ich wette, Graf Freiberg sucht in Gedanken nach einer anderen Verkörperung dieses Ideals!"

„Das wäre ein Verbrechen," lächelte der Husaren-lieutenant, seine Sporen klirrend zusammenschlagend.

Freiberg sah auf. Bittere Ironie zuckte um seinen Mund, als er die letzten Worte vernahm. „Ideale haben sich heutzutage überlebt. Wohl dem, welcher sie entbehren kann. Unsere Zeit ist so arm an Idealen geworden, daß nächstens Spiritisten=Taschenspieler sie aus dem Jenseits für Augenblicke werden herüber zaubern müssen, damit die Kinder des 19. Jahrhunderts doch wenigstens einen Be-griff von dem erhalten, was einst das Glück und die Sehnsucht der edelsten ihrer Vorfahren gewesen ist."

„Blasphemie!"

„Pessimismus!"

„Weltschmerz!"

Alle riefen durcheinander. Nur Irmengard lehnte schweigend in ihrer Ecke; sie war blaß geworden.

„Also wir treffen uns vielleicht heute Abend nach der Vorstellung im Salon der Frau v. Passevini?" fragte Egleben, um den peinlichen Eindruck etwas zu verwischen.

Die junge Frau zuckte zusammen. Sie richtete ihre Augen forschend, fast drohend auf den Grafen.

Freiberg zögerte kurze Zeit, endlich nickte er bejahend. „Ich werde kommen, die gestern versäumte Mittheilung endlich in Empfang zu nehmen."

Einen Moment schien es, als lächele Irmengard bei-stimmend, aber sie drückte ihr Tuch schnell an die Lippen, um das schmerzliche Zucken zu verhüllen, dessen sie nicht Meister werden konnte.

Gleich darauf erhoben und verabschiedeten sich ihre

Bewunderer. Im Innersten empört von der ablehnenden Haltung des Grafen ließ Irma ihrem Trotze gegen jeden fremden Zwang freien Lauf. Was sie sonst nicht gethan haben würde, that sie heute. Jedem ohne Ausnahme reichte sie die vor Erregung zitternde Hand zum Abschiedsgruß und gewährte die Bitte, eine Wiederholung dieser Morgenvisite gestatten zu wollen.

Kaum war die Portière hinter dem letzten der Besucher zusammengeschlagen, als der Graf Miene machte, sich gleichfalls zu entfernen. Er athmete im Gegensatz zu Irma mit einer so unnatürlichen Ruhe, daß er das Gefühl hatte, daran ersticken zu müssen.

Die junge Frau stand hastig vom Diwan auf und eilte zum Fenster. Halb entsetzte, halb beglückte sie der Gedanke, von Freiberg's Gegenwart befreit zu werden. Die Alles ausgleichende Demuth des Weibes kannte sie nicht, nicht die allmächtige Gewalt der sanften Bitte; Stolz nur und eine gewisse bittere Scham beherrschten sie und zogen Parallelen zwischen Freiberg's gestriger Huldigung und seinem heutigen Betragen. Sie konnte es nicht fassen, daß ein Mann, welchen sie vor Zeugen soeben als ihren zukünftigen Gemahl anerkannt hatte, diese Auszeichnung durch Beleidigungen vergelten sollte. Mit welchem Recht? Oder — hier flog eine brennende Gluth sittlicher Entrüstung über ihre Wangen — hatte sein Liebeswerben nichts gemein gehabt mit — ?

Sie konnte es nicht ausdenken. Ohne Zögern stürzte sie auf Freiberg zu, welcher an seinen Sessel gelehnt noch in düsterem Schweigen verharrte, und ergriff seine Hand.

„Sprich, was that ich Dir zu Leide, daß Du Liebe so
treulos in Abneigung verwandeln darfst? Leugne nicht,
Du empfandest eben Abneigung gegen mich, ich sah es,
ich fühlte es aus jedem Deiner Blicke! Hast Du Dich
über Nacht besonnen, daß ich Deiner unwürdig sei?" rief
sie, seine Hand zurückstoßend. „So geh'! Ich rief Dich
nicht! Daß ich Deinen Liebesschwüren Gehör schenkte,
gibt Dir kein Recht, mich in den Augen der ganzen Residenz, ja, der ganzen Welt bloßzustellen!"

„Ich stellte Dich nicht bloß," fiel er ihr in's Wort,
„aber Du stelltest die stillseligen Gefühle bloß, welche ich
Dir heute in noch erhöhterem Maße entgegentrug, als
gestern. Der Bräutigam kam zur Braut. Du warst
darauf vorbereitet und versammeltest dennoch eine Schaar
müßiger Gaffer um Dich her, die sich in meine Rechte
theilen durften, ungestraft, denn Du selbst hast sie dazu
autorisirt."

„Wenn Du eine alltägliche Huldigung strafbar findest,
so verleugnest Du die Prinzipien, in welchen Du selbst
erzogen bist," erwiederte sie schnell. „Wer einer Dame
aus einem Handkuß ein Verbrechen machen kann, gehört
nach Sittlingen oder in eine Klosterzelle. Wer aber, wie
Du, einer Frau zwei Jahre Künstlerleben vertrauensvoll
nachgesehen hat, um über einen offiziellen Handkuß außer
sich zu gerathen, der gehört in eine Anstalt, wo Nerven-
überreizungen geheilt werden!" Ihr schönes Antlitz flammte
in hellem Zorn, während die großen blauen Augen doch
voll Thränen schwammen.

Dieser letzte Anblick verscheuchte die künstliche Ruhe des

jungen Mannes schnell.   Er drückte Irmengard's Hände
fast schmerzhaft heftig an seine Brust.   „Irma, Einzige,
Geliebte, ahnst Du denn nicht, welchen Folterqualen Du
mein hochgestimmtes Empfinden aussetztest? Jede Stunde,
die mich von Dir trennte, hat Dein Bild, Deine Stimme,
Deine Liebe tiefer und tiefer mir in's Herz gegraben,
daß ich vor Ungeduld zu sterben glaubte.   Wärst Du
allein gewesen, wie meine wachen Träume es mir vor-
spiegelten, Du hättest ein Uebermaß des Entzückens zu
beklagen gehabt, keinen Mangel an Sympathie wie soeben,
das schwöre ich Dir!"

Sie empfand abermals Freude und Verdruß zu gleicher
Zeit.   „Botho, mein Freund," sagte sie, während zwei
Tropfen schwer an den langen dunklen Wimpern hingen,
„Du darfst nie vergessen, daß Du keinem schüchternen
Backfisch, sondern Garda Menari Treue geschworen hast,
derselben Garda, welche den Verführungen ihres Geschlechts
siegreich Trotz geboten hat.   Deine Ehre, Du blinder
Eiferer, ist also in meiner Obhut sicherer bewahrt, als in
dem Gewahrsam eines blöden, unerfahrenen Kindes. Kannst
Du Dich darein nicht finden?"

„Du philosophirst," rief er ungeduldig, „während aus
mir die Gluth unmittelbarer Empfindung schlägt! Warum,
o warum schlossest Du mich heute nicht an Dein Herz
und vollendetest, was Du mich gestern mit Bestimmtheit
hoffen ließest! Die Thatsache, daß Du mir ausschließlich angehörst, hätte jene zudringlichen Gecken auf immer
von Dir ferngehalten!"   Er zog sie in seine Arme und
küßte ihr die Thränen von den Wangen.   „Es kann Dir

ja nicht schwer fallen," flüsterte er eindringlich, „einige
Jahre lärmenden Ruhmes gegen ein Dasein andauernder
Ehren und Würden zu vertauschen. Laß diese wüsten
Bravoschreier sich einen anderen Gegenstand für ihre
dreisten Huldigungen wählen, sie verkennen Dich, denn sie
wissen nicht, wer Du warst und wie unglücklich Du gewesen bist. Ein moralisch zu Grunde gerichtetes Weib
mit Deinem Genie gibt ihnen denselben Anlaß, entzückt
zu sein, wie sie es Dir vorzugaukeln wagen. Biete ihnen
Deine Hand an, und unter hundert Enthusiasten bleibt
vielleicht einer standhaft."

Irmengard zuckte so heftig zusammen, daß er sie aus
der Umschlingung los ließ. Es hatte ihr einen Stich
durch's Herz gegeben, weh und durchdringend. „So ver-
laß mich und strafe die voreilige Behauptung Lügen: Du
seiest mir mit innigerem Bande verknüpft!" murmelte sie,
ihr Antlitz in beide Hände verbergend. „Ich lasse den
Beruf nicht schmähen, der mich groß und willensstark gemacht hat."

„Die Liebe ist der Beruf des Weibes!" rief der Graf,
sie trotz ihres Widerstrebens leidenschaftlich an sich pressend. „Wenn Du im Kampf geübt bist, meine Irmengard, so kämpfe jetzt, der Preis ist edel, ist beseligend!
Du sollst ja nicht in das Dunkel des Alltagslebens hinab-
steigen, wo der Werktagsstaub Dir den Ausblick in die
Herrlichkeiten des Lebens raubt, im Gegentheil, ich führe
Dich erst bergan auf die Höhen der Gesellschaft, wo Du
erhaben umherschaust und selbst gesehen wirst, aber mit
anderen, reineren Blicken, als bisher. Glaube mir, Du

wirst an meiner Seite Dich des Flittertandes schämen lernen, Du wirst," er sah ihr voll sehnsüchtigen Verlangens in die umschleierten Augen, „im Kreise Deiner Kinder diese lärmende Epoche Deines Lebens für immer vergessen. Ein freundlicher Blick meines ritterlichen, duldenden Vaters, sein anerkennendes Lächeln wird die Gräfin Freiberg in meinen Augen, in denen der ganzen Welt, unserer Welt, unendlich viel höher stellen, als frenetisches Beifallsdröhnen, welches jeder Cirkusreiterin ebenso bereitwillig entgegengebracht wird."

„Aus Gnade und Barmherzigkeit also unter Deine Grafenkrone gehoben?" rief sie tonlos, unfähig, diese quälende Gewißheit schweigend in sich aufzunehmen.

„Aus Liebe, Irmengard, aus reinster, hingebender Liebe wirst Du die Meine werden! Schon ist der entscheidende Schritt gethan, das bahnbrechende Wort mit meinem Vater gesprochen. Und Du zweifeltest an mir, wo ich Dir nicht in's Auge sehen wollte, ohne meine Pflicht voll und ganz erfüllt zu haben."

„Was hast Du Deinem Vater über mich geschrieben?" fragte sie, langsam zum Divan schreitend, da ihre Kräfte nahezu erschöpft waren.

„Die Wahrheit, Du strenge Forscherin. Er kennt Dich längst, denn er kannte meinen Schmerz um Dich."

„Und willst Du mir versprechen, seine Antwort mich lesen zu lassen?" drängte die junge Frau erbarmungslos weiter.

„Ja, denn was sie auch enthalten mag, sie ist aus einem edlen, unbefleckten Herzen geflossen. Es kann nichts darin stehen, was ich heute, jetzt nicht schon gesagt hätte," erwiederte er zuversichtlich.

Sie schloß die Augen und lehnte sich ermattet in die Kissen zurück. In dieser bleichen Schwäche entzückte sie ihn fast noch mehr, als in Momenten der Erregung. „Soll ich meinen Strauß vom Tische nehmen?" fragte er zärtlich. „Die Blumen duften so stark!"

Sie nickte.

Der Graf ergriff die schwere Marmorvase, aber sein halbgelähmter Arm versagte den Dienst. Vase und Strauß stürzten auf den Teppich, Irmengard zu Füßen. Mit einem Schrei fuhr die junge Frau empor.

Er beruhigte sie lächelnd, indem er auf die Ursache wies. „Dies war der Störenfried. Eine schlecht geheilte Schußwunde —"

„Schußwunde?" fragte sie halblaut. Plötzlich kam ihr ein Gedanke, welcher ihr weiches, impulsives Herz mächtig ergriff. „Ein Duell?"

„O, genug, genug davon!" sagte er ablehnend.

„Um mich?" Sie sprang auf. „Sprich, um mich?" Eine Fluth überwältigender Gefühle der Sympathie und Rührung überkam sie plötzlich. Seinen Arm mit beiden Händen umschließend und ihre Wange dagegen drückend, rief sie, in einen Strom von Thränen ausbrechend: „Dieses Blut floß um mich!"

16.

Herr v. Erxleben, dessen Wagen vor dem Hause der Primadonna langsam auf und nieder gefahren war, bestieg denselben mit dem prickelnden Gefühl, im Besitz einer pikanten Neuigkeit zu sein. Sie drückte ihm fast das Herz ab, denn der Fall, welcher sich soeben vor seinen Augen abgespielt hatte, ließ sich ebenso interessant als. problematisch an. Die Eifersucht des Grafen — Herr v. Erleben, der gewiegte Weltmann, der vornehme Mäzenas, lächelte verständnißvoll — war nicht ganz frei von Mißbehagen. „Aber wie man sich doch im Menschen irren kann," flüsterte er kopfschüttelnd. „Gerade Freiberg, dieser exklusive Freiberg! — Zum Legationsrath v. Passevini!" befahl er lebhaft seinem Kutscher. „Das wird eine Ueber- raschung geben! Man wird es nicht für möglich halten! Gerade dieser Freiberg!"

Seit dem Tage seiner rühmlichst bestandenen Maturi- tätsprüfung war der Präsident nicht so flink die Stufen einer Treppe hinaufgestiegen, als heute. Der aufwartende Diener flog infolge dessen mehr als er ging in das Bou- doir der Hausherrin und setzte diese durch den gehabten Schreck nicht minder in Erregung.

„Mein Flacon!" rief Frau v. Passevini in's Neben- zimmer hinein, während sie den nie rastenden Fächer heftig bewegte. „Was kann nur — ah, Herr v. Erleben! Bester Herr v. Erleben, wie echauffirt Sie aussehen!" Sie be- rührte die Handglocke. „Ein Glas Eislimonade für den Herrn Präsidenten! Nehmen wir Platz! Also, Herr v. Erleben —?"

· „Also, Frau Baronin, eine Neuigkeit, eine exquisite Neuigkeit!" Der Präsident rollte seinen Sessel näher an den Divan heran. „Graf Freiberg —"

„Ah," Frau v. Passevini runzelte ihre Augenbrauen mit unverstellter Entrüstung, „ah, nichts von ihm! Er hat meine Bitte ignorirt."

„Nicht doch, er bedauert es lebhaft! Seine Entschuldigung ist überdies triftig. Der junge Graf hat sich verlobt."

„Verlobt?" Die hübsche, elegante Frau ließ vor Staunen den Fächer fallen, welchen der Präsident mit innerer Genugthuung auffing. „Verlobt sagen Sie? Graf Freiberg? Laura, mein Flacon!"

„Gestatten Sie, Baronin, daß ich es Ihnen reiche," sagte Herr v. Erleben schnell. „Die Sache ist so pikant, so interessant —"

„Was —" Sie sank vernichtet in die Kissen zurück, der Egoismus überwog die Neugier. „O, meine Nichte! Sie ist uns gestern definitiv angemeldet worden. Wenn Freiberg so stark engagirt ist, bricht meine letzte Hoffnung zusammen. Hätten Sie nur das eisige Begleitschreiben der jungen Marchesa gelesen! Jedes Wort eine Sittenlehre, ein Denkspruch, eine Grabschrift — ach, was weiß ich! Herr v. Passevini lacht darüber, aber ich muß weinen, so oft ich daran denke. Ich habe die geistreichen Frauen niemals leiden können, sie sind so unnatürlich wie Marmorbilder in modernen Gewändern, oder wie Blumensträuße aus Gartengemüsen zusammengesetzt, oder wie —"

„Das Interessanteste übersehen Sie, Frau Baronin," fiel der Präsident lebhaft ein. „Die Braut —"

„Ja, die Braut!" rief Frau v. Passevini gespannt. „Der Graf hat so viel Geschmack, so viel Esprit, macht

eine so charmante Figur in der Gesellschaft — Ah, ich
weiß, er will hoch hinaus! Die junge Fürstin Mellnikoff!
— nicht? Wer denn sonst? Sagen Sie doch schnell!"

Herr v. Erleben konnte sich das Vergnügen nicht versagen, seine liebenswürdige Nachbarin noch ein wenig auf
die Folter zu spannen. „Tiefer," lächelte er vielsagend.

„Wie, tiefer? Ah, das ist eigenthümlich!" rief sie,
den Fächer in kurze, heftige Schwankungen versetzend. „Da
wäre — Fräulein v. Garnweber — ja, gewiß! Schade,
ewig schade!"

„Tiefer," wiederholte der Präsident etwas schadenfroh.

Die Legationsräthin starrte ihn stumm an. „Eine
Mesalliance?" murmelte sie endlich unwillig. „Und darüber
können Sie lachen? Ein Mann mit Aussichten wie der
Graf —!"

„Tiefer oder höher, wie Sie wollen, Frau Baronin,
ja eigentlich sehr hoch: Garda Menari!"

Unwillig sprang die Legationsräthin von ihrem Sitze
auf, wobei sie dem sich gleichfalls erhebenden Präsidenten
fast den Rücken wandte. „Das war ein schlechter Scherz,
Herr v. Erleben, ein sehr schlechter Scherz!"

„Der Graf wird sich Ihren Glückwunsch heute Abend
persönlich einholen," sagte er, sich tief verbeugend.

Jetzt lächelte Frau v. Passevini ironisch. Mit weib-
lichem Instinkt fand sie schnell die Triebfeder dieser kleinen Malice heraus. „Mir scheint, Sie sind gar eifersüchtig auf den glücklichen, bevorzugten Bräutigam, lieber
Herr v. Erleben! Wie kamen Sie überhaupt in Besitz
dieser kostbaren Neuigkeit?"

„Ich —" Ueber das geistvolle, bleiche, etwas ver-
lebte Antlitz des Präsidenten zog eine leise Verlegenheit.
„Nun, ich stattete der Primadonna soeben selbst einen
Besuch ab. Der Graf kam dazu. Garda Menari pro-
klamirte ihn als ihren zukünftigen Gemahl und —"

„Und er?" rief Frau v. Passevini, ihm wieder näher
tretend. „Und er?"

„Er? Der Graf, meinen Sie? Nun, er," der Präsident machte eine unbeschreiblich beredte Pause, „er schien
die Sache nicht ganz so ernst genommen zu haben, als
unser bezaubernder Fidelio von gestern!"

Die Baronin wollte schnell etwas erwiedern, aber die
letzte Wendung machte sie bedenklich. Der Eintritt des
Dieners, welcher die Morgenvisite des Hausarztes anzu-
melden kam, setzte der Unterredung ohnehin ein Ende.

„Auf Wiedersehen!" sagte die Legationsräthin noch
immer etwas verstimmt. „Nach der Oper!"

Der Präsident küßte respektvoll die runde, weiche Hand,
welche ihm nicht ohne Zaudern überlassen wurde, und
entfernte sich.

Auf der Straße begegnete ihm Drehsing, welcher ihn
wiedererkannte und verbindlich grüßte.

„Herr Justizrath, auf ein Wort!" rief der Präsident,
seinem Kutscher ein Zeichen gebend, im Schritt zu fahren.
„Es wird Sie als Freund des Grafen Freiberg interessiren!"

„Ich stehe zu Diensten."

„Der Graf ist mit Garda Menari verlobt. Die ganze
Residenz wird binnen einer Stunde nur von diesem Weih-
nachtsmärchen sprechen."

„Wieso Märchen?" fragte Dreyßing unangenehm berührt von dem Lächeln, welches die Lippen des Sprechenden umspielte. „Diese Thatsache ist mir seit heute Morgen, oder wenn Sie wollen, seit gestern Abend schon bekannt." Er sann flüchtig nach, dann sprach er zum gren-
zenlosen Erstaunen des Präsidenten lebhaft weiter: „Wenn
Irma, wollte sagen Garba Menari, auf meine Erfahrung
etwas mehr Gewicht legte, würde sie diesen Bund weniger
voreilig geschlossen haben. Die kleine Frau ist aber leider
das Prototyp des Eigenwillens."

„Frau? Voreilig? Eigenwille? Ich verstehe in der
That nicht! Aber Sie spannen meine Erwartung auf das
Höchste," flüsterte Herr v. Erleben hastig.

Der Justizrath blieb stehen, indem er sein Gegenüber
durch das Pince-nez fixirte. „Wenn die Residenz, wie Sie
sagen, Herr Präsident, so viel Antheil an jenem Bündniß
nimmt, so möchte ich nur hinzugefügt wissen, daß Garba
Menari dem Schoße einer sehr achtbaren Familie entwachsen
ist und ohne ihren genialen Trotz noch heute die angebetete
Gattin eines der ehrenwerthesten Männer heißen würde.
Vaterstelle vertrete ich an ihr. Guten Morgen, Herr
Präsident!"

„Gleichfalls, Herr Justizrath! Das war seltsam!"
Herr v. Erleben gab seinem Kutscher einen Wink, und
binnen einer Minute war sein Coupé im Straßengewühl
verschwunden. — — —

Wenn jemals ein Mann unter dem peinigenden Zwiespalt des Wollens und Dürfens litt, so war dies Botho
Freiberg. Ein Dualismus der allerschlimmsten Art, der

Konflikt zwischen angeborenen und anerzogenen Grund-
sätzen und seiner Liebe warf ihn wie einen Spielball hin
und her. Nicht anders, als sei ein fremder Körper in
einen widerwilligen Organismus gerathen, der ihn nicht
beherbergen kann, durchzuckte die Liebe zu einer Bretter-
heldin Freiberg's von aristokratischen Vorurtheilen erfüllte
Brust. Was schlaflose Nächte zum Entschluß hatten reifen lassen, büßte er unter Irmengard's Augen jedesmal
wieder ein, und war der Zauber gebrochen, so bestürmten
Vorwürfe bitterster Selbstanklagen um so vernichtender
seine Seele. In diesem Kampfe dachte er merkwürdiger
Weise nur an sich, während, bevor er Irmengard wieder-
fand, sein ganzes Denken nur auf ihre Person konzentrirt
gewesen war. Dies bildete eines der vielen Probleme,
unter welchen Freiberg litt. Es ist jedes Mannes tief-
innerliches Bedürfniß, zu der Weiblichkeit seiner Aus-
erwählten emporzusehen, sich gern klein fühlend ihrer un-
schuldsvollen Größe gegenüber.

Das eigenartige Lächeln der Haute-volée nun, so oft
Freiberg sich in ihrer Mitte zeigte, verwundete sein reiz-
bares und berechtigtes Zartgefühl auf das Empfindlichste,
nicht weniger auch die mitleidig schonungsvolle Art, mit
welcher man von seiner Verlobung Notiz zu nehmen pflegte.
„Fräulein Menari war gestern wieder superbe als Gretchen, nicht wahr, lieber Graf?" Oder: „Fräulein Menari hat ein herrliches Bild von sich bei Blunt ausstellen
lassen, finden Sie nicht, lieber Graf?" Keine Dame erwähnte Irmengard's offen als seiner Braut, auch hatte
Keine gewünscht, ihre persönliche Bekanntschaft zu machen,

schon aus dem Grunde nicht, weil die Person des Grafen
von jeher der Brennpunkt weiser Berechnungen töchterreicher
Mütter und heirathsfähiger Baronessen und Comtessen
gewesen war. Und wie seltsam sind die Frauen! Die
Wahl der hochmüthigen, unscheinbaren Fürstin Melnikoff
hätte man ihm sogar mit einem gewissen Stolze verziehen,
die der schönen, liebenswürdigen Sängerin dagegen nim-
mermehr. Freiberg aber wollte es erzwingen, seine zukünftige Gemahlin im Vollbesitz der öffentlichen Hoch-
achtung zu wissen, deshalb schmerzte die wunde Stelle von
Tag zu Tag heftiger in seiner Brust und machte ihn ungerecht, ja zuweilen bitter gegen die hohen geistigen Vorzüge seiner Verlobten.

Am meisten empfindlich zeigte sich Frau v. Passevini,
obwohl der Graf gerade ihr gegenüber Alles that, die
gewohnte Liebenswürdigkeit zurückzurufen. Die junge Marchesa war angelangt, aber von der Reise, wie ihre Tante
mit sichtlichem Frösteln berichtete, so angegriffen, daß sie
sich seit länger als acht Tagen menschenscheu in ihren
Zimmern verschloß und auch jetzt noch nicht die geringste
Miene machte, diese Pönitenz aufzuheben. Herr v. Passevini versuchte zwar in gewohnter Weise den Muth seiner
Gattin zu erheben, aber sie blieb bei der Behauptung: ein
Gespenst gehe fortan in ihrem Hause um, infolge dessen
ihr Nervensystem binnen kurzer Frist dem völligen Ruin
anheimfallen müßte. Natürlich spannten solche Aeußerungen die Erwartungen Aller auf's Höchste. Es bil-
beten sich zuletzt zwei Parteien, deren eine in der jungen
Marchesa einen Phönix an Schönheit und Talenten pro-

phezeite, während die andere sie als einen gelangweilten,
häßlichen, arroganten Blaustrumpf im Voraus verschrie. —

Weihnachten war inzwischen herangerückt. Man feierte
den heiligen Abend. Auch Dreyfing befand sich unter
denen, welche mit besonderem Eifer von Laden zu Laden
eilten, liebenswürdige Ueberraschungen der großen All-
gemeinfreude beizufügen.

Schon in der Frühe betrat der Justizrath Irmengard's
Wohnung. Die junge Frau verbarg bei seinem Anblick
hastig eine bunte Stickerei, sprang auf und hieß ihn freudig
willkommen.

„Da sind Sie! Drei lange Tage haben Sie sich un-
sichtbar gemacht, seit vorgestern hat sich auch Freiberg
nicht mehr sehen lassen. Wenn ich nicht die Elisabeth im
Kopf gehabt hätte, wäre ich vielleicht kopfhängerisch geworden. Ach, ich Thörin! Setzen Sie sich endlich!"

Dreyfing entging das eigenthümlich erregte Zucken ihrer
Lippen nicht, obwohl sie es in ein Lächeln zu kleiden
wußte.

„Ich komme mit der Bitte," sagte er, „heute Abend
Ihr Gast sein zu dürfen. Kommt der Graf nicht auch?"

„Freilich, und wir wollen fröhlich sein, recht fröhlich!
Denn sehen Sie, lieber Dreyfing — aber lachen Sie mich
einmal tüchtig aus — manchmal ertappe ich mich auf
einer Neigung zur Melancholie."

„Alle Bräute sind melancholisch," sagte der Justizrath
trocken, „denn sie ahnen bereits ihre Thorheit, das Wohl
und Wehe einer ganzen Familie auf sich geladen zu haben.
Wenn Sie mir doch endlich glauben wollten, daß das

Haupterforderniß zu irdischer Glückseligkeit darin beruht, keine sogenannten Attachements einzugehen, weder in Freundschaft noch in Liebe, wenigstens sollten sie so locker geknüpft werden, daß man sie im Augenblick des Lästigwerdens ohne Mühe und Schmerz lösen kann. Jeder hat gerade genug mit sich zu thun, und ein Thor ist, wer noch die Leiden Anderer sich auf die eigene Seele ladet."

Irmengard lachte, indem sie scherzend seine Hand ergriff. „Das sagen Sie, dessen Freundschaft für mich unerschütterlich ist? Wollte Gott, wir hätten lauter solche theoretischen Egoisten in der Welt, so gäbe es nur Humanisten und Philanthropen der That!"

„In einem Falle hätte ich Ihnen dennoch dringend dazu gerathen. Sie waren auf dem richtigen Pfade zur Glückseligkeit — warum blieben Sie ihm nicht treu? Zweien Herren kann man nicht dienen, und ein Weib hat nur die Wahl zwischen Herz und Welt."

„Ich weiß, Sie sind nicht zufrieden mit mir, weil Sie hin und wieder skeptische Anwandlungen haben. Das Opfer, welches Freiberg mir mit seinem unheilbar verletzten Arm gebracht, verdient ein Gegenopfer; sobald mein Gastspiel hier beendet ist, löse ich den Kontrakt —"

„Mit oder ohne Freiberg's Hilfe?" fragte Dreyfing schnell.

„Ich hoffe, ohne seine Hilfe," erwiederte sie erröthend. „Ich habe mich über die Fassung des betreffenden Schriftstückes genau informirt, sie ist inkorrekt und kann angegriffen werden. Schlimmsten Falles —" sie stockte.

Er setzte sein Augenglas auf und sah ihr forschend

in's Antlitz, bis sie unwillig den Kopf zur Seite wandte.
„Also leicht ist Ihnen der Entschluß nicht geworden; weiter wollte ich nichts wissen!"

„Sie sind unausstehlich mit ihrer ewigen Krittelei und Deutelei!" rief Irmengard heftig. „Wenn Sie es denn genau wissen müssen: es hat mich erfreut, die Liebe des Grafen in ihrem vollen Umfange kennen gelernt zu haben. Ich versichere Sie, Sie thun Unrecht, Mißtrauen zwischen mich und Freiberg zu säen. Mag er Vorurtheile haben, seine Liebe überwiegt sie doppelt, dreifach. Meinungsdifferenzen können die Basis eines edelbenkenden Charakters nicht erschüttern, sie spielen wie der Wind in des Baumes Krone, die Wurzel bleibt unberührt, selbst im Sturm. Sein Blut, welches er für mich vergoß, ist ein fester Kitt zwischen uns geworden. Ha, das sah Meischick ähnlich, ihn statt meiner mit kaltem Lächeln niederzuschießen."

„Halt!" rief Dreyssing. „Stellen Sie eine Pflichterfüllung nicht höher, als sie es verdient! Der Graf zog immerhin das bessere Loos!" Als er Irmengard's Blicke starr auf sich ruhen sah, griff er ärgerlich über sich selbst nach seinem Hut. „Also, auf Wiedersehen heute Abend! Nur die Angst um Ihr Glück, Irmengard, flößte mir Zweifel ein; werden Sie glücklich, und ich bin beschämt!"

Sie nickte unruhig. „Was sagten Sie doch —?"

„Nichts, nichts! Auf Wiedersehen!"

Als er fort war, blieb die junge Frau wie von einer Vision erfaßt regungslos stehen. Ihre Lippen bewegten sich stumm wie zu einer neuen Frage. Dann lachte sie

bitter auf und bewegte abwehrend die Hand, als wolle sie
Jemand aus ihrer Nähe scheuchen. Dann schritt sie hastig
zum Flügel und schlug den Klavierauszug zu „Tannhäu-
ser" auf, das sicherste Mittel, böse Geister zu bannen.
Umsonst! Zum ersten Male versagte es den Dienst —
über die Noten hinweg zogen Angst und Unruhe ihren
Kreis immer dichter um die vielgefeierte Künstlerin, welcher ihr Ruhmesdiadem auf der weißen Stirne zu brennen
begann.

„Das bessere Loos!" murmelte sie zwischen dem Ge-
sange. „Ein steifer Arm — Und er? Und er? O,
und jetzt allein zu sein mit dieser Gedankenqual! Warum
ist Freiberg nicht hier? — Dieser immer wühlende Zwiespalt muß ein Ende nehmen!" rief sie, das Buch heftig
auf den Flügel zurückwerfend, daß die Saiten leise er-
dröhnten. „Ich Thörin, warum ließ ich mir nicht an
dem genügen, was kampflos in meinen Schoß glitt?
Mußte ich noch Liebe —" Ihr Busen hob sich schneller.
„Liebe? Liebe ich denn? Jenes namenlose Sehnen, jene
Wonnen, die mich einst durchdrungen —" Sie schauerte
leicht zusammen. „Nichts mehr davon! Kindergefühle
sind sanguinischer Natur. — Und Meischick — wie er mich
von sich wies — o, diese Nacht, diese Nacht! — Still,
still! Was martere ich mich denn?" rief sie plötzlich.
„Mein eigener Wille vermag alle diese Wirren in Harmonie umzuwandeln, wenn ich erst Freiberg's Weib geworden bin!"

In diesem Augenblicke trat der Graf ein. Irmengard,
auf's Lebhafteste ergriffen, begrüßte ihn mit fast stürmi-

scher Freude. Er umschloß ihre Gestalt und küßte sie auf den lächelnden Mund.

„Wenn Du wüßtest, welchen Entschluß ich soeben bei mir erwog!" sagte sie zärtlich.

„In Bezug auf Deine Künstlercarrière?"

Ton und Worte ernüchterten sie halb und halb. „Was könnte Dich mehr interessiren? Du scheinst verstimmt, wo ich gerade jetzt von Dir Erheiterung verlangte!" Nach einer Pause fragte sie leise: „Ist die Antwort Deines Vaters eingetroffen?"

„Nein! Du hast ja mein Wort darauf, sie unverzüglich zu empfangen. Ich muß fürchten, daß ein neuer Krankheitsanfall ihn vom Schreiben abhält."

„So handle nach Deinem Herzen," rief Irmengard im Vollbewußtsein des Glückes, welches sie gewährte, „und führe mich heim als Dein Weib! Es wird meine Sache sein, einen grillenhaften Vater zu versöhnen."

Seine Stirne runzelte sich. „Mein Vater, Du verzeihst, steht über der Urtheilsfähigkeit auch der begabtesten Frau!"

„Das heißt —" fuhr sie erregt auf.

„Das heißt," unterbrach er sie mit liebenswürdigem Scherz, „wir feiern heute den Christabend, und ich habe um Dich geworben, wie Jakob um Rahel warb, bevor wir ihn gemeinsam feiern durften. Morgen steht mir ein anstrengender Genuß bevor," fuhr er in demselben Tone fort, „Frau v. Passevini lud mich zur Tafel."

„Immer diese Frau v. Passevini und ewig diese Familie! Du solltest morgen Abend nach der Vorstellung bei mir sein. Ich habe bereits Einladungen an etliche Colleginnen und Collegen ergehen lassen." Ihr schönes Antlitz hatte sich vor Aerger geröthet. „Du hast neulich durchblicken lassen, daß man Dir gewissermaßen einen Vorwurf aus Deiner Wahl macht. Verachte diese beschränkten, neidischen Menschen, wie ich es hier thue und in Sittlingen mit Entzücken that!"

„Darf ich Deine Entschlüsse in Betreff unserer Verbindung jetzt erfahren?" fragte er ablenkend, denn der Gedanke, ausschließlich mit Bühnengrößen zusammen zu sein, muthete ihn keineswegs an.

„Ich bin bereit, jede Verpflichtung zu lösen," sagte sie einfach, eine Erläuterung dieses Opfers verschmähend. „Wir schließen hiermit einen Kompromiß, denn für diese kurze Frist meiner glänzenden Laufbahn will ich keinerlei Beschränkung mehr erfahren, hörst Du? Glänzend, wie ich sie begann, werde ich sie schließen, gleichwie der Zauberkünstler seine letzten Leistungen von einem Brillantfeuer umspielt sehen läßt."

Er wagte es nicht, diesem Ton gegenüber Einwendungen zu machen. Eine gewisse Scheu vor den klugen, fragenden Augen Irmengard's ließ es ihn fast als Wohlthat empfinden, als er erfuhr, daß auch Dreyßing sich zur Feier des Abends einfinden wolle.

17.

„Susanne," rief Irmengard am Spätnachmittag geschäftig, „stecke die Lichter auf den Baum. Ganz oben die glitzernde Krone. Wo sind die bunten Sterne geblieben?"

„Ach, ich vergaß sie, in meinem Zimmer."

„Bleib' oben, bleib' oben, ich hole sie selbst!" Die
junge Frau sprang hinaus, durch den Vorsaal in die
Entrée. Es that ihr wohl, das Mißbehagen in ihrer
Brust durch Thätigkeit betäuben zu können. Plötzlich stand
sie horchend still. Da tappte Jemand unsicher die Treppen-
stufen hinauf, gleich darauf ein Fall, und ein gellendes
Kindergeschrei tönte an ihr Ohr. Zwar rief Irmengard
ihrer Gewohnheit gemäß zuerst „Susanne!" aber zugleich
riß sie auch die Thüre nach dem Flur auf. Ein kläg-
licher Anblick bot sich dar. Zwei kleine Knaben, von denen
der Jüngere auf dem Boden lag, weinten um die Wette.
Sie waren gut, aber über alle Maßen nachlässig gekleidet,
und das Taschentuch, womit der Aeltere dem kleinen Bruder die Thränen abzutrocknen bemüht war, zeigte die be-
gründetste Sehnsucht nach Wasser und Seife.

„Was macht Ihr denn?" fragte die junge Frau fast
in Verlegenheit, denn sie hatte nie Umgang mit Kindern
gehabt.

„Willy ist hingefallen, als ich ihn hinauftragen wollte,"
schluchzte der ältere Knabe laut.

„Blute!" rief der Kleine jämmerlich dazwischen, indem er an seine Stirn griff.

Irmengard trat näher. „Wahrhaftig, eine tüchtige
Schramme! Armer Schelm! Und am Christabend! Warum
seid Ihr nicht bei Euren Eltern?"

„Papa gibt noch Stunden — sei still, Willy, ach
Willychen, sei doch still!"

„Und Eure Mutter? Susanne, bringe schnell Wasser!

Sieh, was das Kind für schöne blaue Augen hat!" rief
die junge Frau eifrig.

„Wär's nicht besser, wir nähmen Beide mit hinein?
Da oben ist ja doch eine liederliche Wirthschaft, die Frau
ist gewiß wieder nicht zu Hause!"

„Mama," schluchzten beide Kinder wieder um die
Wette, „ist nie da, blos die alte Jette."

„Wo ist sie denn?" fragte Irmengard empört und von
Mitleid bewegt.

„Aus, immer aus! Papa sagt — ach, wie der Willy
blutet!"

„Das sind die Mechelmanns," erzählte Susanne, während sie behilflich war, das hübsche Gesicht des Kleinen
zu reinigen, „droben aus dem dritten Stock. Der Mann
quält sich redlich mit den drei Würmern, die Frau läuft
unterdessen in den Vereinen umher und schwatzt und hält
Reden. Mit dem Doktor Fowder und ihr soll's nicht ganz
richtig sein. Hinauf darf er freilich nicht mehr kommen,
der alte Mechelmann hat zwar sonst keine Courage, aber
gegen diesen Amerikaner soll er doch so in Wuth gerathen
sein — Na, nun geht sie aus und trifft ihn sonst irgend-
wo. Mir thun nur die armen Würmer leid!"

„Du sagtest drei. Wo ist denn das dritte?" fragte
Irmengard, und mit ihrem impulsiven Herzen haßte sie
beinahe die unbekannte, pflichtvergessene Mutter.

„Anni ist oben!" versicherte Willy schnell.

„Krank gewesen," fügte der kleine Blessirte in seinem
Kinderidiom hinzu, „ich auch. Bräune, sagt Papa."

„Nein, das ist ja entsetzlich!" rief die junge Frau.

„Sollt Ihr denn den ganzen Abend allein bleiben, Ihr armen, lieben Dinger?"

„Papa kommt bald, Jette auch. Ich wollte nachsehen, aber der Willy mag nicht allein bleiben, er läuft immer mit, und als ich ihn hinauftragen wollte, hat er mich ge= kitzelt, und da sind wir Beide hingefallen."

Irmengard's leicht bewegliches Gemüth trieb sie schon die Treppe hinauf, obwohl Susanne Einwendungen machte. Die Thüren zu allen Räumen standen weit offen, Alles war unbeleuchtet und durchkältet, nur im Kinderzimmer brannte eine Lampe mit zersprungenem Chlinder und zer= brochener Glocke. In einem hübsch gearbeiteten Bettgestell, dessen Sprossen hin und wieder ausgebrochen waren, stand eine elfenzierliche Gestalt im rothen Nachtröckchen. Das krause, blonde Haar umtanzte wirr die feine Stirn und der kleine Mund stammelte unverständliche Laute, die in Jauchzen endeten, als die glänzende Erscheinung der Künst= lerin das dämmerige Gemach zu erhellen schien. „Mama! Mama!"

Es ging ein wundersames Gefühl durch die Brust der kinderlosen Frau, als sie die beiden Worte sich entgegen= rufen hörte, wie wenn eine tief verborgene Saite plötzlich berührt wird. Selbst die Dazwischenkunft eines unsauber gekleideten alten Weibes konnte das schmerzlich=süße Lä= cheln nicht von Irmengard's Lippen scheuchen, womit sie sich über das ungeduldig hüpfende Kind neigte.

„Du willst zu mir kommen? Ja, gewiß, ich nehme Dich mit!"

„Wer sind Sie denn, schönes Fräulein?" brummte die

Alte halb neugierig, halb verdrießlich, während sie versuchte, Irmengard von der Wiege fortzudrängen. „So,
so, die Sängerin von unten! Ja, das glaube ich, wer's
so haben kann! Dies sind die Kinder vom Doktor Mechelmann, unter meiner Aufsicht."

„Wo ist denn Ihre Frau?" mischte sich Susanne spitz
dazwischen.

„Im Club der Freien," lachte die Alte dreist. „Heute
hält sie einen Vortrag. All' die Tage ist gelernt worden,
bis sämmtliche Kinder weinten, weil sie keine Mahlzeit
erhielten, und der Herr Doktor aus dem Hause lief. Wo
sind die Jungen? Sie sollen gleich heraufkommen, Jungfer,
ehe der Papa nach Hause kommt."

„Ich werde es bei Herrn Mechelmann verantworten,
wenn ich seinen drei Kleinen den Christbaum drunten zeige,"
fiel Irmengard mit ihrer hochfahrendsten Miene ein, während sie der Wärterin ein Geldstück in die Hand drückte.
„Kein Wort mehr! Susanne, nimm die Kleine jetzt!"

„Aber gütiger Himmel, Fräulein, sie hat ja fast gar
nichts auf dem Leibe! Nicht einmal ein Unterröckchen!"

„Wenn man im Bett liegt, braucht man keinen
Staat!" keifte Frau Jette und schleppte aus einem Win-
kel einen Arm voll Kindergarderobe herbei. „Da hier,
komm, Anni!"

„Susanne, ziehe das Kind an!" befahl Irmengard,
welche vor dem Branntweinduft der Alten Ekel und Abscheu
empfand. „Warum zünden Sie wenigstens kein Feuer im
Ofen an? Das arme Ding wird sich erkälten!"

„Ach nein, die Frau Doktor verzärtelt die Kinder nicht

so übermäßig. Sie hat ihre Plage ohnehin mit dem Auskommen, seit der schöne Herr aus Amerika hier ist."

„Bist Du fertig, Susanne?" wandte sich Irmengard
fröstelnd zur Seite.

„Gleich, gleich! Sie springt mir ja auf dem Schoß
wie ein Gummiball. Ja, ja, so geht's, Ännichen, wenn
die Hausfrau nicht auf dem Platze ist," raunte sie scherzend der Kleinen in's Ohr.

„Laß' das und komm!" Die junge Frau war bleich
geworden. Eine innere Stimme trieb sie fort aus diesen
vernachlässigten, liebeleeren Räumen, während derselbe
Mahner sie hinwiederum zwang, das traurige Bild fest
und unauslöschlich in sich aufzunehmen.

Das Geldstück in der einen, die zerbrochene Lampe in
der anderen Hand, ging die alte Jette den beiden Frauen
leuchtend voran durch das vordere Gemach. Ueberall Spu-
ren von Wohlhabenheit und Geschmack, aber auf den
braunen Plüschmöbeln lag der Staub fast einen Centimeter hoch, an den Teppichen fehlten Fransen, an den
Fenstern hingen schmutzige Vorhänge, hier stand ein Teller
auf dem Tisch, dort lag ein Toilettengegenstand zwanglos
über die Sessellehne geworfen. Und durch den Wirrwarr
und die kalte, dumpfe Luft schimmerte in dem flackernden
Lichtschein ein Oelgemälde von der Wand seltsam hell zu
Irmengard herüber, daß sie unwillkürlich stehen blieb.

„Wen stellt dies Bild vor?"

„Die Frau Doktorin als junge Frau. Ein schönes
Weibchen, nicht? Etwas zu jung für den Herrn, meine ich."

Irmengard starrte unverwandt hinauf. Ihre Phantasie

hatte ihr ein Megärenantlitz vorgespiegelt, und hier lächelten sanfte, liebliche Züge zu ihr nieder. Konnten Thorheit und Verblendung bei einem solchen Wesen zu einer derartigen Wandlung führen?

„Susanne, ich bitte Dich, komm' schneller!" sagte sie gepreßt. „O Gott, welch' ein grauenvoller Aufenthalt!"

Unten hüpften die beiden Knaben ihr und dem Schwesterchen jauchzend entgegen, darüber vergaß Irmengard das bohrende Gefühl in der Brust. Sie sandte ihre Jungfer fort, kleine Ueberraschungen für das Kleeblatt einzukaufen, und war gerade mit ihren sinnigen Arrangements fertig geworden, als Dreyßing sich anmelden ließ. Ihm auf dem Fuß folgte der Graf. Beide Herren machten erstaunte Gesichter, als sie den unerwarteten Zuwachs der Festversammlung in Augenschein nahmen.

„Nun aber —"

„Kein aber!" rief die junge Frau lebhaft. „Diese armen kleinen Gäste hat mir ein Zufall bescheert, sie sollen auch ihre Festfreude haben, der herzlosen Mutter zum Trotz, nicht wahr, Dreyßing?"

„Niedlicher, aber überflüssiger Nachwuchs," murmelte der Justizrath. „Wie heißt Du, mein Sohn?"

„Hans."

Irmengard bückte sich hastig, die an ihrem Knie emporkletternde Anni auf den Arm zu heben.

„So, Hans. Und weiter?" kommandirte Dreyßing, das Kinn des hübschen Knaben emporhebend.

„Mechelmann, Hans Mechelmann. Dies ist der arme Willy und da die kleine Anni."

„Wer? Mechelmann?" mischte sich der Graf herrisch
ein, so daß der Kleine scheu zur Seite wich. „Ist Dein
Vater der Doktor Mechelmann? Heißt Deine Mutter
Luise?"

„Ja. Und dies ist Willy und Anni!"

„Und diese Kinder ziehst Du in Deine Nähe? Die
Kinder dieser Frau?" fragte Freiberg, zu Irmengard
tretend. „Dieses Weibes?" wiederholte er mit zornigem
Nachdruck.

„Ja, warum denn nicht? Sieh doch nicht so böse
aus, Botho, Du wirst die Kinder zum Weinen bringen."

„Schicke sie fort, sie verderben mir die Laune und die
Festfreude."

Die junge Frau maß ihn mit unwilligem Staunen,
während Dreyfing seinen Kneifer aufsetzte und einen scherz-
haften Rundgang um das Brüderpaar begann.

„Also so sehen die Sprößlinge einer Emanzipirten aus!
Nicht übel! Für China doch zu Schade trotz des un-
zweifelhaften Ueberflusses! Jungens, wer von Euch hat
die Bräune gehabt?"

„Ich!" lallte Willy.

„Gut, dafür schenke ich Dir diesen Thaler! Jetzt
marsch fort mit Euch in die Ecke, bis der Baum angezündet ist!"

Inzwischen hatten der Graf und Irmengard einen
leisen, aber heftigen Disput mit einander geführt, bei
welcher Gelegenheit die junge Frau von dem zufälligen
Zusammentreffen beider Herren mit Luise Mechelmann
Kenntniß erhielt.

„Sie ist verächtlich, Du hast Recht, aber der Mann ist ebenso beklagenswerth, wie die schuldlosen Kinder."

„Die ganze Gesellschaft ist unserer unwürdig; Du hast ja die Luft kennen gelernt, in welcher sie athmen. Ich will keine Gemeinschaft mit irgend einem Gliede dieser verkommenen Familie halten, und Du sollst es auch nicht, Irmengard. Es schickt sich nicht für —"

„Die zukünftige Gräfin Freiberg!" fiel sie bitter lächelnd ein.

„Wenn Du so willst, ja, es ist das Richtige. Schicke die Kinder hinauf."

„Niemals!" entgegnete sie erregt. „Es wäre Unrecht, dieses lallende Kind hier für die Schuld der Mutter verantwortlich zu machen. Wenn Dein Gesichtskreis eng genug dazu ist, mein gesunder Menschenverstand sträubt sich dagegen!"

„Und wenn ich Dir die Alternative stelle," fragte er mit zornigem Flüsterlaut, während er nahe zu Irmengard trat, so daß er den Saum ihres veilchenblauen Gewandes berührte, „wenn ich Dir die Wahl stelle zwischen meiner Gesellschaft und jener?"

„Sagen Sie 'mal, lieber Graf," rief der Justizrath, „sind Sie vielleicht morgen zu Passevinis gebeten?"

„Jawohl! Weshalb?"

„Ich meinte nur! Wie wär's denn, wenn wir jetzt den Baum anzündeten?"

„Ja, ja!" riefen die Knaben zu Irmengard stürzend. „Der Baum, der schöne Baum!"

„Susanne wird gleich klingeln," sagte sie, mit un-

gewohnter Ueberwindung ein Lächeln auf ihre Lippen
zwingend.

Der Graf trat zurück, es war ihm selbst weh um's
Herz. „Irmengard, wie quälst Du uns!"

„Es liegt außer meiner Macht, diese Qualen zu enden," erwiederte sie herbe.

Die Flügelthüre sprang auf. Von hellem Jubelruf
begrüßt zeigte sich der strahlende Weihnachtsbaum den
sehnsuchtsvollen Blicken der Kinder, selbst die Kleine auf
Irmengard's Arm begann vor Freude laut zu jauchzen
und in die Händchen zu klatschen.

Sie wandte sich schnell von Freiberg ab, aber nicht
schnell genug, um den sprechenden Blick des Justizraths
übersehen zu können.

„Ich will Ihnen die blonde Zappelbanie abnehmen,
geben Sie her!"

Irmengard schüttelte stumm das Haupt. Sprechen
konnte sie jetzt nicht, wo eine bunkle Naturgewalt mit
einem nur allzu bewußten Schmerzgefühl um die Herr-
schaft in ihrer Brust stritt.

Gegen das duftende Tannengezweig gekehrt, in dessen
grünen Nadeln silberne Fäden und goldene Schnüre von
der Lichtergluth bewegt gleich Elfenbrücken in Waldes-
nacht schaukelten, stand die junge Frau gedankenverloren,
das Knistern der Kerzen führte sie weiter und weiter aus
der Gegenwart in die ewig unerreichbare Vergangenheit
zurück. Weder Haß, noch Zorn, noch Stolz vermochten
den sie unsäglich beängstigenden Bann zu lösen, dann
legten sich zwei weiche Hände liebkosend um ihre Wangen,

streichelnd, schmeichelnd, und ein kleiner warmer Mund flüsterte beseligt: „Mama, ei, ei! Mama!"

Sie athmete tief auf und drückte, um ihre Thränen zu verbergen, das schöne Antlitz in des Kindes blonde Locken. Die Sehnsucht des Weibes nach Mutterglück hatte sich zum ersten Male in Irmengard geregt, wie ein Blitz= strahl dem Auge fremde Fernen im Fluge zeigt und sie ebenso schnell im Dunkel verschwinden läßt.

Der Graf war nicht ohne Verlegenheit, wie er nach dem Vorangegangenen sein Festgeschenk darzubieten habe. Sein offener Sinn litt schwer unter der sinkenden Tem= peratur übereilt eingestandener Zuneigung, er zürnte sich selber und bedauerte Irmengard, deren unerfahrenes Ver= trauen ihn mit tiefer Reue erfüllte.

Dreyßing kam ihm unwissentlich zu Hilfe, indem er ohne Umstände das Kind der Jungfer übergab und Ir= mengard zu einem Tisch hinführte, auf welchem beide Herren ihre Gaben niedergelegt hatten.

Sie hielt das blaue Sammetetui mit dem Brillant= schmuck lange in der Hand und schaute sinnend auf das Gefunkel dieser herrlichen Steine. Endlich setzte sie es stumm nieder und reichte Freiberg die Hand.

„Es ist gut, daß Du nicht auf Perlen verfielst!"

Er sah sie traurig an. „Jede Deiner Thränen trifft mein Gewissen stärker als Du denkst!"

„Das ist recht!" sagte Dreyßing spöttisch, indem er sich umständlich ein Stück Konfekt auswählte. „Ueber eine gut stylisirte Erläuterung geht nur noch ein Glas Madeira. Ich weiß nicht, aber mich erinnern solche Wort=

übungen an homöopathische Heilmittel: helfen sie nicht,
so schaden sie auch nicht! Der Richter, meine Herrschaf-
ten, hält sich an Thatsachen, wie Sie wissen, zum Beispiel
an diese vortreffliche Chokolade!"

Freiberg wollte empfindlich antworten, aber Irmengard schlang flüchtig den Arm um Dreyßing's Schultern
und zog ihn zum Instrument.

„Kommen Sie!" flüsterte sie gepreßt. „Ich muß
wissen, ob mein Talisman mich jetzt abermals im Stich
läßt!"

Und mit lautem, vielleicht etwas unsicheremem Ansatz
als gewöhnlich schmetterte sie ein Lied des Uebermuths
und der Freude in den sie bewundernd umstehenden Kreis.

18.

„Wenn Du es wünscheft, Tante Käthe, will ich gern
etwas ausruhen!"

„Endlich kommst Du zur Einsicht, Gretchen! Weshalb ängstigen wir uns überhaupt so außerordentlich mit
dem Auspacken und Einräumen der Sachen? Morgen
und übermorgen bleibt uns wahrlich Zeit genug!"

Margarethens sanfte Stimme klang bereits wieder aus
einem entfernten Zimmer her. „Wenigstens Hans' Stube
wollen wir fertig machen, Tante Käthe! Ihm ist aller
Wirrwarr so tief verhaßt. Welche Freude, kehrt er heim
und findet seinen Schreibtisch in gewohnter Ordnung, den
Bücherschrank und — ach, seinen Arbeitssessel haben wir
drüben vergessen! Laß mich ihn noch holen, Tante Käthe!"

Diese Unterredung ward etwa acht Tage vor den zuletzt

erzählten Ereignissen in einer neu eingerichteten Wohnung
geführt, welche der an das Oberlandesgericht versetzte bis-
herige Amtsrichter Meischick in der fashionabelsten Gegend
der Residenz für seine Familie gemiethet hatte. Obgleich
noch ein unentwirrtes Chaos den Fußboden sämmtlicher
Gemächer bedeckte, lugten doch schon hie und da Lichtblicke der
Symmetrie und Proportion aus der Allgemeinverwirrung
hervor, besonders erfreute sich das Zimmer des Hausherrn,
welchem die Aufmerksamkeit seiner Gattin ausschließlich zuge-
wandt war, einer von Minute zu Minute wachsenden Behaglichkeit. Eben jetzt wieder machte sie eine Bewegung, den
aus seiner Strohumhüllung befreiten Papierkorb an den
richtigen Platz zu stellen, als Tante Käthe gebieterisch
die Hände der jungen Frau gefangen nahm und diese mit
sich zu dem nächststehenden Sopha zog.

„Gretchen! Wie oft hat Hans Dir verboten, Unvor-
sichtigkeiten zu begehen! Ich selbst bitte Dich alle Tage
darum, aber vergebens! Mir scheint fast, Du büßest mit
Deinem bevorstehenden Glück den Respekt vor der alten
Tante ein!"

„O, nein!" rief Margarethe zärtlich, während die
Stiftsdame die Gestalt der jungen Frau innig an sich
drückte. „Für mich würde ich gewiß keinen Finger rühren, aber es wäre das erste Mal, daß Hans —"

„Ach was! Hans, Hans und ewig Hans!" rief
Tante Käthe halb unwillig, halb gerührt. „Glaubst Du
denn, Närrchen, er bedürfte jetzt größerer Schonung als
Du? Was liegt an einem falsch gestellten Möbel, wenn

Du Schaden nähmst! Gewöhne ihn nur daran, daß seine
Person von jetzt an erst in dritter Linie steht!"

„Nie, Tante Käthe!" flüsterte Margarethe und über
ihre leidenden Züge glitt ein heller Schimmer. „Du gibst
Dir vergebene Mühe."

„Auch nicht in zweiter Linie?" forschte sie scherzend.
Margarethe schüttelte das Haupt.

„Dann freilich ist Hopfen und-Malz an Dir verloren, wie man zu sagen pflegt," lächelte Tante Käthe
achselzuckend. „Aber gib Acht, es kommt doch so! Du
wirst es schon erlernen müssen, auch einmal an Dich zu
denken. Im Uebrigen bin ich erfreut, daß Ihr nun wohl
für lange Zeit mit Umziehen verschont bleibet werdet."

„Was hätte werden sollen, wenn Du nicht wieder hilf-
reich zugesprungen wärest, geliebte Tante!" sagte die
junge Frau, ihren Kopf ermattet an die Schulter der
immer rüstigen, thatkräftigen Freundin legend. „Das
war eine Freude, als Hans mir Deinen Entschluß mittheilte! Heimlich hattet Ihr es mit einander verabredet,
denn ich hätte es nicht gewagt, darum zu bitten."

„Meinst Du, ich hätte es mir nehmen lassen, in den
Stunden der Angst um Euch, um Dich zu sein? So kam
ich eben etliche Wochen früher — das war das Ganze!"

„Wenn es nicht gerade die Residenz gewesen wäre!"
flüsterte Margarethe.

„Weshalb? Du gingst doch gern hieher?"

„Aeußerlich ja, weil ein lebhafter Wunsch meines
Gatten dadurch in Erfüllung ging, innerlich halte ich mit
einer unabweisbaren Scheu zu kämpfen. Es gibt Frauen,

die in große Verhältnisse gehören, und solche, die am
besten in bescheidenen untergebracht sind. Zu den Letzteren
gehöre ich. Es kommt mir manchmal so vor, als hätte
ich etwas von einem Aschenbrödel an mir!"

„Und mir kommt es so vor, als seiest Du herzlich
abgespannt und wartetest mit Selbstüberwindung darauf,
Deinem Mann guten Tag zu sagen, wenn er von seinem
Besuch beim Präsidenten zurückkehrt. Gib Acht, die Freude
über unseren Fleiß wird sich in Unwillen verkehren, findet
er Dich so sichtlich angegriffen und ermüdet. Sei gehorsam, Gretchen, ruhe Dich auf der Chaiselongue hier ein
Stündchen aus — Du sollst sehen, wie angenehm es ist,
sich behaglich hinzustrecken! Komm, ich bitte Dich!"

Margarethe wagte keinen Widerspruch, sie lächelte nur,
als Tante Käthe in Ermangelung des noch unerreichbaren
Plaids ihren Reisepelz über die Ruhende deckte.

„Nun schlaf, Kind, ich krame unterdessen fort!"

„Wenn ich nur wüßte," flüsterte die junge Frau, ihrer
Freundin Hand festhaltend, „was mir so das Herz be-
drückt, seit wir hier angekommen sind. Wenn ich mich
nicht vor Dir schämte, würde ich sagen, ich sehnte Hans
herbei, als solle er mich vor etwas Argem schützen."

„Nerven, Kind, in Deinem Zustand die natürlichsten
Vorgänge! Aber das sage ich Dir, Gretchen," fuhr sie
mit scherzhaftem Ernst fort, „sobald wir den Berg über-
stiegen haben, darf dieses abscheuliche Stichwort des
19. Jahrhunderts ‚Nerven' nicht mehr zwischen uns genannt werden. Eine nervöse Frau — puh, wie schrecklich
für den Mann! Ich sehne mich ordentlich wieder nach

Deinen rothen Wangen, Gretchen, und doch gibt es un-
zählige Frauen, die einen magen- oder leberkranken Teint
für eine absonderliche Schönheit halten. Ach, dann sind
sie so zart, so ätherisch, so märchenhaft, daß verständige
Leute nur den Wunsch empfinden, sie möchten sich lieber
ganz und gar verflüchtigen. Und die betreffenden Ehe-
männer, das kannst Du mir glauben, Kind, hätten dagegen nicht das Geringste einzuwenden. Jetzt schlafe aber,
Kind, und lache nicht!"

„O, Tante Käthe, wie drollig Du sein kannst!" rief
die junge Frau ihr erheitert nach. Dann legte sie gehorsam den Kopf tiefer in die Kissen zurück und gab sich
alle erdenkliche Mühe, einzuschlafen. Aber wie fest sie
auch die Lider schloß, wie regungslos sie verharrte, der
ersehnte Schlummer wollte nicht nahen. Dafür wurden
ihre Gedanken immer lebendiger, in unabsehbarer Kette
führten sie jeden einzelnen Tag ihrer jungen Ehe zurück
und senkten statt Ruhe Freude und Seligkeit in Margarethens Herz.

Wie waren doch jene letzten Monate in Sittlingen so
reich an stillem Glück gewesen, wie dankbar hatte sie es
empfunden, daß Meischick nie den geringsten Versuch gemacht, sie zur Annäherung an ihr unsympathische Fami-
lien zu zwingen, während er selbst seinen gesellschaftlichen
Verkehr auf die dienstliche Nothwendigkeit beschränkte.
Kein böses Wort, nicht einmal ein Meinungsunterschied
trübte je die Harmonie ihres Bundes, die junge Frau
fand ja ihren Stolz darin, dem Geliebten unbedingten
Gehorsam zu leisten. Emsig las und studirte sie in den

Büchern, welche Meischick ihrer Aufmerksamkeit empfohlen, wenngleich sie lieber draußen in Küche und Keller umhergewirthschaftet hätte; sprach er dann Abends über das Gelesene, gab sie sich die erdenklichste Mühe, seinen Auseinandersetzungen zu folgen, bis er leise lächelnd sagte: „Nimm nur Deinen Strickstrumpf wieder auf, Du entbehrst ihn ja doch!" Daß sie auch so gar nicht musikalisch beanlagt war, hätte sie eines Tages fast zum Weinen gebracht, als Meischick ein bekanntes Volkslied spielen hören wollte. Sobald er aber ihren Kummer bemerkte, streichelte er besänftigend ihre Hand und begnügte sich, die Melodie vor sich hin zu summen.

Dennoch war Margarethe froh gewesen, als bei ihrer Versetzung der schöne Bechstein'sche Flügel um einen Spottpreis veräußert ward auf ausdrücklichen Befehl des Amtsrichters, der ihn am liebsten verschenkt hätte. Wenn die junge Frau auch Irmengard's stets nur mit einem Gemisch von Widerwillen und Groll gedachte, fand sie doch für ihren Gatten eine Beruhigung darin, die Zeugen seines Unglücks thunlichst zu vermindern. Mit der ihr eigenen Umsicht und Unermüdlichkeit hatte sie alle Unbequemlichkeiten des Umzugs von Meischick fern gehalten, und es war ihr größter Triumph, als er sie in seine Arme gezogen und die Perle aller Hausfrauen genannt hatte. Auch nicht ein Funken von Eifersucht und Mißtrauen war je in ihre Seele gefallen, und alle ihre Briefe an Tante Käthe athmeten die Sprache des reinsten Glückes, des unentweihtesten Seelenfriedens, das schönste Zeugniß, welches sie dem Verhalten ihres Gatten auszustellen vermochte.

Die mit offenen Augen träumende junge Frau faltete
dankbar ihre Hände ineinander, denn in ihrer Erinnerung
tauchte ein Tag auf, wo sie zum ersten Mal vergaß, die
Bücher auf dem Schreibtisch ihres Gatten zu ordnen, wie
er es liebte. Stunden bangen Zweifels folgten, die sie
ängstlich im eigenen Busen verschloß, um den geliebten
Mann nicht vorzeitig in Unruhe zu versetzen. Eine un-
abweisbare Neigung zu trüben Gedanken beherrschte sie
oft bis zu Thränen, aber sie flossen nie in seiner Gegenwart. Wenn sie litt, litt sie allein. Auch hielt eine
wohlbegründete Scheu sie oft von einem immer heißer sich
hervordrängenden Geständniß zurück — Meischick hatte dieser
Eventualität niemals Erwähnung gethan, wie konnte sie
wissen, ob er gleich ihr Freude darüber empfinden würde.

Aber wie sehr Margarethe es auch verstehen mochte,
ihre Stimmung zu beherrschen, die oft geröteten Lider
und die bleicher werdenden Wangen entgingen den auf-
merksamen Blicken ihres Gatten keineswegs. Er glaubte
jedoch, soviel Zutrauen verdient zu haben, daß sie ihm
ihren Kummer freiwillig offenbaren sollte. Doch in einer
Abendstunde, wo er Margarethe ungewöhnlich leidend
antraf, vergaß er alle Prinzipien und schloß sie tröstend an sein Herz. Da fand sie auch den Muth, ihm
schüchtern und doch mit heimlichem Entzücken zu beichten,
was Meischick zu hoffen bereits für immer aufgegeben:
daß sie sich Mutter fühle.

Welch' eine Sonne des Glückes strahlte über sie herab,
als er sprachlos und dankbar ihr Haupt in beide Hände
nahm, um die treuen braunen Augen zu küssen, welche

unter seinem Hauch von Freudenzähren alsogleich über-
flossen.

Seiner Aufmerksamkeit hatte sie es auch zu danken,
daß Tante Käthe zu ihrer Unterstützung herbeieilte, als
Meischick's langjähriger Wunsch endlich in Erfüllung
ging und er kurze Zeit vor Margarethens Niederkunft
an das Oberlandesgericht versetzt ward.

Die junge Frau hatte sich in dem kleinen Städtchen
so unbeschreiblich wohl gefühlt, daß der jähe Wechsel sie
körperlich und geistig erschütterte. Alle nervösen Zufälle
traten wieder auf und zwar häufiger und stärker, so daß
Meischick sich genöthigt sah, Margarethe gleich mit sich zu
nehmen, um ihr in jeder Stunde nahe zu sein.

Es ward der jungen Frau unsäglich beengt auf ihrem
Lager zu Muth in einer ihr verhaßten Unthätigkeit, aber
aus Pflichtgefühl duldete sie standhaft, bis die Thüre vorsichtig geöffnet ward und das Antlitz ihres Gatten sich zeigte.

„Du schläfst —?"

„O nein, ich ruhe mich nur aus!" Sie streckte ihm
ihre beiden Hände entgegen.

Hans Meischick trat vollends in das Gemach. Die
Zeit war an seinem äußeren Menschen spurlos vorüber-
gegangen, aber die Art, wie er sich zu seiner leidenden
Gattin niederbeugte, verrieth eine achtungsvolle Milde,
welche Irmengard nicht an ihm gekannt.

„Meine arme Margarethe, welche Plage schafft Dir
meine Versetzung gerade jetzt! Vielleicht wäre es doch
besser gewesen, wir hätten Dich von all' der Unruhe ausgeschlossen, obgleich ich nach bester Ueberzeugung handelte."

„Tante Käthe ist zu ängstlich!"

„Tante Käthe?" lächelte er, einen Stuhl dicht neben das Sopha ziehend. „Nun ja, aber etwas verstehe ich auch in Deinen Zügen zu lesen."

„Wie war es beim Präsidenten? Was ist er für ein Mann? Wie gefällt er Dir?" fragte sie interessirt.

„So weit ganz gut. Jedenfalls versteht es seine welt=männische Gewandtheit, sich als liebenswürdiger Vorge=setzter im besten Licht zu zeigen. Wie plauderten fast eine halbe Stunde mit einander, und er gab zu wiederholten Malen seinem Bedauern Ausdruck, Dich in geraumer Frist erst kennen zu lernen. Redensarten, aber höfliche!"

„Wovon spracht Ihr denn so lange? Nur über dienst=liche Angelegenheiten?" fragte die junge Frau neugierig.

„Ich dächte nicht," erwiederte Meischick sich besin=nend. „Richtig, es fällt mir ein! Herr v. Erleben scheint ein großer Musikliebhaber zu sein, denn er enthusiasmirte sich gewaltig für eine hier gastirende Sängerin — ich glaube Meni oder Mena ist ihr Name."

„Meni oder Mena?" lachte Margarethe. „Tante Käthe, hast Du je etwas von einer Künstlerin Meni oder Mena gehört?"

„Hinter all' den Ni und Na steckt gewöhnlich eine Karoline Schulze oder Auguste Meyer, Kind! Im Uebri=gen, wenn es Dich interessirt, kann Hans Gelegenheit nehmen, hinter den Illusionsnebel dieses italienischen Na=mens zu schauen."

„Wie so, Hans?"

„Herr v. Erleben hatte die Freundlichkeit," versetzte

Meischick, „mich zu einer Soirée aufzufordern, welche in den nächsten acht oder vierzehn Tagen, glaube ich, stattfinden soll und auf welcher die erwähnte Sängerin ebenfalls erscheinen wird. Abschlagen ließ es sich schwer, es genügt aber vollkommen, wenn ich mich eine Stunde dort zeige."

„Wieder ein Vortheil der Residenz, Gretchen," sagte Tante Käthe, bedeutsam lächelnd.

„Ich gehöre nicht in diese vornehmen Cirkel," erwiederte die junge Frau ablehnend.

„Meine Frau gehört überall da hin, wo ich sie einführe. Und daß man ihr da respektvoll und liebenswürdig begegne, sei stets meine Sorge!" Er küßte sie mit freundlichem Ernst auf die Stirn und begann von etwas Anderem zu sprechen.

19.

Der erste Weihnachtstag brachte das Diner in der Familie des Legationsraths v. Passevini. Entsprechend der Anwesenheit eines Gastes von hohem gesellschaftlichen Range sollte das Fest einen offiziellen Charakter tragen, woraus sich die Verpflichtung für die Wirthe ergab, bei dieser Gelegenheit den vollen Prunk und Reichthum ihres Hauses zur Schau zu stellen. Ein entzückender Blumenflor verschönte die glänzende innere Ausstattung der Räume und milderte die oft brennende Farbenpracht, die ernste Klassizität zahlreicher Kunstwerke, das strahlende Kerzenlicht zu einer dem Auge unendlich schmeichelnden Harmonie. In dem mit herrlichen Fresken geschmückten Speisesaale war gedeckt; auf der Tafel erglänzte das kostbare

silberne Tafelgeräth der Familie v. Passevini. Vom Ahn
zum Enkel durch Jahrhunderte fortgeerbt, zeigten sich Schaustücke der seltensten Art darunter, Meisterwerke altitalieni-
scher Goldschmiedekunst, oft von Juwelen funkelnd, oft zu
einem malerisch matten Glanze herabgedämpft. Aber köstlicher noch als Silber und Edelgestein glühten die farben-
reichen Früchte des Südens in ihren krystallenen Schalen,
wie die goldenen Aepfel der Hesperiden, wetteifernd an
Liebreiz mit dem dunklen, rosigen und zart gesprenkelten
Blüthenschmuck zahlloser Kamellien, die in Mosaikgruppen
geordnet sich mit unnachahmlichem Effekt von dem weißen
Tafelgrunde abhoben.

Der Legationsrath hatte sich kurz vor Beginn der
Festlichkeit zu einer letzten Musterung sämmtlicher Gemächer eingefunden und trat soeben in den Empfangsalon,
als von der entgegengesetzten Seite seine Gemahlin mit
erhitztem Antlitz erschien.

„Antonio —!"

„Meine Liebe?"

„Du warst oben?"

„Sie wird erscheinen, meine Theure!"

„Ich weiß es, aber wie — o Antonio!" Und sie
drückte die behandschuhte Rechte kummervoll auf seinen Arm.

„Nun, wie denn? Du erschreckst mich!"

„In halber Nonnentracht! Ich hielt es für meine
Pflicht, ihre Zofe etwas auszufragen. O Antonio," hier
blickte sie scheu auf ihre eigene ebenso reiche als geschmack-
volle Toilette, „wird die böse Welt nicht sagen, ich, die
Tante, wolle die Nichte in den Hintergrund drängen?"

Der Legationsrath lächelte. „Wenn man so jung und hübsch ist, wie Du, meine theure Bella, braucht man kein Urtheil der Welt zu fürchten."

„Ja, ja," hauchte die Baronin halb beruhigt und sichtlich angenehm berührt. „Aber warum wies sie meine Hilfe so eigensinnig von sich?"

„Zu ihrem eigenen Schaden. Ich habe also, allerdings nicht ganz nach meinem Wunsch, den Grafen Freiberg zu ihrem Nachbar bestimmt."

„O Antonio, glaube mir, gerade jetzt wird er meinen Intentionen noch mehr entsprechen, als zuvor. Er wird jetzt nicht die geringste Anstalt treffen, ihr den Hof zu machen, und das ist es, was ihn mir diesem seltsamen Mädchen gegenüber ganz unentbehrlich macht. Außerdem hat er Berge von Büchern gelesen, die der Marchesa gewiß auch bekannt sein werden."

„Nun, wie Du denkst, meine Liebe, wie Du meinst; Du verstehst Dich ohne Zweifel besser darauf, als ich. Aber es würde gewiß heilsam sein, wenn Du unserem Gaste Deine Scheu etwas mehr verbergen wolltest. Als ich heute Morgen bei ihr war, sie zur Theilnahme an diesem Diner zu bestimmen, lächelte sie mich eigenthümlich, vielsagend an: ‚Wenn die Baronin verspricht, sich nicht mehr vor mir zu fürchten!'"

„Ah!" sagte Frau v. Passevini halb erfreut, halb gekränkt. „Antonio," rief sie plötzlich lebhaft, „weißt Du, was die Marchesa so — so grillenhaft gemacht hat? Mir ahnt es!"

„Nun?" fragte ihr Gemahl auf's Aeußerste gespannt,

indem er die Stirn seiner Gattin mit den Lippen leicht
berührte.

„Eine unglückliche Liebe!“

Hier ward das Zwiegespräch durch das Erscheinen der
ersten Gäste unterbrochen.

Einige Zeit später bewegte sich die plaudernde, ge=
schmückte Festgesellschaft vollzählig in den Gemächern. Das
Erscheinen des Gra‘en Freiberg erregte eine gewisse Auf=
merksamkeit. Man fand ihn bleicher als gewöhnlich, und
ernster. Er mußte abermals die Erfahrung machen, daß
die junge Fürstin Melnikoff, welche im Kreise der jüngeren
Damen den Ton angab, mit einem undefinirbaren Wider=
streben in Wort und Miene ihn gewissermaßen als aus=
gestoßen kennzeichnete.

Frau v. Passevini, an der Seite ihres Gastes, des
Prinzen Liebenstein, stand trotz des liebenswürdigen Lä=
chelns, welches ihre Lippen umspielte, wie auf Kohlen. Eine
Minute nach der anderen verstrich, und die Marchesa er=
schien nicht. Die fragenden und erstaunten Blicke der er=
wartungsvollen Gesellschaft begannen sich allgemach wie
Dolchspitzen in das Herz der allem Eklat so feindlich ge=
sinnten Baronin zu bohren. Der Prinz, durch Zufall in
Kenntniß gesetzt von der Anwesenheit einer Anverwandten
seiner schönen Wirthin, wandte sich soeben bedauernd zu
dieser.

„Mir scheint, Frau Baronin, wir᠆ müssen für heute
das Vergnügen entbehren —“

Da öffneten sich die Flügelthüren. Frau v. Passevini
athmete auf vor Erleichterung, während sich über die ganze

Gesellschaft ein Schweigen der Erwartung legte. Eine Sekunde verstrich. Dann ging ein wundersames Raunen und Rauschen durch die Gruppen. Die Marchesa di Caffero hatte den Salon betreten.

Welche Vermuthungen auch über die junge Dame laut geworden waren, nicht eine streifte die hier in Erscheinung tretende Wahrheit. Wohl lag über diesem durchsichtig bleichen Antlitz mit dem großen, leuchtend schwarzen Augenpaar und den schmalen rothen Lippen ein befremdender Zug von Melancholie, aber nichts, was an abstoßende Selbstüberhebung erinnerte. Die zarte, vielleicht zu schlanke Gestalt mit der erhobenen Kopfhaltung und den gleichmäßigen Bewegungen trug allerdings den Stempel herber Jungfräulichkeit, aber die wunderliebliche Form der Hände, des Nackens und der eigenthümlich schmalen Füße verlieh der Marchesa dennoch den Zauber mädchenhafter Anmuth.

Sie war zum Entsetzen der Baronin in ein hoch hinaufreichendes schwarzes Sammetgewand gekleidet, dessen majestätische Schleppe für ihre Figur fast zu schwer erschien. Ihr nachtfarbenes, bläulich schimmerndes Haar war in schlichten Flechten um den schön geformten Kopf geordnet; statt der Blumen leuchtete ein großer Stern von Rubinen darin auf, ein zweiter funkelte an ihrer Brust — sonst war jeder Zierath verschmäht.

Herr v. Passevini eilte seiner Nichte mit einer gewissen unterwürfigen Zuvorkommenheit entgegen und geleitete sie zu seiner Gattin.

Die Marchesa, sich tief vor dem Prinzen und ihrer Tante verneigend, ergriff die Hand der Baronin und drückte

sie an ihre Lippen. „Ich bitte um Verzeihung für mein
langes Ausbleiben — ein Schwindelanfall hielt mich
auf."

Frau v. Passevini, durch dieses taktvolle Benehmen
nunmehr ganz zufriedengestellt, stellte ihre Nichte mit
tadelloser Liebenswürdigkeit der nächsten Umgebung vor.
„Marchesa Gaëtannina bi Caffero!"

Fast in demselben Moment wurden die Thüren zum
Speisesaal geöffnet, und mit einem bewundernden Ausruf
über die eigenartige Schönheit der Marchesa reichte der
Prinz seiner Wirthin den Arm. Der Aufbruch zur Tafel
ordnete sich schnell.

Der Legationsrath winkte Freiberg aus dem anstoßen-
den Gemach zu sich. „Kommen Sie, ich will Sie meiner
Nichte, Ihrer Tischnachbarin, vorstellen."

Der Graf folgte. Jetzt wandte sich die Marchesa.

„Graf Freiberg — Marchesa Gaëtannina bi Caffero."

Herr v. Passevini bemerkte es in der Eile, mit welcher
er sich entfernte, nicht mehr, daß der Graf die Augen
schloß und nach der Lehne eines Sessels griff, während
Gaëtannina mit weit geöffneten Augen an seinen Zügen
hängend einem Marmorbilde ähnlicher sah, als einem
athmenden Menschen.

„Gaëtannina," flüsterte er wie im Traum. „Es ist ja
nicht möglich, es kann nicht sein!"

Sie faßte sich. „Wir dürfen nicht länger verharren —
Ihren Arm, Graf Freiberg!"

Er fühlte ihre Hand leise erbeben. Eine Beklem-
mung ohne Gleichen erfaßte ihn. „Gaëtannina, sprich

ein Wort, bist Du meine erste, die heilige Liebe meiner
Jugend?"

Sie nickte stumm.

„O Gaëtannina — Gaëtannina!" sagte er gepreßt
mit dem Ausdruck tiefster Verzweiflung. Der Gedanke an
Irmengard lastete wie ein Alp auf ihm. Er wagte es
nicht, Gaëtannina in's Auge zu sehen. Die Worte, welche
er sprechen wollte, erstarben auf seiner Zunge.

Stumm, bleich saßen sie neben einander, nur wenn
ihr Blick die Züge des Geliebten streifte, leuchtete ein
wunderbares Flammen und Glühen in den tiefen schwarzen Sternen auf.

Da der Graf anscheinend seine Pflicht als Tischnachbar
arg vernachlässigte, versuchte es ein junger Attaché, die
Aufmerksamkeit der Marchesa auf sich zu lenken, aber da
trat jener herbe Zug um ihre Mundwinkel so grell hervor, daß Freiberg erschrak. Wie mußte dieses weiche,
leidenschaftliche Kinderherz gedrückt und gemartert worden
sein, bevor die vollen, schwellenden Lippen, welche so oft
an den seinen gehangen, ein so hoffnungsloses Zusammen-
pressen gelernt! Während sie sich Entsagung aufgezwungen
und ihm heldenmüthig Treue bewahrt — was hatte er
inzwischen gethan? Nun war Gaëtannina frei und er
gefesselt, ach, und mit Banden, die ihn schmerzten, ohne
ihn ferner zu beseligen!

Als er mit dem Gefühl eines Verbrechers die Tafelrunde überschaute, entging ihm die Bewunderung nicht,
mit welcher der Prinz sich bemühte, ein Gespräch mit der
Marchesa anzuknüpfen. Es wurde ihm heiß im Herzen,

als er dessen sanfte, einschmeichelnde Stimme zu sich herüber tönen hörte, jedes Wort eine versteckte Huldigung, ein galanter Scherz.

Zu Frau v. Passevini's Entzücken entfaltete Gaëtannina in ihren Erwiederungen so viel Geist, daß die Baronin nicht umhin konnte, in die Lobeserhebungen des Prinzen einzustimmen. Die Person des Grafen verlor für sie auch die letzte Bedeutung, da ihre Nichte auch ohne ihn Unterhaltung und Anerkennung fand.

Die Marchesa bezeugte, wie sehr Selbstbeherrschung ihr zur zweiten Natur geworden war, indem sie ohne Zögern dem Wunsch des Prinzen entsprach, im Salon den Kaffee neben ihm einnehmen zu wollen. Mochten Herz und Sinne auch eine Aussprache mit Freiberg heiß ersehnen, nicht eine Wimper ihres bleichen Antlitzes zuckte bei der anregenden Plauderei, welcher sich der Prinz mit vollem Genusse hingab. Es war, als ob sie nur das Sprachrohr eines fremden Geistes sei, ein Transparent für eine fremde innere Flamme, erleuchtet und doch kalt, farbensprühend und selbst todt.

Der Prinz empfand dies sehr wohl und daneben einen unsäglichen Reiz, diese schöne Statue belebt zu sehen, ein Verlangen, das sich bis zu dem Wunsche steigerte, sie selber beleben zu können. Er versuchte es, sich über einen Mangel an Aufmerksamkeit bei ihr zu beklagen, indem er bedauerte, ihrer Landessprache nicht mächtig zu sein, da auch die gewandteste Uebertragung in fremde Idiome niemals dem Inhalt des Originals völlig entspräche.

Sie schaute ihm mit überlegener Ruhe in das lebhaft

geröthete Antlitz. „Zwei Sprachen gibt es, Hoheit, die überall gleich lauten und verstanden werden: Wissenschaft und Wahrheit!" .

Der Prinz lächelte. „Was ist Wahrheit? Ein Phantasiegespinnst wie hundert andere schöne Dinge. Und Wissenschaft? Du lieber Himmel, gibt es etwas Trügerischeres, als diesen Wirrwarr streitender Meinungen, den man Wissenschaft nennt? Nein, es gibt nur eine Universalsprache: die der Liebe, und in Ihren Jahren, Marchesa, und bei Ihren Gaben sollte diese stets den Vortritt haben."

„Weshalb?" fragte sie noch kühler, und wieder trat der herbe Zug um ihre Mundwinkel grell hervor.

„Schon deshalb, weil die Zusammenstellung der Liebe mit der Wissenschaft eine — verzeihen Sie, Marchesa — Verketzerung, um nicht zu sagen Blasphemie, ist. Liebe und Wissenschaft sind wie Sonne und Mond. Wo die Liebe leuchtet in ihrem himmlischen Glanze, schwindet das armselige Mondlicht der Bücherweisheit in sein Nichts dahin. Unter dem Mond reift keine Aehre, nicht ter kleinste Halm; sowie die Sonne darauf strahlt, sprießt Alles im Menschenherzen hervor, was die Natur darin eingeschlossen hat. Daher können wir die Wissenschaft zu unserem Glück entbehren, die Liebe nicht. Was haben Sie darauf zu sagen, Marchesa?"

„Daß Beides," ihre feingeschweiften Nasenflügel bebten leise, „eitel ist, wie Alles auf Erden. Glauben Sie, Hoheit, daß man im Kloster über solche Dinge ein anderes Urtheil fällen lernt, als im Getriebe der Welt!"

„Vor allen Dingen erhält man ein falsches Bild,"

erwiederte er lebhaft, „ungefähr, als sähe Jemand ein
Gewitter zum ersten Male in verschlossener Stube mit an.
Müßte er nicht glauben, die Welt ginge draußen in Flammen auf und der Donner zerbräche das Erdreich? Geht
man aber furchtlos hinaus, so ist die Sache ungefährlich,
so ungefährlich, meine schöne Marchesa," sagte er leiser,
„wie die Stürme der Liebe."

„Wer sich darauf verläßt, könnte leicht erschlagen werden, Hoheit," erwiederte Gaëtannina mit kühlem Spott.

„Ah, nutzlose Angst! Am Liebeshimmel jedes Menschen zuckt hie und da ein Blitz auf, aber er erlischt wir-
kungslos, man hat keinen Schaden davon —"

„Nun, und?" fragte die Marchesa sehr gedehnt, ihm
voll in's Antlitz sehend. „Die Nutzanwendung?"

„Schlägt der elektrische Funke wahrer Zuneigung endlich wirklich ein, so ist man eben todt für die Außenwelt," schloß der Prinz mit feiner Bedeutung.

„Ja so!" Gaëtannina neigte das Haupt. Sie fühlte
sich beengt, gequält in dieser unwillkommenen Gefangen-
schaft, umsomehr, als sie Freiberg's Gestalt nicht mehr
im Salon bemerkte. Zum Glück näherte sich jetzt die
Legationsräthin ihrem erlauchten Gast und nahm anmuthig
dankend den Platz ein, welchen Gaëtannina ihr zur Verfügung stellte.

Eine Regung des Unwillens ging durch die gesammte
weibliche Jugend, als die Marchesa, ohne Notiz von ihrem
Kreise zu nehmen, langsam in dem angrenzenden Boudoir
der Hausfrau verschwand. Die Fürstin Melnikoff, ohnehin in der berechtigten Erwartung betrogen, von dem

Prinzen ausgezeichnet zu werden, betrachtete die schöne
Bevorzugte mit feindseligen Blicken, denn sie bemerkte gar
wohl, daß sämmtliche Cavaliere ihre Aufmerksamkeit auf
die Italienerin richteten, bis auch der letzte Saum der
schwarzen Sammetschleppe verschwunden war.

„Der Durchgang der Venus!" lispelte die Fürstin
ihrer Nachbarin boshaft zu.

Gaëtannina, das kleine Gemach durchschreitend, öffnete
die Flurthüre, um in den oberen Stock zurückzukehren,
als der Graf ihr im Korridor entgegentrat.

„Schenken Sie mir wenige Minuten Gehör, ich bitte
darum. Nein, ich verlange es," fuhr er leidenschaftlich
fort, als sie das Haupt schüttelte, „denn ich habe ein Recht
dazu, Sie selbst gaben es mir!"

Die Anwesenheit eines Dieners zwang sie, ihren Arm
in den seinen zu legen. „Lassen Sie uns in den kleinen
Wintergarten gehen."

Er führte sie auf einem Umweg bis zu dem zierlichen,
mit raffinirter Geschicklichkeit ausgenützten Anbau, welcher
in seiner räumlichen Ausdehnung einem großen, aber
schmalen Gemach entsprach. Dieses kleine Bijou, wie die
Legationsräthin ihr Werk nannte, lag an der Breitseite
des Empfangsalons, nur etliche Stufen tiefer, und war
mit diesem durch eine jetzt offen stehende Thüre verbunden. Es lag also nichts Auffälliges darin, wenn Gaëtannina und der Graf im Wintergarten verweilten.

Freiberg bemerkte mit Befriedigung, daß augenblicklich sich Niemand darin befand. Er führte die Marchesa
zu einer der niedrigen, offenen Polsterwände, auf welcher

fie Platz nahm. Vergebens haschte er nach einem ein-
leitenden Worte, aber sie kam ihm zuvor.

„Zunächst sollen Sie erfahren, wie ich der dunklen
Klosterzelle entfloh. Warum stehen Sie so fern von mir?
Glauben Sie, daß alle Gäste drinnen ein so lebhaftes
Interesse an der lebendig begrabenen Gaëtannina nehmen,
wie Sie, dann will ich laut sprechen!"

„Nein, nein! O, ich —" Er rollte einen Sessel in
ihre Nähe, ohne es zu wagen, die reizende Hand, welche
ihm so nahe lag, zu berühren.

Gaëtannina erzählte in schlichten Worten, wie die
Oberin des Klosters Erbarmen mit ihrer Verzweiflung
gefühlt und den Termin der Einkleidung, ungeachtet alles
Drängens ihrer Mutter, immer hinauszuschieben gewußt
habe, bis aus dem einen Probejahr fast deren drei geworden, daneben habe sie allerdings mit allen Mitteln
der Güte und Strenge versucht, Lebensfreude und Liebes-
sehnsucht in Gaëtannina's Busen zu ersticken; das Erstere
sei ihr gelungen, das Zweite nicht.

Hier schwieg die Marchesa und heftete einen durch-
bringenden Blick auf das abgewandte Antlitz des Grafen.
„Wenn ich außer Selbstbeherrschung noch etwas lernte in
den geheiligten Räumen, so war es Menschenkenntniß.
Das klingt paradox, und dennoch ist es wahr! Ein un-
barmherziger Gott gab mir als bitteren Ersatz für den
vernichteten Lebensmuth die Gabe, im Menschenherzen zu
lesen wie in einem Buch, und in Ihrem Herzen —"

„Nicht weiter, Gaëtannina, nicht weiter, ich beschwöre
Sie!" rief der unglückliche junge Mann heftig.

Die Marchesa fuhr herbe fort: „Plötzlich endete ein Schlagfluß das Leben meiner Mutter. Ich habe ihr nicht nachgetrauert, aber ich habe sie beneidet. Am Tage ihres Begräbnisses trat die Domina zu mir und sagte: ‚Ich habe mit den Oberen Rücksprache genommen, Du bist nicht reif für ein Leben in Jesu. Geh' in die Welt zurück, die nur Kampf und Enttäuschungen bietet, aber denke daran, daß Deiner hier ein Asyl harrt, wenn Du an Dir erfahren haben wirst, was mein Herz einst brach!' So kam es, daß ich, ein unheimlicher, furchterweckender Gast, meiner Familie zurückgegeben ward. Man hatte sich so schön daran gewöhnt, mich lebendig eingesargt zu wissen, daß ein Ruf des Schreckens meine Wiedergeburt begleitete. Ein gewisser Heiligkeitsgeruch, der mir voranging, sowie der Verdacht asketischer Klostergelehrsamkeit zogen der guten Baronin beinahe ein Fieber zu, als der Arzt in Florenz meinem Onkel diese Luftveränderung als unabweisbar nothwendig an's Herz legte."

„Sie waren krank?" fragte der Graf tödtlich erschrocken, als er die Marchesa ihre Hände schmerzlich gegen die Brust drücken sah. „O Gaëtannina, nur in diesem Augenblick noch gönnen Sie mir ein Recht, für Sie zu zittern!"

„Es gab eine Zeit," flüsterte sie und eine wunderbar zarte Röthe überflog ihre Wangen, „da glaubte ich, der Duft der Rosen eines verschwiegenen Gartens müsse mich genesen lassen, das Säuseln freundlich schirmender Pinien müsse mein fieberndes Blut kühlen, im Anschauen weißer Lilien, den Zeugen kurzer Seligkeit, wollte ich mich glücklich träumen, aus dem Rauschen des Stromes entschwun-

bene Wonnen zurückbeschwören —!" Sie fuhr zusammen.
„Was rede ich!" rief sie plötzlich mit ersticktem Schrei die
Hände vor das Antlitz drückend. „Was mir zur Wohlthat werden sollte, vermehrte nur mein Leid. Aus jeder
Blume, die uns geblüht, aus jedem Blatt, das uns um-
rauscht, sog ich ein schmerzlich-süßes Gift — und sterbe
daran, wenn Du —"

Hätte Freiberg eine Waffe bei sich geführt, er würde
seinem verfehlten Dasein zu Gaëtannina's Füßen ein Ende
gemacht haben. Wie groß aber auch seine Verzweiflung
sein mochte, seine Sorge um die Marchesa war größer.
Er richtete sich hastig auf. „Um Gottes willen fassen Sie
sich, man kommt! Mein Herz soll offen vor Ihnen liegen — wir leiden Beide!"

„Sie werden besser gewählt haben, das soll mich trösten,"
sagte sie, und über die soeben noch lebenswarmen Züge
glitt jene kalte bleiche Maske, welche jeden Verdacht im
Keime erstickte.

Eine heiter plaudernde Gesellschaft unter dem Vortritt
der Legationsräthin eilte die Stufen hinab, das Bijou
des Hauses in Augenschein zu nehmen. Man war freilich erstaunt, die unnahbare Florentinerin an der Seite
ihres stummen Tischnachbars wiederzufinden, aber die
Meisten hielten dies für eine bizarre Laune der Marchesa
und gingen gleichgiltig darüber hinweg.

Herr v. Erleben jedoch, obwohl in angenehmster Stimmung, empfand auch jetzt gegen Freiberg dieselbe kleine
Feindseligkeit, deren er sich seit jenem Zusammentreffen
bei Garda Menari niemals erwehren konnte. „Verehrter

Herr Graf, ich komme, mir bei Zeiten schon Ihre liebenswürdige Genehmigung zu erbitten —"

„Wozu?" fragte Freiberg, von demselben Gefühl beseelt, ziemlich kurz.

Der Zufall hatte gerade in diesem Moment einen Kreis
von Lauschenden um Gaëtannina's Sitz gezogen; ihr gegenüber stand der Prinz, aufmerksam jede Bewegung dieser
eigenartig schönen Züge verfolgend.

„Ich beabsichtige, in kurzer Frist eine Soirée bei mir
zu veranstalten, und hoffe, daß Sie mir die Freude nicht
versagen werden, Ihrer liebenswürdigen Braut bei dieser
Gelegenheit einen Lorbeerkranz zu Füßen zu legen."

Ohne aufzuschauen, empfand Freiberg das verhaßte
Lächeln, welches in diesem Augenblick die Lippen aller
Hörer umspielte. Ihm war zu Muth, als begänne die
Luft vor seinen Augen zu flimmern, Angst und Scham
Gaëtannina gegenüber und Haß gegen den unberufenen
Verkünder seines schweren Geständnisses machten ihn fast
fassungslos. „Ich verstehe Sie nicht ganz, Herr Präsident!"
sagte er hochfahrend, aber er wagte es nicht, Gaëtannina
dabei anzusehen, obwohl jede Fiber in ihm nach einem
verzeihenden Blicke rang.

„Aber das ist doch so leicht zu verstehen, Graf Freiberg," lächelte Natalie Melnikoff, mit ihrem Brillant-
bracelet spielend. „Fräulein Menari soll uns durch ihren
schönen Gesang erfreuen, bevor der Ball beginnt, es soll
uns Allen ein hoher Genuß sein."

Die Marchesa sah verständnißlos in das feine, geistreiche Antlitz des Präsidenten.

Zuvorkommend trat er in ihre Nähe. „Ah, Marchesa, Sie wissen noch nicht, daß Graf Freiberg einen zweiten Raub der Proserpina in Scene gesetzt hat? Er entführt uns grausam den Stern der Saison, eine Koryphäe im edelsten Sinne des Wortes: Garba Menari!"

„Eine Primadonna — der Bühne?" fragte Gaëtannina, sich mit ihrer schroffsten Haltung erhebend, denn alles Blut drängte bei den Worten des Präsidenten zu ihrem Herzen zurück. „Eine Primadonna? Ist es so, Herr Graf?"

Er verbeugte sich stumm und, wie es für die Gesellschaft den Anschein hatte, verstimmt durch die zaubernde, mißächtliche Betonung dieser Worte.

Der brennende Druck auf Gaëtannina's Herzen wich einem eisigen Frösteln, welches ihren zarten Körper durchschauerte, aber sie konnte lächeln, lächeln, obwohl alle Qualen enttäuschter Liebe und verletzten Geburtsstolzes ihren Busen durchwühlten. Die schadenfrohe Neugier der Umstehenden, welche dem abtrünnigen Aristokraten diese empfindliche Lektion gönnten, flößte ihr kein Mitleid mehr für ihn ein, um dessen Seelenfrieden sie einst willig gestorben sein würde, und sich selbst schalt die Marchesa im bittersten Hohn eine verliebte Närrin. Mit vernichtender Ruhe blickte sie dem Grafen in die finsterleuchtenden Augen, schritt gemessen an ihm vorüber und sagte leise: „Meinen verspäteten Glückwunsch zu Ihrer Wahl!"

20.

Der junge Morgen nach diesem Gesellschaftsabend dämmerte herauf, als Botho Freiberg, seiner Fassung nicht

länger mächtig, vom Schreibtisch aufsprang und wie ein
Trunkener durch die Stube schwankte. Sein ganzes Denken
und Fühlen kämpfte den großen entscheidenden Kampf zwischen Wollen und Können mit elementarer Gewalt; da
sank jede Selbsttäuschung, jede laue Halbheit zersplittert
zu Boden und sonnenklar zeigte sich die Bedeutung jener
Fragen, um derentwillen er Dreyfing oftmals zu hassen
geglaubt. Dieser hatte weiter gesehen, als er, und Irmengard vor knabenhafter Begehrlichkeit, Enttäuschung und
Schande schützen wollen.

Der Graf preßte seine Hand mit schmerzhaftem Druck
gegen die Stirn. Wo waren sie denn geblieben jene heißen
Wonneschauer, die ihn seiner ersten Liebe abtrünnig gemacht?
Jenes ritterliche Drängen, die entflohene Gattin durch seine
Liebe für ihren Treubruch zu entschädigen? Fort, zerstoben,
alles romantischen Schimmers beraubt! Mitleid, Schuld-
bewußtsein, Sinnesgluth und endlich Pflichtgefühl hießen
die Motive, die ihn zu Irma's Füßen getrieben und die
Katastrophe der letzten Stunden herbeigeführt hatten.

Was ihm damals so heilig, so zweifellos erschien, sein
Eingreifen in einen fremden Ehebund, ließ die Alles zer-
setzende Erkenntniß dieser Nacht ihm als unedel, willkürlich
und verbrecherisch erkennen. Und wie das Fundament in
sich zusammensank, stürzten alle Folgerungen mit zu Boden. Irmengard jetzt aufgeben, hieß der letzte Frevel,
dessen er sich noch schuldig machen konnte.

Er stöhnte auf in Seelenqual. So nahe dem Ziel
seiner ersten reinen Wünsche und für immer verbannt!
Hatte Gaëtannina nicht Jahre hindurch in einsamer Zelle

beweint, was er ihr in seligen Stunden unauslöschlich tief in's Herz geflößt, so tief, daß sie es nur mit ihrem Leben ausreißen konnte und daran verbluten mußte? Auch jetzt weinte sie seinetwegen.

Freiberg lächelte herbe, während seine Hände sich zornig ballten. „Gaëtannina weint und Irmengard jubelt im Kreise ihrer leichtfertigen Genossen! O gib mir einen Ausweg, Vorsehung!" flüsterte er, in die fahle Dämmerung hinausstarrend, die sein überwachtes Antlitz geisterbleich erscheinen ließ. „Zeige ihn mir und ich gehe ihn! Aber mein Vater, mein armer, edler Vater! Warum, Schicksal, fesselst Du mich durch dieses letzte ehrwürdige Band an ein elendes, geschändetes Dasein? Doch was kann auch dem edelsten Vater ein pflichtvergessener Sohn sein? Hat er nichts Besseres verdient, als zwischen Thorheit und Reue des einzigen Sohnes zu wählen, nichts Besseres, als zu vergeben oder zu enterben? Ja, wäre Irma im Staube der Armuth zu mir gekommen, hilflos — Nein, es ist nicht wahr!" rief er ausbrechend in Leidenschaft. „Lüge nicht, Du feiges Herz! Sie wäre Dir auch dann nicht mehr werth, als so! Gaëtannina ist meines Lebens würdige Genossin. Ihre Empfindungen und die meinen stimmen überein, wir sind Kinder eines Geistes, einer Richtung, eines Willens. Und läge Irmengard in meinen Armen und hielte ich sie umfangen mit der Gluth eines Gottes, sie wäre mir fremd, die Lippen fänden sich, die Herzen nie. O, warum mußte ich sie wieder finden und von Neuem zerstören, was ich ihr nie ersetzen kann! Hasse mich, Irmengard, ich bin mir selbst hassenswerth, weil ich Dich dem Manne entwand, deſſen Verachtung mir," er beugte ſein Haupt tief auf die Bruſt, „jetzt ſo wohl verſtändlich wird. Was thäte ich, wenn mir Gaëtannina entriſſen würde?"

Draußen ſchwanden die Nebel. Die Sonne erhob ſich und warf über die Winterlandſchaft ihr kaltes Licht. Geblendet ließ der Graf die Vorhänge niedergleiten. Er ſchrieb. Mit ſtockender Hand zuerſt, dann fließender und endlich mit leidenſchaftlichem Eifer legte er ein umfaſſendes Bekenntniß an ſeinen Vater nieder. Die Schlußworte lauteten:

„Wenn Du, geliebter Schirmer meiner Kindheit, den Schmerz über dieſe Verirrung Deines Sohnes überwunden haſt, wird der Gedanke Dich verſöhnen, daß ich mich den vorwurfsvollen Blicken des Vaterauges und dem nagenden Skrupel des eigenen Herzens durch einen ehrenvollen Tod entzog. Die Hoffnung, daß wir, meine theure Mutter, Du und ich, bald wieder gemeinſam ſchlafen werden, wie einſt in glücklicher Kinderzeit, läßt mich die letzte Stunde ungeduldig herbeiſehnen. Aber nicht feige will ich von Irmengard ſcheiden, die ſich zuverſichtlich an mein Daſein klammerte, ſie ſoll wiſſend mir verzeihen. Noch eine Bitte, die letzte, lege ich an Dein Herz, mein theurer, ritterlicher Vater: übermittele Du ein erläuterndes, verſöhnendes Wort an jenen Mann, den ich in der Sturm- und Drangperiode meines Lebens ſo ſchwer gekränkt und deſſen ſittlicher Werth mir unter bitteren Kämpfen erſt zum Bewußtſein kam. O, daß es mir vergönnt wäre, zu Gaëtannina's Füßen zu enden!"

So weit war der Graf gekommen, als er, von Sehnsucht erfaßt, die Unterredung mit Irmengard so schnell
als möglich abzuwickeln, plötzlich aufsprang, sich ankleiden
ließ und in der Aufregung vergaß, das Schreiben zu verschließen.

Die wundervolle frische Luft draußen that ihm wohl
wie einem Gefangenen, der nach dumpfer Kerkernacht das
himmlische Sonnenlicht einathmet. Betroffen überschaute er
den nach den städtischen Anlagen rollenden Wagenstrom —
so lange hatte er gerungen, daß die Mittagsstunde darüber
herangekommen war.

Eine elegante, offene Equipage hielt dicht an seiner
Seite, und Garba Menari's reizendes Antlitz bog sich über
den Schlag, ihn einladend, Platz an ihrer Seite zu nehmen.

Der Graf brachte es nicht über's Herz, diesen Wunsch
abzulehnen. Er leistete daher ihrer Aufforderung Folge
und bemerkte es nicht, daß sie die Hand ihm nicht zum
Gruße wie sonst entgegenstreckte, aber mit ihren klugen
blauen Augen aufmerksam jeden Zug in seinem Antlitz
musterte.

„Ich bin dem Zufall für diese Begegnung dankbar,"
sagte er gedämpft, „ich war auf dem Wege zu Dir. Ver-
zeih', wenn ich Deiner Einladung gestern nicht entsprach."

Sie nickte. „Wo warst Du?"

„Bei Passeviniz."

„Und dann?"

„Zu Hause."

Irmengard lächelte bitter. „Wir waren sehr vergnügt,
ausgelassen sogar; Du hast viel versäumt. Der Präsident

v. Erleben hat mir heute eine Einladung zu einer Soirée
geschickt und bittet, sich die Antwort gegen zwei Uhr persönlich holen zu dürfen. Ich habe ihm dies gestattet und
bin Willens, ihm den Triumph zu gönnen, mich bei sich
zu sehen." Sie sprach hochfahrend, dabei zuckte es aber
fortwährend nervös erregt um ihren schönen Mund.

Der Graf antwortete nicht. Die letzten Worte hatte
er gar nicht gehört. Seine Blicke hingen wie gebannt an
den Insassen einer Equipage, welche langsam daher gefahren
kam. Zwei Damen lehnten in den Kissen, die Jüngere
von fast durchsichtiger Blässe, welche von Sekunde zu
Sekunde noch an Intensivität zuzunehmen schien. Als sie
dicht an einander vorüberfuhren, saugten sich Freiberg's
Blicke mit flehender Gewalt in die tiefschwarzen Augen
der Marchesa. Er sah, wie sie dieselben mit sprechender
Mißachtung von ihm zu Irmengard hinübergleiten ließ,
und der junge Mann senkte beschämt das Haupt.

Irmengard's impulsive Natur empfand dieses stumme
Bekenntniß wie eine unsühnbare Beleidigung. Ein stechen-
der Schmerz durchzuckte sie, die Röthe der Wangen ver-
blich jäh, sie wollte sprechen, aber ein unsäglich drücken-
des Gefühl im Halse und das Vibriren der Lippen er-
stickten jedes Wort. Nur das Eine wiederholte sie in
Gedanken fort und fort, immer schneller, immer fieberhafter: „Er hat sich soeben Deiner geschämt!"

Als der Wagen vor ihrem Hause hielt, sprang sie
schnell zur Erde und eilte die Treppen hinauf.

Freiberg folgte ihr. Er wußte, was er ihr angethan.
Sie konnte nicht verzeihen. So wollte er nur ein letzte

Wort mit ihr wechseln und gehen. Als er in den Salon
trat, stand die Thüre ihres Schlafgemaches weit geöffnet.
Der Graf hörte, wie Irmengard nebenan mit unsicherer
Hand ein Glas Wasser sich eingoß und wie ihre Zähne
leise an dem Glase klirrten. Dann kam sie zurück. Augenscheinlich hatte sie ihn nicht zu finden erwartet, denn beim
ersten Anblick stockte ihr Fuß, als wolle sie an der Schwelle
stehen bleiben, dann aber stürzte sie vorwärts. Beide
Hände ineinander verschlungen stand sie vor ihm und die
glockenhelle Stimme klang rauh vor Erregung.

„Wer saß in dem Wagen? Bei Deiner Ehre frage
ich Dich, an wen hast Du meinen Glauben, meine Zuversicht verrathen?"

Der Graf hatte seine Ruhe wiedergewonnen. „Frau
v. Passevini war die Eine, die Andere heißt Gaëtannina
di Cassero." ·

Sie starrte ihn ungläubig an. „Gaëtannina?" murmelte sie. „Jene Gaëtannina? Die Himmelsbraut?"

„Irmengard, vergib!" sagte er dringend.

Sie trat zurück, drückte ihr Spitzentuch fest an die
Lippen und schaute ihm voll in's Antlitz. Endlich sank
ihre Hand herab gegen das krampfhaft zuckende Herz und
vergrub sich dort in die weichen Falten ihres Gewandes.
Dann lachte sie kurz und heftig auf, wandte sich von
Freiberg ab und sagte laut: „Sie sind frei, Herr Graf!"

„Wenn meine Liebe ein Irrthum war —"

Sie fiel ihm spöttisch in die Rede. „Hätten Sie sich
die Mühe gegeben, unseren Klassiker Drehsing besser zu
studiren, so würden Sie diesen Lehrsatz ganz vorn am

Eingang seiner philosophischen Abhandlungen gefunden haben. Damals, als Sie zuerst bei jenem Mittagsmahl in Sittlingen mir gegenüber saßen, damals vertheidigten Sie das Irrlicht Ihrer Leidenschaft mit sittlicher Entrüstung gegen einen Mann, gegen einen Mann — o, daß er Recht behielt!" unterbrach sie sich zornig. „Soll es denn wahr sein, das Kindermärchen unserer Moral, daß der Mensch mit dem gestraft wird, womit er sündigt? Dann, o dann ist es deine Hand, unerbittliches Schicksal!"

„Irmengard, höre mich!" sagte er erschüttert.

„Daß Sie sich ungerufen von Neuem in meinen Lebensweg stellten, war nichts," rief das schöne junge Weib von ihr selbst noch dunklen Schmerzen erfüllt, „daß Sie mir leichtfertig Treue schwuren, könnte ich vergessen, auch daß Sie den Zwiespalt, den Zweifel in die reine Flamme meines Künstlerglückes warfen und mich schwankend machten in dem, was mich wie ein Palladium schirmte, aber," hier zitterte Irmengard's Stimme heftiger, „daß Sie Hans Meischick, dem von Ihnen gehaßten Hans Meischick durch Ihr Verhalten Recht geben, mich vor ihm demüthigen, die ich nicht sterben wollte in tiefster Noth, nur damit er nicht über mich triumphirte, das," sie drückte ihre Hände vor das erglühende Antlitz, „das vergebe ich Ihnen nie!"

„Ich bin elender, als Du es glaubst," erwiederte er leise.

„Nein, nein, das glaube ich nicht!" rief sie auffahrend. „Der stolze Aristokrat zieht unbehelligt seines Weges, auf mir allein ruht der Makel einer gelösten Verbindung. Wie sie höhnisch auf mich herabschauen werden, Eure

Frauen und Mädchen, denen Garba Menari's stolze Wahl
ein Dorn im Auge war! Aber wenn der Genius in
meiner Brust noch seinen Zauber bewährt, so werde ich
über Menschentücke siegen, wie einst über Schicksalstücken!"

„So lebe wohl!" Er reichte ihr die Hand, aber sie
stieß dieselbe von sich. „Vielleicht ist es mir möglich,
Deine Mißachtung durch ein Geständniß zu verringern,"
fuhr er langsam fort, indem er dicht zu Irmengard heran-
trat, „ich habe in dieser schrecklichen Nacht, wo ich die
Unmöglichkeit unserer Verbindung erkannte, Hans Meischick das Unrecht eingestanden, welches ich ihm, von unreifen Anschauungen beseelt, zugefügt. Du hättest mir
heilig sein sollen als sein Weib. Wenn mich etwas mit
diesem Augenblick versöhnt, so ist es der Zufall, welcher
meine Kugel damals einige Linien höher lenkte, als mein
blinder Haß es wünschte."

Sie hing mit fliegendem Athem an seinen Worten.
„Also beinahe sein Mörder? O ihr ewigen Rächer!" Sie
schwankte, er eilte, ihr beizustehen, aber sie winkte so
heftig abwehrend, daß er es nicht wagte.

„Lebe wohl, Irmengard! Wir büßen Beide die Schuld
unserer Jugend! Gedenke meiner mit verzeihender Nach-
sicht, ich konnte nicht anders handeln!" Er verließ das
Gemach in ungebeugter, entschlossener Haltung. — —

Eine Viertelstunde verfloß, Irmengard regte sich nicht.
Plötzlich fuhr sie mit dem Schrei empor: „Sein Mörder,
und ich seine Mörderin!"

(Fortsetzung folgt.)

In letzter Stunde.

Novelle
von
C. Wild.

1.

„Gott sei Dank, daß wir endlich hier sind! Meine Nerven, ach, meine Nerven!" klagte eine elegant gekleidete, wohlkonservirte Dame von etwa vierzig Jahren, indem sie sich erschöpft auf einen bequemen Divan niederließ. „Ich begreife Dich nicht, Meline, Du siehst so frisch und rosig aus, als kämest Du von einer Promenade und nicht aus dem Eisenbahncoupé, wo wir zehn Stunden zwischen allen möglichen Leuten eingeklemmt sitzen mußten, und dann noch die zweistündige Fahrt von der Bahnstation hieher —" Die Dame führte ein Flacon an die Nase und athmete in tiefen Zügen den Duft des Parfüms ein.

„Mama, ich bitte Dich, nur keine solche starken Parfüms! Es riecht ja hier wie in einem Parfümerieladen," sagte Meline, das üppige, rothblonde Haar lösend, um die durch die lange Fahrt etwas derangirte Frisur wieder in Ordnung zu bringen. „Du klagst immer über Deine Nerven und bedienst Dich dabei so scharfer Wohlgerüche, daß Einem Hören und Sehen vergehen kann. Thu' das nicht, Mama, das ist nicht vornehm."

Die Generalin Bergauer ließ das zierliche Flacon sofort in ihrer Kleidertasche verschwinden.

„Ich muß doch meine erschöpften Lebensgeister mit irgend etwas erfrischen," meinte sie, „Du natürlich, Meline — ich glaube, Du besitzest gar keine Nerven."

Die junge Dame lachte. „Nein," sagte sie heiter, „diesen Artikel führe ich nicht, und Dein seliger Papa wird ihn wohl auch nicht in seinem Laden gehabt haben; weiß der Himmel, wo Du diese aristokratische Nervenschwäche her hast!"

Die Frau Generalin warf ihrer Tochter einen vorwurfsvollen Blick zu. „Wie Du nur so sprechen kannst!"

„Weshalb nicht? Es ist ja keine Schande, daß Dein Vater ein Krämer gewesen ist."

„Aber Du brauchst mich nicht daran zu erinnern."

„Dafür war Dein Gatte General, das gleicht Alles wieder aus."

„Ach, mein Gatte, mein armer Gatte!"

„Sei so gut, Mama, und lege diese larmoyante Miene ab, Cousin Norbert wird jedenfalls nur heitere Gesichter sehen wollen," bemerkte Meline ungeduldig. „Von ihm hängt jetzt eigentlich unsere ganze Existenz ab, wir müssen trachten, ihn bei guter Laune zu erhalten."

„O, darum ist mir nicht bange," versetzte die Generalin zuversichtlich. „Deine Schönheit hat vom ersten Blicke an sichtlich einen tiefen Eindruck auf ihn gemacht."

Meline war in der That schön, sehr schön, und wie

sie jetzt dastand in dem leichten weißen Peignoir, dessen
weit zurückfallende Aermel ihre klassisch geformten Arme
entblößten, wie sie eine der schweren, goldig-rothen Flechten
in beiden Händen hielt, bot sie ein reizendes Bild.

Die junge Dame war sich ihrer Schönheit auch wohl
bewußt, war doch diese Schönheit das einzige Gut, das
sie besaß, und sie sollte ihr dazu verhelfen, eine reiche,
vornehme Frau zu werden.

Bei den Worten ihrer Mutter glitt ein flüchtiges
Lächeln über ihre frischen, rosigen Züge.

Ja, sie hatte es auch bemerkt, daß sie auf ihren Cousin
einen tiefen Eindruck gemacht hatte, und sie wollte diesen
Eindruck zu einem bleibenden gestalten, denn Norbert
v. Rohnegg war reich, sehr reich.

„Wir wollen das Weitere abwarten," sagte sie als
Antwort auf die Bemerkung der Generalin; „sei Du nur
klug, Mama, und verdirb mir nicht mein Spiel."

Sie wandte sich zu dem Spiegel zurück und befestigte
ihre schönen Flechten kronenartig über der weißen glatten
Stirn. Dann ordnete sie noch rasch die kleinen, zierlichen
Stirnlöckchen, und nach einem kurzen, prüfenden Ueber-
blicke nickte sie befriedigt ihrem Spiegelbilde zu.

Die Generalin roch heimlich an ihrem Flacon und
sah der Tochter zu, die ihre volle, herrliche Gestalt in ein
einfaches, lichtes Sommerkleid hüllte.

„Ist Deine Toilette nicht gar zu einfach?" frug sie
schüchtern. „Eine Generalstochter — und dieses dünne
Fähnchen, kaum mit ein paar armseligen Schleifen verziert, ein Kleid, wie es jede Krämerstochter haben kann."

Meline lachte laut auf.

„Mama, Mama, Du schlägst Dich ja selbst! Wenn Du nur einmal vernünftig werden wolltest! Das Einfachste ist immer das Schönste, merke Dir das! Ich möchte nicht eine einzige Schleife mehr an meinem Kleibe haben, hingegen Du, Mama — das ist entschieden zu überladen! Diese geputzte Robe paßt nicht für ein Souper zu drei Personen, besonders nach den Anstrengungen einer zehnstündigen Reise. Nein, nein, Mama, keinen Widerspruch, Du mußt ein anderes Kleid anziehen, ich will für Dich wählen.“

Sie trat an den großen, schon halb ausgeräumten Reisekoffer und nahm ein einfaches, dunkelgraues Seidenkleid heraus.

„So, das ziehst Du an, Mama, ich will Dir helfen. Du sollst Dir nicht gleich am ersten Tage eine Geschmacklosigkeit zu schulden kommen lassen.“

Die Generalin hatte jeden Widerstand aufgegeben und ließ nun resignirt Alles mit sich machen. Ihre schöne Tochter hatte sie von jeher in allen Dingen beherrscht, und die nichts weniger als geistreiche Frau fügte sich meist ohne Widerrede den Wünschen Melinens, die mit einem Gemisch von Mitleid und Nichtachtung auf die schwache Frau herabsah.

In den meisten Fällen ist es ein sehr trauriges Verhältniß, wenn die Kinder eine bessere Erziehung genossen haben, als ihre Eltern, so war es auch hier.

Meline war in einem bestrenommirten Institute erzogen worden, sie verstand es, sich in den größten Gesellschaften gewandt und sicher zu bewegen, ihre Mutter machte dagegen eben durch ihr ängstliches Bestreben, die noble Dame herauszukehren, meist eine lächerliche Figur, und die Tochter unterließ es daher nie, ihrer Mutter Verhaltungsmaßregeln zu ertheilen, wenn sie mit einander in Gesellschaft gingen.

Der General hatte als Major die reiche Kaufmanns-tochter geheirathet, um seine Schulden bezahlen zu können; geliebt hatte er seine Gattin nie, und die beiden Eheleute waren sehr gleichgiltig neben einander hergegangen.

Bergauer hatte Protektion gehabt, da er reiche, hoch-gestellte Verwandte besaß, und so war er denn glücklich bis zum General avancirt; dann war er pensionirt wor-den und drei Jahre darauf an einem Nervenschlage ge-storben. Das war der Lebenslauf des guten Mannes, der im Ganzen ein ruhiger, harmloser Mensch gewesen, und sich weder durch körperliche noch geistige Vorzüge besonders ausgezeichnet hatte.

Seine Wittwe fand es sehr fein, beständig um ihn zu trauern und nie seinen Namen auszusprechen, ohne Thrä-nen im Auge zu haben.

Der gute General war nun schon seit zwei Jahren todt, aber seine Gattin fand es noch immer angemessen, bei der Erinnerung an ihn in laute Klagen auszubrechen, ja, sie hatte sogar eine Zeit lang den Gedanken gehegt, gleich der großen Kaiserin Maria Theresia, die Wittwen-trauer nie mehr abzulegen, aber Meline hatte ihr kurz-weg erklärt, daß sie dergleichen nicht dulde.

Seufzend, mit thränenumflorten Blicken hatte die Ge-

neralin ihren Plan aufgegeben und ihre Gestalt wieder
in lichte Farben gehüllt. Gleich allen beschränkten Frauen
liebte sie den Putz, und sie würde jetzt wieder des Guten
zu viel gethan haben, wenn nicht Meline abermals Ein=
halt geboten hätte.

Es stand schlecht um die Vermögensverhältnisse der
beiden Damen; was die Generalin an Vermögen besessen,
war im Laufe der Zeit verbraucht worden, denn Frau
Bergauer hatte ein großes Haus geführt, um ihre Aus=
sage, sie sei eine Gutsbesitzerstochter, zu rechtfertigen, und
als der General starb, waren Mutter und Tochter fast
allein auf die Wittwenpension angewiesen, die natürlich
so verwöhnten Ansprüchen bei Weitem nicht genügen konnte.

Meline war zweiundzwanzig Jahre alt und hatte trotz
ihrer seltenen Schönheit noch immer keine passende Parthie
gefunden. An Bewerbern hätte es wohl nicht gefehlt,
aber die junge Dame war viel zu klug und welterfahren,
um nicht sorgfältig das Für und Wider einer jeden Be=
werbung abzuwägen.

Sie wollte reich, sehr reich sein, ein mittelmäßiger
Wohlstand genügte ihr nicht; ein Wesen, wie sie, war
nicht dazu geschaffen, in der Menge unbemerkt zu ver=
schwinden. Auf häusliches Glück reflektirte sie nicht; so
schön sie war, so besaß sie ein viel zu kaltes Herz, um
sich derlei Träumereien und süßen Illusionen hinzugeben,
die Hauptsache bei ihr blieb immer das Geld und allen=
falls noch ein vornehmer Name.

Es war gerade keine sehr angenehme Lage, in welcher
die schöne Meline mit ihrer Mutter lebte, denn der äußere

Schein mußte doch gewahrt werden und die Einnahmen dazu waren sehr knapp.

Da kam die Erlösung unverhofft und von einer Seite, von welcher man es am wenigsten erwartet hatte.

Eine ältere Schwester der Generalin hatte, noch lange bevor diese Frau Bergauer geworden, einen Herrn v. Rohnegg geheirathet, welcher durch das Geld der Kaufmannstochter sein überlastetes Gut von Schulden frei machen wollte. Frau v. Rohnegg war gestorben, nachdem sie einem Knaben das Leben gegeben, und der Wittwer hatte später wieder ein sehr reiches Mädchen geheirathet, so daß er einer der reichsten Gutsbesitzer der Gegend geworden war.

Die zweite Frau war eine sehr tüchtige Hausfrau, die den ehemals etwas leichtfertigen Gatten von seinen verschwenderischen Gewohnheiten abbrachte und einen vorzüglichen Oekonomen aus ihm machte. Der Besitz vergrößerte sich immer mehr und mehr, und der von seiner Stiefmutter zärtlich geliebte Sohn übernahm nach dem Tode des Vaters die Leitung des Ganzen.

Als Frau v. Rohnegg starb, fiel ihr Vermögen an ihren Stiefsohn, denn sie hatte ihn zu ihrem Universalerben eingesetzt, da sie keine eigenen Kinder besaß.

Der junge Herr v. Rohnegg war seiner Stiefmutter sehr zugethan gewesen, er betrauerte tief ihren Verlust, obgleich ihn derselbe zu einem der reichsten Gutsbesitzer gemacht hatte, und er fühlte sich vereinsamt in dem großen Schlosse, das mit dem daranstoßenden weitausgedehnten Parke einen prächtigen Aufenthalt bot.

Die Generalin war zu stolz auf ihren adeligen Schwa-
ger gewesen, um ihn ganz zu vernachlässigen, selbst dann,
als ihre Schwester gestorben war und er sich zum zweiten
Male verheirathet hatte. Wohl war die Korrespondenz
im Laufe der Jahre immer spärlicher geworden und hatte
sich blos auf einige höfliche Worte beschränkt, aber gänzlich versiegt war sie doch nie, und Norbert in seiner Ver-
einsamung nach der Mutter Tode erinnerte sich jetzt der
Tante Generalin, die nach dem, was er gehört, nicht gerade in brillanten Verhältnissen lebte, und er machte ihr
den Vorschlag, mit ihrer Tochter zu ihm zu ziehen, um
als Repräsentantin in seinem Hause zu walten.

Die Generalin war hoch entzückt; jetzt konnte sie nach
Herzenslust die vornehme Dame spielen, und da auch Meline sofort einwilligte, die Residenz zu verlassen, so war
die Sache bald zur gegenseitigen Zufriedenheit arrangirt.

Nun waren Mutter und Tochter auf Schloß Rohnegg
angelangt und von dem Hausherrn mit liebenswürdiger
Zuvorkommenheit empfangen worden.

Wie vorauszusehen gewesen, hatte Melinens eigenartige
Schönheit ihren Cousin geblendet und bezaubert, und die
junge Dame, welche mit keinem anderen Plane hiehergekommen war, als möglichst schnell Frau v. Rohnegg zu
werden, sah mit Befriedigung, daß der Anfang ein günsti-
ges Resultat ihrer Erwartungen versprach.

Mit geschäftigen Händen hatte Meline ihre Mutter
mit distinguirter Einfachheit gekleidet, und nun sagte sie,
die Generalin lachend vor den Spiegel führend: „Nun,
Mama, jetzt kannst Du Dich mir würdig zur Seite stellen!

Sag' einmal aufrichtig, ob Du so nicht vortheilhafter aus=
siehst, als in diesem Chaos von Schleifen und Spitzen,
mit denen Du Dich so gerne behängst."

„Was bleibt mir Anderes übrig," sprach die Generalin
unwirsch, denn Melinens letzte Bemerkung hatte sie ver=
letzt. „Du setzest ja immer Deinen Willen durch — da
heißt es eben dulden und schweigen."

Meline wandte sich achselzuckend ab. „Wir wollen
jetzt hinabgehen," sagte sie; „es ist acht Uhr und Rohnegg
wird uns erwarten. Du weißt, er hat uns zu Liebe das
Souper früher befohlen."

„Da können wir uns zeitig zurückziehen," meinte die
Generalin mit einem Seufzer der Erleichterung.

„Ja! Aber schlafe nur nicht etwa schon beim Essen
ein, und ich bitte Dich, Mama, sprich so wenig als möglich),
das wird auf Cousin Norbert den besten Eindruck machen."

„Meline, Du nimmst Dir denn doch zu viel heraus,"
sagte die Generalin mit einem Anstrich verletzter Würde,
indem sie ihrer Tochter einen strafenden Blick zuwarf, der
leider seine Wirkung gänzlich verfehlte, denn Meline ver=
zog spöttisch die Lippen, ohne eine Antwort zu geben.

Die beiden Damen verließen das Zimmer und schritten
langsam die teppichbelegte Treppe hinab. An der letzten
Stufe trat ihnen schon der Herr des Hauses entgegen.
Offenbar hatte er die Damen seit längerer Zeit in der
Halle erwartet.

Meline lächelte; diese Aufmerksamkeit galt ihr als der
beste Beweis, daß Rohnegg gegen ihre Schönheit nicht
unempfindlich geblieben war.

Die Generalin wollte wie gewöhnlich in einen Wort-
schwall ausbrechen, aber ein Blick ihrer Tochter hielt sie
noch rechtzeitig zurück; sie begnügte sich damit, ihren
Neffen anzulächeln und mit lispelnder Stimme zu sagen:
„Wir haben Dich doch nicht warten lassen, lieber Norbert?"

Herr v. Rohnegg erwiederte einige höfliche Worte,
während sein Auge wie festgebannt an der blendend schönen
Erscheinung seiner Cousine hing.

Er führte die Damen in den luftigen, einfach, aber
gediegen möblirten Speisesaal, und bat seine Tante, den
Platz einzunehmen, welchen seine gute Mutter früher
innegehabt.

Mit einem wahren Hochgefühle ließ sich die Generalin
auf dem Sitze der Hausfrau nieder, die neue Würde erfüllte sie mit einer Ehrfurcht gegen sich selbst, und Meline
unterdrückte nur mit Mühe ein Lächeln, als sie sah, wie
steif und gespreizt sich ihre Mutter benahm, um der über-
nommenen Stellung gerecht zu werden.

Ein kleines exquisites Souper ward servirt, und trotz
ihrer angegriffenen Nerven sprach die Generalin den auf-
getragenen Speisen tapfer zu, so gut hatte sie schon lange
nicht soupirt.

Meline unterhielt sich heiter und lebhaft mit ihrem
Cousin; wenn sie sich von ihm unbeobachtet wußte, dann
musterte sie ihn mit scharfen, prüfenden Blicken, um zu
ergründen, weß Geistes Kind er sei.

Herr v. Rohnegg war groß und kräftig gebaut; die
Züge seines tiefgebräunten Gesichtes waren nicht unschön,
und der dunkelblonde, leicht gekräuselte Vollbart verlieh

demselben einen Ausdruck fester Männlichkeit. Das Schönste
an ihm war unstreitig die breite, hohe Stirn und die
blitzenden blauen Augen, die trotz aller Schärfe von Gut-
müthigkeit und Wohlwollen sprachen.

„Alles in Allem ein Mann, der ungeachtet aller Ge-
fühlsweichheit einen festen, entschiedenen Charakter besitzt,“
dachte Meline bei sich; „ich werde sehr klug sein müssen,
um ihn zu gewinnen, denn er wird niemals mit sich spielen lassen. Ich gefalle ihm, das sehe ich deutlich, aber
er wird deshalb doch nicht so leicht zu fesseln sein, als
ich ursprünglich gedacht. Ein etwas weniger entschiedener
Charakter wäre mir lieber gewesen.“

Die Generalin aß und trank und beobachtete gar nicht,
dazu war ihre kluge Tochter da. Anfänglich hatte auch
sie ihr Scherflein zur Unterhaltung beigesteuert, natürlich mit gehöriger Reserve, denn Meline unterließ es nicht,
ihr warnende Blicke zuzuwerfen, aber nach und nach war
sie ganz verstummt, und schließlich, nachdem sie ihren
Appetit befriedigt, in einen leichten Halbschlummer versunken, aus dem sie selbst Melinens helles Lachen nicht
aufweckte. Norbert erzählte von seinem Landleben, von
den kleinen Leiden und Freuden, die er als Herr eines
großen Gutes durchzumachen hatte, und Meline gab eine
sehr aufmerksame Zuhörerin ab.

Ihre schönen schwarzen Augen, die mit den dunklen
Brauen und Wimpern einen so eigenen Kontrast zu den
goldig-rothen Flechten bildeten, blickten je nachdem heiter,
ernst und wehmüthig drein.

Norbert hatte seine Stiefmutter hochgeachtet, und Me-

line beschloß, in seiner Gegenwart gegen ihre Mama ebenfalls sehr rücksichtsvoll zu sein, obgleich die Generalin,
wie sie bei sich selbst sagte, diese Rücksicht ganz und gar
nicht verdiente. Schlief sie doch jetzt bei der Tafel ein,
statt ihrem Neffen zuzuhören, der mit bewegter Stimme
die Vorzüge seiner verstorbenen Stiefmutter pries.

Meline zitterte vor Ungeduld. Wenn er jetzt das
Wort an ihre Mutter richtete! Eine solche Lächerlichkeit,
gleich einem kleinen Kinde bei Tische einzuschlafen!

Die junge Dame erhob ihre Stimme etwas lauter als
sonst — die Mama rührte sich nicht.

Rasch entschlossen ließ Meline ihr Taschentuch fallen;
während sie sich mit Norbert gleichzeitig danach bückte,
zupfte sie die Generalin sehr energisch am Kleide.

Die gute Dame schrak auf und unterdrückte noch rechtzeitig ein unhöfliches Gähnen.

Norbert reichte seiner Cousine das Taschentuch; bei
dieser Gelegenheit berührten die zarten Fingerspitzen der
jungen Dame seine Hand. Es durchzuckte ihn gleich einem
elektrischen Strome, und seine blitzenden blauen Augen
versenkten sich für einen Moment in Melinens strahlende
Sterne.

Die junge Dame brachte geschickt ein flüchtiges Er-
röthen hervor, dann erhob sie sich etwas geräuschvoll, um
ihre Mutter vollends munter zu machen.

Die Generalin hatte sich ziemlich rasch gefaßt; sie
brachte einige im Voraus einstudirte Phrasen vor und
rauschte dann mit ihrer Tochter hinaus, entzückt darüber,
daß ihr Rohnegg beim Gutenachtsagen die Hand geküßt hatte.

Droben in ihren Zimmern — den Damen waren zwei Schlafzimmer und ein kleiner Salon zur Verfügung gestellt worden — bekam die gute Dame von ihrer Tochter noch eine Strafpredigt zu hören, welche sie ziemlich demüthig entgegennahm. Ja, es war durchaus nicht fein, erst für Drei zu essen und dann einzuschlafen, statt mit Wilrde als Repräsentantin bei Tafel den Vorsitz zu führen.

2.

Frisch und schön wie nur je trat Meline am nächsten Morgen ihrem Cousin entgegen.

Mit neuem Entzücken betrachtete Rohnegg dieses liebreizende Wesen, das die Natur mit so auserlesenen Gaben überschüttet hatte.

Mit holdem Lächeln, mit glockenheller Stimme begrüßte ihn Meline; sie hatte sich noch spät am Abend ihren Feldzugsplan entworfen, den sie mit Konsequenz durchzuführen gedachte.

Die Generalin schwebte in einer Duftwolke des stärksten Parfüms und sah sehr heiter und zufrieden aus. Sie lächelte ihrem Neffen gnädig zu und war sehr erfreut, als er ihre kleine, sorgfältig gepflegte Hand heute wieder an seine Lippen drückte.

„Ein vollkommener Gentleman," hatte sie noch gestern Abend ihrer Tochter versichert. „Ich bin überzeugt, daß wir mit ihm sehr gut auskommen werden."

„Ja, durch meine Intervention," war Melinens selbstbewußte Antwort gewesen, und als sie ihm nun rosig, frisch und blühend gleich einer halberschlossenen Rosenknospe gegenüberstand, da berechnete sie in ihrem Innern, wie lange es noch dauern würde, ehe sie diesen Mann zu ihren Füßen sah.

Nach dem Frühstücke lud Norbert die Damen zu einer Spazierfahrt ein, um ihnen seine Besitzung zu zeigen.

Die Generalin lehnte sich behaglich in die Ecke des eleganten Wagens, während Meline, das reizende Antlitz von einem weißen Mullhute beschattet, in leicht vorgeneigter Haltung mit ihrem Cousin plauderte.

Es war ein köstlicher Junimorgen und eine freundliche, goldig strahlende Sonne lachte auf die üppigen Fluren nieder, während der Wagen in langsamem Tempo auf der guterhaltenen Landstraße dahinrollte.

„So weit Ihr Auge reicht, Cousine, gehört Alles mir," sagte Norbert lächelnd zu Meline auf deren bezügliche Frage. „Aecker, Wiesen, Wälder und der große Meierhof dort unten im Thale, wohin ich Sie führen will, um eine kleine Erfrischung einzunehmen."

„Ein schöner, großer Besitz," bemerkte Meline unbefangen. „Sie müssen viel Freude daran haben, Cousin; ich habe immer gefunden, daß thätiges Schaffen und Wirken uns den erworbenen Besitz doppelt werth erscheinen läßt, und ich habe nie begreifen können, daß so viele Leute Vergnügen daran haben können, müßig von ihren Renten zu leben."

„Sie haben Recht, Cousine," erwiederte Norbert aufleuchtenden Blickes. „Der höchste Genuß des Reichthums bleibt doch immer das rege Schaffen, die Möglichkeit, auch Andere an unserem Ueberflusse theilnehmen zu lassen nicht durch gedankenloses Geben, das blos für den Augenblick hilft, sondern durch die Sicherung einer arbeitsamen Existenz. Ich dulde hier auf meinem Gute keinen einzigen Bettler, arbeiten müssen sie Alle, aber die Leute haben auch dafür ihr gutes Auskommen und die Aussicht, auch im Alter nicht darben zu müssen."

Meline warf ihm einen freundlichen Blick zu.

„Wie gut Sie sein müssen," sagte sie in herzlichem Tone. „Wohl selten wird ein großer Reichthum so gut angewendet werden, als wie Sie es thun."

„Ja, wahrhaftig, lieber Neffe," mischte sich die Generalin in das Gespräch, „ein Mann von Deinen Verdiensten, Deiner Stellung —" die Dame stockte; sie hatte etwas sehr Geistreiches sagen wollen und wußte nun nicht, wie sie fortfahren sollte. Vergeblich suchte sie nach Worten, um ihre Phrase zu beendigen, als ihr der Zufall sehr erwünscht zu Hilfe kam.

Der Wagen war an einem Kreuzungspunkte angelangt, rechts führte die Straße in's Thal hinab, links zog sie sich breit und geradlinig fort, an der einen Seite von Saatfeldern, an der anderen von einem Buchenwalde begrenzt, der sich weithin ausbreitete und von Norbert als sein Eigenthum bezeichnet worden war.

Während die Generalin noch verlegen nach Worten suchte, stand plötzlich wie aus der Erde gewachsen ein hoher schlanker Mann in einem eleganten Sommeranzuge vor ihnen; er mochte unter einer der alten Buchen gelegen haben und war beim Näherkommen des Wagens rasch aufgesprungen.

Melinens Blicke blieben unwillkürlich an dieser stolzen
Männererscheinung haften, die leicht und ungezwungen
dastand, um nach einem kurzen Zögern den breiten Stroh-
hut zu ziehen und dadurch ein wahrhaft klassisch geform-
tes, blasses Männerantlitz freizugeben.

Norbert grüßte freundlich zum Wagen hinaus und
reichte dem Nähertretenden die Hand.

„Sie sind wohl auf einer Morgenpromenade begriffen,"
sagte er, „denn Wirthschaftssorgen treiben Sie ja gewiß
nicht so früh heraus."

Der Angeredete lachte; es war ein leises, tiefes, melo-
disches Lachen, das Meline schmeichelnd in's Ohr drang.

„Nein, Herr v. Rohnegg," versetzte er, „Sie kennen
meine schwache Seite, zum Oekonomen bin ich nicht geboren."

Rohnegg übernahm nun die Vorstellung; die Generalin
lächelte geziert, Meline neigte anmuthig ihr schönes Haupt.
Sie gestand sich im Geheimen, noch niemals einen so
vollendet schönen Mann gesehen zu haben, als diesen Baron Feldheim, der mit seinem vortheilhaften Aeußeren
ein äußerst gewandtes Benehmen verband.

„Ein eleganter Mann," meinte die Generalin, nachdem man sich nach einigen höflichen Worten getrennt
hatte. Der Baron war in den Wald zurückgetreten, indeß der Wagen seinen Weg bergab zu dem Meierhofe nahm.

Meline nickte blos. Sie wollte kein Urtheil abgeben,
bevor sie nicht die Meinung ihres Cousins gehört hatte.

„Der Baron hat Jahre lang in Paris und London
gelebt," sagte Rohnegg, „und kann es jetzt noch nicht ver-

gessen, daß er der Löwe der Saison gewesen ist. Er ist mein Gutsnachbar, beschäftigt sich jedoch nicht mit Oekonomie, gegen die er nach seinem eigenen Geständnisse einen wahren Abscheu hegt."

„Warum bleibt er denn dann hier?" fragte die Generalin neugierig.

„Er bringt nur die Sommermonate hier zu. Den übrigen Theil des Jahres verlebt er auf Reisen oder in der Residenz; er wird sich aber dennoch entschließen müssen, sich an den Landaufenthalt zu gewöhnen, da seine Braut die Besitzerin eines der schönsten Rittergüter der Gegend ist."

„Ah!"

Meline preßte die rosigen Lippen fest zusammen, als ihr dieser Ausruf entschlüpft war. Sie wollte nicht zeigen, daß sie Interesse an dem Baron nahm, und sich aus dem Wagen neigend, blickte sie scheinbar aufmerksam auf die Gegend, während ihre Mutter mit ihrem vornehm sein sollenden Lispeln sagte: „Also Bräutigam! Ist seine Braut ebenso schön als reich?"

Norbert lächelte über die Neugierde der Dame.

„Das weiß ich nicht, obgleich ich der Vormund des jungen Mädchens bin," versetzte er. „Aba Hellbrunn lebt seit zehn Jahren im Auslande, und seit dieser Zeit ist sie noch nicht ein einziges Mal hier gewesen."

„Sonderbar, in der That," sagte die Generalin, die gerne mehr erfahren hätte.

„Nun, die Verhältnisse erklären genügend ein solches Verhalten," nahm Rohnegg wieder das Wort. „Aba hat frühzeitig ihre Mutter verloren, und ihre Tante hat sie seitdem unter ihren Schutz genommen. Als dieser die Aerzte dann einen beständigen Aufenthalt in südlichen Ländern anriethen, verließ sie ihre Heimath und nahm die kleine Aba mit. Als Herr Hellbrunn, Aba's Vater, vor fünf Jahren ebenfalls starb, ernannte er mich zum Vormund seiner Tochter, mit der ausdrücklichen Bedingung, Aba bei ihrer Tante zu lassen, bis seine Tochter ihr vier-undzwanzigstes Jahr erreicht haben werde."

„Aber sie ist ja die Verlobte des Barons, wie Du vorhin sagtest," unterbrach die Generalin ihren Neffen.

„Ganz recht, aber Baron Feldheim muß noch vier Jahre warten, ehe er seine Braut heimführt; die Beiden wurden von ihren Eltern schon als Kinder mit einander verlobt."

„Also keine Heirath aus Neigung," sagte die schöne Meline, sich zum ersten Male in das Gespräch mischend.

„O, eine solche Möglichkeit ist nicht ausgeschlossen, der Baron bringt jedes Jahr einige Wochen in Venedig bei den Damen zu," versetzte Rohnegg.

Das junge Mädchen warf die Oberlippe spöttisch auf. „Eine Liebe auf Befehl," sagte sie, „ich könnte mich einer solchen Tyrannei niemals fügen."

Rohnegg hatte nicht Zeit, eine Antwort zu geben, denn die Generalin interpellirte ihn mit der Frage: „Ist denn Fräulein Hellbrunn nicht zum Leichenbegängnisse ihres Vaters hiehergekommen?"

„Nein, denn sie selbst lag damals todtkrank darnieder. Doch, da sind wir angekommen, meine Damen!"

Rohnegg öffnete den Wagenschlag und sprang heraus, um der Generalin und ihrer Tochter beim Aussteigen behilflich zu sein. —

Meline war seit der Begegnung mit dem Baron Feldheim sehr nachdenklich geworden; zum ersten Male in ihrem Leben war ihr ein Mann entgegen getreten, bei dessen Anblick ihr Herz rascher schlug, und gerade dieser Mann mußte schon gebunden sein!

Aber Meline wäre nicht das kluge, berechnende Mädchen gewesen, das sie war, wenn sie dieser Begegnung halber ihre Pläne aufgegeben hätte.

Im Gegentheile, sie hielt nun mit verdoppelter Zähigkeit an denselben fest, und langsam, mit unsichtbaren Fäden wob sie das Netz, in welches sich Rohnegg verstricken sollte.

Meline hatte richtig errathen, Rohnegg war nicht der Mann, blos Herz und Sinne sprechen zu lassen, er zog auch den Verstand zu Rathe, und ehe er offen um seine schöne Cousine warb, wollte er sich überzeugen, ob ihr Inneres der berückend schönen Außenseite entsprach.

Aber was ist ein kluger Mann gegenüber einem schlauen, hinterlistigen Weibe!

Meline war auf ihrer Hut und wachte, so oft auch der galante Feldheim plötzlich seine früher sehr seltenen Besuche bei seinem Nachbar wiederholte, sorgsam über jeden Blick und jedes Wort, um nicht ihren wahren Charakter vorzeitig zu verrathen. Ihren sonstigen Gewohnheiten entgegen erhob sie sich zeitig des Morgens und ging in den Park, um mit selbstgepflückten Blumen den Frühstückstisch zu schmücken.

Sie eiferte ihre Mutter an, in dem Haushalte nach=
zusehen, der übrigens von einer erfahrenen Haushälterin
auf's Beste geleitet wurde; ja, sie scheute sich sogar nicht,
zuweilen in den Hühnerhof zu gehen und der buntbefieder=
ten Schaar ihr Futter vorzuwerfen.

Und wie reizend sie dabei aussah, wenn sie in dem
weißen, mit himmelblauen Schleifen geschmückten Morgen=
kleide dastand, mit ihrer zarten weißen Hand die goldigen
Körner streuend.

„Eine Jdylle comme il faut," pflegte sie nach solchen
Hühnerhofexkursionen mit bitterer Selbstironie zu ihrer
Mutter zu sagen, und die nach allen möglichen Wohl=
gerüchen duftende Dame faltete dann mit einer theatra=
lischen Geberde die Hände und rief mit ungeheuchelter
Bewunderung: „Wahrhaftig, Meline, Du kannst Alles,
Alles, was Du willst!"

„Nur nicht den Mann heirathen, den mein Herz be=
gehrt," dachte die Tochter dann bei sich, während sich ihre
Stirne in Falten zog, und ihre Augen düstere Blitze
schossen.

Ja, das war es, was sie oft kalt und gleichgiltig
gegen die immer näher kommende Erfüllung ihrer Pläne
machte. Sie liebte den Baron Feldheim, und sie wußte,
daß auch sie ihm nicht gleichgiltig war; aber was sollte
daraus werden?

Sie war arm, und er über und über in Schulden;
das Einzige, was ihm noch Kredit verschaffte, war die
reiche Braut.

Kein Mensch würde ihm längst mehr einen Heller ge=

lieben haben, wenn man nicht gewußt hätte, daß er in
einigen Jahren der Gatte einer reichen Frau sein würde;
dieser Aussicht hatte er seine ganze Existenz zu verdanken,
und unter solchen Umständen wäre es Wahnsinn von ihm
gewesen, an eine andere Verbindung zu denken.

Meline wußte das, sie hatte es von allem Anfange an
gewußt, und dennoch! Sie liebte den schönen, eleganten
Mann, dessen weiche, tiefe Stimme ihr beim ersten Gegen-
übertreten so schmeichelnd in's Ohr geklungen, sie liebte
ihn, seine ganze Art und Weise, die so gut zu der ihren
paßte, und es kamen Momente über sie, wo sie zu jeder
Thorheit, zu jedem Opfer bereit gewesen wäre, um sein
Weib werden zu können.

Meline war eine geschickte Schauspielerin, und Baron
Feldheim gab ihr in dieser Hinsicht nichts nach. Vor
den Augen der Welt waren sie zwei Leute, die mit einander höflich verkehrten, ohne sich zu suchen, ohne sich zu
meiden; sobald sie sich aber unbeachtet sahen, änderten sie
ihr Benehmen. Ihre Augen sprachen dann eine glühende,
beredte Sprache, ihre Hände fanden sich zu einem warmen,
innigen Drucke, und von den Lippen zitterten leise, leidenschaftliche Worte.

Und bei all dieser Leidenschaft diese kühle, ruhige Berechnung, die sorgfältig das Für und Wider erwog, sich
nie verrieth, sich niemals eine Blöße gab — und dies
Alles blos um des Geldes willen!

Beide waren ein üppiges, luxuriöses Leben gewöhnt,
Beide wußten, daß ihre Liebe einem Dasein voll Ent-
behrung und Einschränkung nicht Stand halten konnte;

ihre Liebe war einer Treibhauspflanze gleich, die nur bei
einem gewissen Wärmegrade gedeiht; in eine kühlere Atmosphäre gebracht, den Unbilden der Witterung ausgesetzt,
welkt sie bald dahin, und wird zu einem dürren, trockenen
Reise, das keine Lebenskraft mehr in sich schließt.

So war es mit der Liebe Feldheim's und Melinens;
ihre gegenseitige Leidenschaft war nur auf Aeußerlichkeiten
gegründet, der reine, verklärende Hauch einer erhebenden
Herzensneigung fehlte, und deshalb waren sie nicht im
Stande, dem Reichthume zu entsagen, um einander ganz
und für immer angehören zu können. —

Norbert v. Rohnegg, der ehrliche, gute Mann, war
trotz aller Klugheit in die Schlinge gefallen.

Meline gab sich so einfach, so ungekünstelt, sie verstand es so meisterhaft, ihm seine kleinen Schwächen ab-
zulauschen, sie war so gut, so zärtlich gegen ihre Mutter,
deren Eigenheiten sie so herzlich zu entschuldigen wußte,
daß sie ihn immer mehr gefangen nahm.

Eine so gute Tochter mußte auch eine gute Gattin
werden, und wenn er Meline zu seiner Frau machte, so
sah er sein häusliches Glück für immer gesichert.

Einmal zu diesem Resultate gelangt, gab sich Rohnegg
ohne Widerstand den Gefühlen hin, welche ihm das schöne
Mädchen einflößte.

Genau vier Monate, nachdem sie ihren Einzug in
Schloß Rohnegg gehalten, ward Meline die Braut ihres
Cousins.

Die Generalin schwamm in einem Meere von Entzücken; sie sah eine glänzende Zukunft vor sich, und war

eitel Güte und Freundlichkeit, so daß ihr die Tochter warnend sagen mußte: „Mama, mäßige Deine Freude, dieses Uebermaß könnte bei Rohnegg Bedenken erregen, noch bin ich nicht seine Frau!"

Gehorsam wie immer, änderte die Generalin ihr Benehmen, und trug nun eine vornehme Gelassenheit zur Schau, die einen grellen Kontrast gegen ihr früheres Entgegenkommen bot.

Rohnegg lächelte darüber; in seinen Augen war die Generalin eine eitle Närrin, die oft selbst nicht wußte, was sie wollte, und er behandelte sie auch demgemäß mit nachsichtigem Wohlwollen, ohne sich viel um sie zu kümmern.

Das Verlobungsfest war gefeiert worden, und Rohnegg hatte seine blendendschöne Braut allen Freunden und Bekannten vorgeführt.

Baron Feldheim war einer der Ersten gewesen, welcher der Braut seine Glückwünsche dargebracht, und mit ruhiger, freundlicher Stimme hatte ihm Meline gedankt. Was in diesem Momente in ihrem Herzen vorging, das wußte nur sie allein, und so groß auch ihre Selbstbeherrschung war, des Abends, als sie sich in ihrem Zimmer allein befand, machte sie doch durch Thränen und Klagen dem bedrängten Herzen Luft, so daß sie am anderen Morgen dann mit bleichen Wangen und trüben Blicken ihrem Verlobten entgegentrat.

Es war ein Glück für Meline, daß Rohnegg mit allerhand wichtigen Geschäften überhäuft war, sonst hätte ihm diese Veränderung seiner Braut nicht entgehen können.

Acht Tage nach dem Verlobungsfeste traf aus Venedig die Nachricht ein, daß Aba's Tante gestorben sei, und das junge Mädchen bat den Vormund, sich ihrer anzunehmen, da sie nun ganz allein auf sich angewiesen sei.

Rohnegg reiste sofort ab, um sich zu seiner Mündel zu begeben, und Baron Feldheim sandte dem jungen Mädchen ein vier Seiten langes Kondolenzschreiben, das in den zärtlichsten Ausbrücken abgefaßt war.

Meline sah den Baron nun täglich; Rohnegg hatte ihn gebeten, sich der Damen ein wenig anzunehmen, und der Baron kam diesem Auftrage gewissenhaft nach.

Jetzt konnten sie einander ungestört sehen und sprechen, denn die Generalin zählte für nichts.

Die beschränkte Frau merkte auch gar nichts von dem Liebesbrama, welches sich unter ihren Augen abspielte, und selbst wenn sie die Wahrheit erkannt hätte, so war sie eine viel zu schwache Mutter, um ihrer pflichtvergessenen Tochter energisch entgegentreten zu können.

Meline genoß ihre kurze Freiheit mit vollen Zügen; Rohnegg hatte geschrieben, daß Aba mit ihm heimkehren würde, um auf ihrem Gute zu wohnen, für eine passende Gesellschaftsdame hatte er schon gesorgt, und mit Zähneknirschen dachte die leidenschaftlich erregte Meline daran, daß dieses Mädchen den geliebten Mann dann vollständig für sich in Anspruch nehmen würde.

Sie sprach diese Ansicht Feldheim gegenüber aus, allein dieser erwiederte zuversichtlich: „Sie täuschen sich, theure Meline. Aba Hellbrunn ist ein kaltes Mädchen von ernstem, abstoßendem Benehmen. Sie hat auch nie verlangt, daß

ich mich mit ihr viel beschäftige, und mit einigen, zeit=
weiligen Konvenienzbesuchen wird sie sich vollständig zu=
frieden geben. Sie ist wie Tag zu Nacht im Vergleiche
zu Ihnen, zu Ihrer strahlenden Schönheit, zu Ihrer hin=
reißenden Liebenswürdigkeit."

Meline lächelte; es schmeichelte ihrer Eitelkeit zu hören,
daß ihre Nebenbuhlerin ihr in jeder Hinsicht nachstand.

„Still, Baron," sagte sie, ihm einen koketten Blick zu=
werfend, „Sie dürfen am allerwenigsten Vergleiche zwischen
mir und Fräulein Hellbrunn anstellen."

Sie hätte es nicht über's Herz gebracht, „Ihre Braut"
zu sagen.

Der Baron blickte vorsichtig um sich. Sie befanden
sich in einem kleinen Pavillon, der weit vom Schlosse ent=
fernt, von dichtem Gebüsch umgeben, sich an einer ein=
samen Stelle des Parkes befand. Die Generalin saß in
einem Gartenstuhle, ein Buch in der Hand, aber sie las
nicht, denn sie war fest eingeschlafen.

Von der Dienerschaft kam um diese Zeit Niemand hie=
her, sie waren somit so gut wie allein.

Kühn gemacht durch die günstige Gelegenheit, schlang
der Baron seinen Arm um Melinens Nacken.

„Mein süßes, mein einzig geliebtes Mädchen," flüsterte
er, sie nahe an sich ziehend, „sprechen Sie nicht von jenem
Geschöpfe, von dem ich wollte, es wäre nie geboren worden.
O, laß' uns diese kurzen, süßen Momente eines seligen
Alleinseins durchkosten — laß' mich Dir sagen, daß ich
Dich liebe, anbete, vergöttere bis zur Raserei."

„Und daß ich Dich dennoch nicht zu meinem Weibe

machen kann," unterbrach ihn Meline mit einem leisen, bitteren Auflachen.

„Meline!"

„O Baron, ich weiß, was Sie sagen wollen, wir Beide sind arm, wir Beide besitzen nichts, und wir Beide hängen zu sehr am Luxus, um denselben entbehren zu können. Seien wir wenigstens gegen einander ehrlich! Sie heirathen jenes Mädchen nicht, weil es von Kindheit an Ihnen verlobt, sondern nur deshalb, weil Ada eine reiche Erbin ist; ich bin die Braut meines Cousins aus dem gleichen Grunde geworden. In dieser Hinsicht haben wir einander nichts vorzuwerfen — ich sage es Ihnen offen, ich könnte niemals in engen, beschränkten Verhältnissen leben. Sobald ich nur klar und vernünftig denken konnte, war es mein einziges Ziel, eine reiche Frau zu werden, gleichviel wie der Mann auch beschaffen sein mochte, dem ich meine Jugend, meine Schönheit zum Austausche für seinen Reichthum bot. Sie sehen, das Geschick ist gegen mich gütig gewesen, denn ich bekomme einen Mann, um den mich so manche Andere beneiden würde. Mich läßt er indessen kalt, ich habe diese sogenannten Mustermänner niemals leiden mögen. Gewöhnlich sagt man, daß gute, ehrliche Leute dumm seien, dieser da ist klug, mehr als mir lieb ist. Seine Güte geht nur bis zu einer gewissen Grenze, und bei dem geringsten Fehltritte würde er mich unnachsichtlich verstoßen. Ich muß vorsichtig sein, sonst kann ich noch in der letzten Stunde Alles verlieren, und das wäre das Aergste, was mich treffen könnte. Begreifen Sie, verstehen Sie mich nun?"

Sie richtete ihre großen schwarzen Augen flammend auf ihn.

Der Baron hatte sie losgelassen und war von ihr zurückgetreten; er hatte die Arme über die Brust verschränkt; und sah das schöne Mädchen lange schweigend an.

„Sie wollen, ich soll Sie meiden, Sie von meiner Gegenwart befreien?" frug er mit seiner tiefen, melodischen Stimme.

Meline erzitterte heftig. Sie ballte die kleinen Hände krampfhaft zusammen und unterdrückte mit übermenschlicher Anstrengung den Seufzer, der sich ihrer Brust entwinden wollte.

„Geben Sie mir Antwort, Meline — ja oder nein!"

Sie stand noch immer unentschlossen da. Wenn er fortging, bis sie Rohnegg's Frau geworden — es wäre besser, besser für sie Beide — sie hätte freier aufathmen können, denn sie brauchte dann nicht zu fürchten, daß sie sich doch einmal verrieth, aber — sie liebte den Mann da vor sich, sie konnte nicht sein, ohne ihn zu sehen, und eine rasende Eifersucht packte sie bei dem Gedanken, er könnte, fern von ihr, sie vergessen und Andere schön finden.

Bei diesem Gedanken durchschüttelte ein nervöser Schauer ihre Glieder und ihre dunklen Augen wurden feucht.

Zweimal öffnete sie die Lippen, um zu sprechen, und zweimal schloß sie dieselben wieder, ihr Busen hob und senkte sich schwer, in ihren reizenden Zügen malte sich der Kampf, der in ihrem Innern tobte, allein noch war sie stark genug, um das entscheidende Wort zurückzuhalten.

Liebe und Klugheit stritten mit einander um den Sieg, und sie, die sonst so kühl Berechnende, konnte mit sich nicht einig werden.

„Meline," sagte der Baron mit weicher Stimme, „wenn ich bleibe, setzen wir Beide Alles auf eine Karte, aber sei es drum! Laß' uns die Frucht verbotener Selig= keit genießen, so lange es eben geht, komm' an mein Herz, komm' in meine Arme, der Moment ist unser, Meline komm'!"

Er breitete seine Arme aus, und bebend, erglühend sank sie ihm an die Brust.

„Sei es drum," wiederholte sie, als er sie fest an sich preßte, und seine heißen Lippen verlangend die ihren suchten.

In diesem ersten, langen, seligen Kusse vergaßen sie die ganze Außenwelt, sich selbst, und erst eine Bewegung. welche die schlafende Generalin machte, brachte sie wieder zu sich.

Meline wand sich aus den Armen des Barons und trat zu ihrer Mutter. Der Generalin war das Buch entfallen, ohne daß sie darum aufgewacht wäre. Meline neigte sich über sie und weckte sie; die Generalin schlug etwas verwundert die Augen auf.

„Deine Lektüre muß Dich sehr interessirt haben," sagte Meline spöttisch. „Seit wann gehört es zum guten Ton, beim Lesen einzuschlafen?"

Die Generalin brachte ihr parfümirtes Taschentuch an die Lippen, um ein herzhaftes Gähnen zu verbergen.

„Ich hatte Kopfschmerz," murmelte sie beschämt, „meine Nerven sind nicht die besten, das weißt Du doch, Meline."

„Wir wollen einen Gang durch den Park machen, das wird Dich auffrischen," gab die Tochter zur Antwort, dem Baron einen Blick zuwerfend. Jetzt war sie bereit, mit doppelter Schlauheit zu agiren, um sich ihr geheimes Liebesglück so lange als möglich zu sichern.

Zwei Tage nach dieser Scene kam Rohnegg mit seiner Mündel an.

Aba Hellbrunn war in tiefe Trauer gekleidet; sie sprach wenig und beantwortete die hochtrabenden Will- kommengrüße der Generalin nur mit einem matten Lächeln.

Der Baron benahm sich als artiger, gewandter Cava- lier, von Herzlichkeit war keine Spur bei ihm zu ent- decken.

Meline musterte mit prüfenden Blicken ihre Rivalin. Aba war klein und zierlich gebaut, sie reichte der prächtig gewachsenen Meline kaum bis zur Schulter. Ihre Ge- sichtsfarbe war ein mattes Braun, über welches die Trauer- kleidung noch einen dunkleren Schatten warf. Die Augen waren groß, schwarz und leuchtend, allein Aba hielt den Blick meist gesenkt, und die vollen, reizend geschwungenen Lippen fest zusammengepreßt. Das glänzende blauschwarze Haar umgab in kurzen, dichten Ringeln den kleinen Kopf. Alles in Allem genommen war Aba keine Schönheit, denn ihr fehlte die Regelmäßigkeit der Züge, aber sie war inter- essant, und wenn sie nur ein wenig lebhafter und liebens- würdiger gewesen wäre, so hätte man sie ein hübsches Mädchen nennen können.

Aba schien sich wenig darum zu kümmern, welchen Eindruck sie hervorbrachte; trotz ihrer Schweigsamkeit hatte

ihr Auftreten etwas Festes, Entschiedenes an sich, das
Meline gegen sie eingenommen haben würde, auch wenn
Aba nicht Feldheim's Braut gewesen wäre.

Hätte Meline in der jungen Erbin ein unbedeutendes
Wesen gefunden, so würde sie sich mit stiller Nichtachtung
begnügt haben, allein weil sie den eigenartigen Zauber
erkannte, den dieses Mädchen troh seines ernsten Wesens
auszuüben im Stande war, so wurde ihre Eifersucht rege,
und sie beehrte die Braut des Barons mit einem glühenden Hasse, der von Tag zu Tag mehr zunahm, obwohl
sie viel zu klug war, um denselben offen zur Schau zu
tragen.

Aba blieb, dem Wunsche Rohnegg's Folge leistend,
einige Tage im Schlosse, denn Rohnegg hoffte, daß sich
das junge Mädchen in Melinens Gesellschaft eher zer-
streuen würde, als in der Einsamkeit ihres großen väterlichen Gutes, welches nur eine Wegstunde von Schloß
Rohnegg entfernt war.

Allein Aba fand wenig Gefallen an Melinens Um-
gange; die Antipathie war eine gegenseitige, nur war
dieselbe bei Aba noch nicht in Haß ausgeartet. Sie mußte
selbst nicht, was es war, daß sie so lebhaft von dem
jungen Mädchen abstieß.

Es war nicht Reid oder Eifersucht über Melinens
blendende Schönheit, über ihre gewandten, liebenswürdigen Manieren, denn Aba's Seele kannte solch' kleinliche
Empfindungen nicht, es war ein unbesiegbarer Widerwille, den sie vom ersten Zusammentreffen an empfunden
hatte, und der sich unwillkürlich in jedem Blicke, in jedem

Worte kundgab, so daß es Aba als eine doppelte Wohlthat empfand, als sie nach einigen Tagen mit ihrer Gesellschafterin, einer alten, gutmüthigen Dame, das Schloß
ihres Vormundes verlassen konnte, um in ihrem eigenen
Hause Aufenthalt zu nehmen.

Auch Meline empfand es als Erleichterung, daß Aba
ging; sie lächelte spöttisch über ihren Verlobten, der häufig
hinüberritt, um nach seiner Mündel zu sehen.

Um ihn hatte sie keine Angst, denn sie kannte seinen
Charakter genau genug, um zu wissen, daß er ein einmal
gegebenes Wort niemals brechen würde.

Nein, in dieser Beziehung war Rohnegg ein Mann
von Eisen, so lange er an ihre Treue glaubte, war sie
seiner sicher. Aber der Baron Feldheim, wenn es ihm
einfallen sollte, seine Braut liebenswerth zu finden?

Meline wäre im Stande gewesen, Alles auf's Spiel
zu setzen, um ein inniges Verhältniß zwischen den Verlobten zu hindern.

Doch so weit kam es nicht.

Der Baron machte seine Besuche bei Aba so kurz als
möglich ab, und sie selbst zeigte sich so kühl, so unnah-
bar, daß es ihm beim besten Willen unmöglich gewesen
wäre, sich ihr in zärtlicher Weise zu nähern.

3.

Melinens Hochzeitstag kam heran. Rohnegg hatte
sich gegen seine Braut sehr freigebig erwiesen. Eine
prachtvolle Ausstattung war in der Residenz bestellt worden,
und die Generalin wußte sich kaum vor Freude zu fassen,

als die großen Kisten und Koffer ankamen, welche kostbare Toiletten und das feinste Leinenzeug enthielten.

Meline übersah all' diese Herrlichkeiten mit einem
halb triumphirenden, halb verächtlichen Blicke.

Nun ja, jetzt war sie am Ziele! Jetzt hatte sie Alles,
was sie gewünscht hatte; wenige Tage noch und sie war
eine reiche, vornehme Frau.

Aber war sie nun befriedigt? Hatte ihr das Schicksal nichts mehr zu bieten?

Ein böser, entsetzlicher Gedanke stieg in ihrem Herzen
auf, und sie hatte Mühe, denselben zu unterdrücken: wenn
sie Wittwe würde, ehe der Baron Feldheim noch an das
verhaßte Mädchen gefesselt ward!

Ihre schönen Züge nahmen bei diesem Gedanken einen
so wilden, grausamen Ausdruck an, daß die Generalin erschrocken frug: „Um Gottes willen, Meline, was ist's
mit Dir? Du siehst ja entsetzlich aus!"

„Nichts, nichts!" versetzte sie mit einem tiefen Athem-
zuge, indem sie das Gesicht abwandte.

Die Generalin gab sich zufrieden und richtete wieder
ihre ganze Aufmerksamkeit auf all' die reizenden Gegenstände, die vor ihr ausgebreitet lagen.

Meline war an's Fenster getreten und sah in den Park
hinab, dessen Bäume schon viel von ihrem grünen Blätter-
schmucke verloren hatten.

Da legte sich eine Hand leise auf ihre Schulter.

Langsam wandte sie ihr Gesicht zurück. Norbert v. Rohnegg
stand vor ihr.

Mit einem Gefühle des Erstaunens gewahrte sie, daß

der sonst blühend aussehende Mann sich sehr verändert
hatte; noch nie war ihr so aufgefallen als heute, wie
bleich seine Wangen waren, welch' trüben, matten Schimmer seine blauen Augen hatten.

„Norbert," sagte sie mit ihrer süßen, glockenhellen
Stimme, „Du siehst leidend aus."

Sie sah ihm bei diesen Worten forschend in die
Augen.

Ihrem scharfen Blicke entging es nicht, daß ein leichtes
Zucken über sein Antlitz flog.

„O nicht doch, Meline," versetzte er, „ich hatte in
letzterer Zeit verschiedene Geschäftssorgen, das mag mich
bleicher gemacht haben."

Sie lehnte sich zärtlich an ihn, und sagte in weichem
Tone: „Du solltest Dich mehr schonen, Norbert, mir zu
Liebe!"

Er faßte ihre Hand und führte dieselbe an seine
Lippen.

„Mach' Dir keine Sorgen, liebes Kind, einige Tage
der Ruhe, und Alles ist wieder gut."

„Du willst ausreiten," sagte Meline, erst jetzt be-
merkend, daß Rohnegg im Reitanzuge war.

„Ja, ich muß nach Hellbrunn hinüber, es gibt einige
Wirthschaftsangelegenheiten mit dem Gutsdirektor zu er-
ledigen, und dann möchte ich Aba besuchen."

„Willst Du Deine Einladung zu unserer Vermählung
wiederholen?" frug Meline, unter den gesenkten Lidern
hervor ihren Verlobten beobachtend.

„Nein, denn ich sehe den Grund ihrer Weigerung vollkommen ein. Mit einem Herzen voll Trauer kommt man nicht gern zu einem fröhlichen Feste."

„Gewiß," versetzte Meline gleichgiltig, „Fräulein Hell-brunn scheint ihre Tante sehr geliebt zu haben."

„Das hat sie," versetzte Rohnegg, plötzlich in Eifer ge-rathend. „So finster und verschlossen das Mädchen auch erscheint, sie hat ein Herz so treu und rein, wie man es wohl selten finden wird."

Er brach ab; Melinens spöttischer Blick brachte ihn zur Wirklichkeit zurück. Die junge Dame hatte sich jetzt halb von ihm abgewendet und sah wieder in den Park hinab, eine peinliche Pause war eingetreten.

Endlich ermannte sich Rohnegg. „Ich muß fort," sagte er mit leiser Stimme, „ich werde trachten, so bald als möglich zurück zu sein."

„O, beeile Dich nicht," entgegnete Meline kühl; „ich habe Kopfschmerz und würde heute ohnehin keine angenehme Gesellschafterin für Dich abgeben."

Sie bot ihm die kleine, schmale Hand, die er an seine Lippen zog, um einen leisen, flüchtigen Kuß auf dieselbe zu hauchen. Meline fühlte noch, wie ein heißer Athem für einen Moment ihre Stirn berührte, sie hatte die Augen geschlossen, wie um nichts sehen zu müssen. Als sie die-selben wieder öffnete, stand sie allein am Fenster, Norbert hatte sie verlassen.

Ein kurzes, scharfes Lachen rang sich von ihren rosigen Lippen. „Der Thor," murmelte sie; „was kümmert's mich, ob er jenes Mädchen liebt oder nicht, wenn ich nur seine Frau werde!"

Sie trat vom Fenster zurück und wandte sich zu den Herrlichkeiten, die sie seiner Großmuth zu verdanken hatte.

4.

In dem großen, kunstvoll angelegten Garten ihres Schlosses ging Ada Hellbrunn langsam auf und ab.

Eine tiefe Blässe lag auf ihrem Gesichte, und an den langen, dunklen Wimpern hingen schwere Tropfen; sie hatte geweint, und noch hob sich ihre Brust in einem leisen Schluchzen, das ihre ganze Gestalt erzittern ließ.

„In wenigen Tagen ist sie sein Weib, sein geliebtes, angebetetes Weib," flüsterte sie mit einem Ausdrucke un= endlichen Schmerzes; „sein, sein eigen für immer, und ich, o ich Unglückselige! Warum mußte ich ihn lieben lernen, so heiß, so leidenschaftlich, so glühend, so ver= zehrend, wie ihn dieses schöne blonde Mädchen niemals lieben wird! Nie, nie, ich weiß das, ich fühle das! Sie wird nur seine Frau des Geldes wegen, und er wirft seine besten Empfindungen an dieses schlaue, berechnende Wesen fort! Wenn ich ihn warnen, wenn ich ihm sagen könnte, wie ich über sie denke — doch nein, nein, ich kann's, ich will's nicht sagen! Ich könnte mich verrathen und — eher sterben, als das! Und dann, würde er mir Glauben schenken? — Ich kann nur von Ahnungen sprechen, denn sie ist viel zu klug, um sich irgendwie eine Blöße zu geben — ich sehe ihn seinem Unglücke entgegengehen, und kann doch nichts, nichts thun, um ihn zurückzuhalten!"

Sie rang die Hände und starrte verzweiflungsvoll vor sich hin.

„Ich haffe fie," brach fie dann wieder leidenschaftlich
los, „ich haffe fie, ebenfo fehr, als ich den Mann verachte, deffen Gattin ich werden foll. O Gott, o Gott,
kann ich durch nichts diefem Schickfale entgehen? Wie
konnte mein Vater über meine Hand verfügen, ehe ich
noch im Stande war, zu beurtheilen, ob ich an der Seite
diefes Mannes mich auch glücklich fühlen würde! Der
vornehme Titel hat ihn verlockt, er wollte, feine Tochter
follte Baronin werden — Reichthum und Rang, das paßt
fo gut zufammen. Was braucht man da das Herz zu
fragen! Das muß fich fügen; fügen, bis es bricht —
oder zu Stein erftarrt."

Sie blieb ftehen und barg das thränenüberftrömte
Antlitz in beiden Händen.

„Nur keine Schwäche, nur keine Schwäche," ftöhnte
fie. „Niemand foll wiffen, was ich leide, wie elend, wie
namenlos unglücklich ich bin!"

Von der Schloßfeite her nahten jetzt fefte, fchnelle
Schritte; Aba hatte das Geräufch derfelben überhört. Sie
war überwältigt von Schmerz auf eine von Gebüfch halb
verfteckte Gartenbank gefunken und fchluchzte nun leife in
ihr Tafchentuch hinein, als plötzlich eine bebende Stimme
ihren Namen nannte.

Tödtlich erfchrocken fuhr fie auf. „Herr v. Rohnegg,"
rief fie beftürzt, haftig ihre Thränen trocknend.

„Muß ich Sie wieder in Thränen finden," fagte er
vorwurfsvoll, an ihrer Seite Platz nehmend; „bedenken
Sie, Aba, jeder Schmerz muß feine Grenzen haben."

Das junge Mädchen rang nach Athem. „Ein jeder

Schmerz," hauchte sie kaum hörbar, „Sie haben Recht, ich will mich beherrschen lernen."

: „Sie müssen die Verstorbene unendlich geliebt haben," sagte Rohnegg, indem er vermied, ihren Blicken zu begegnen.

„Sie war mir Alles," versetzte Aba, während eine tiefe Röthe ihr vorhin noch so blasses Gesicht überflog.

„Ich begreife den unersetzlichen Verlust, den Sie erlitten — ich habe ja auch eine geliebte, hochverehrte Mutter verloren, aber dennoch — Sie sollten bedenken, daß Sie Pflichten gegen Andere haben, und nicht nur gegen Andere, auch gegen sich selbst."

„Ich, o, ich," unterbrach ihn Aba, die Thränen zurückdrängend, die ihr auf's Neue in die Augen traten. Sie hielt inne, sie hatte ihn nur verhindern wollen, von ihrem Verlobten zu sprechen. Es hätte ihr so bitter weh gethan, aus seinem Munde hören zu müssen, daß sie dem Baron gegenüber gewisse Pflichten zu erfüllen habe, denen sie bis jetzt nur sehr lässig nachgekommen war.

Rohnegg sah ihre Bewegung, ohne den Grund derselben zu errathen. Er hatte sie in der That darauf aufmerksam machen wollen, daß ihr Benehmen gegen Feldheim nicht frei von Tadel war; aber es war ihm unmöglich gewesen, diese Worte über die Lippen zu bringen.

Er fühlte, daß er gehen mußte, um nicht schwach zu werden, und, rasch entschlossen sich erhebend, sagte er: „Uebermorgen ist mein Hochzeitstag; ich will nicht in Sie bringen, der Feier beizuwohnen, allein Sie müssen mir versprechen, Ihr einsiedlerisches Leben aufzugeben und in

Gesellschaft zu gehen. Ihre Nachbarn sind lauter angenehme, liebenswürdige Leute, Sie werden die gesuchte
Zerstreuung mit der Zeit auch finden, und Ihr Verlobter
wird sich gewiß alle Mühe geben, Sie aufzuheitern und
Ihren trüben Gedanken zu entreißen."

Mechanisch hatte sie sich mit ihm zu gleicher Zeit erhoben. Ihre dunklen Augen schimmerten noch thränen-
feucht, aber ihre Haltung bewies, daß sie die verlorene
Fassung wieder gefunden.

„Ich wünsche Ihnen und Ihrer Braut alles Glück,"
sprach sie mit fester Stimme, ihm die Hand bietend.

Einen Moment lang ruhten die eiskalten Fingerspitzen
regungslos in seiner kräftigen, gebräunten Rechten, dann
gab er die kleine, zierliche Hand frei, ohne durch einen
Druck, ein Zucken seine innerliche Erregung zu verrathen.

„Ich mache mit Meline eine Hochzeitsreise," sagte er
mit ungewöhnlich tiefer, fast rauher Stimme; „sollten Sie
besondere Wünsche an mich haben, so bitte ich Sie, sich
brieflich an mich zu wenden. Ich habe mit dem Gutsdirektor schon gesprochen, er wird Sorge tragen, daß alle
Ihre Befehle pünktlich vollzogen werden. Und nun Gott
befohlen — und den besten Dank für Ihre Wünsche!"

Aus tiefster Brust herauf waren die letzten Worte gekommen; wie schwer, wie unendlich schwer mußte es dem
Manne geworden sein, für den Glückwunsch zu danken, der
von Ada's Lippen geklungen war.

Ada, nur mit sich selbst beschäftigt, sah und merkte es
nicht; ihr ganzes Denken und Fühlen war in diesem
Momente nur darauf gerichtet, sich nicht zu verrathen, den

Sturm nicht ausbrechen zu laffen, der in ihrem Inneren tobte.

„Viel Glück," fagte fie nochmals mit tonlofer Stimme.

„Auf Wiederfehen," murmelte er, mit einem letzten Blicke die Gestalt des Mädchens umfaffend.

Sie winkte ihm mit der Hand noch einen letzten Gruß zu, während er feften, rafchen Schrittes, fo wie er gekommen, den Garten verließ.

So fchieden diefe beiden Menfchen von einander, deren Herzen fich fo rafch gefunden hatten und jubelnd einander entgegen geflogen waren. Ein erfter Blick hatte hier ent= fchieden, um eine heiße Flamme anzufachen, um zwei Seelen zu vereinigen, die im Voraus für einander beftimmt fchienen.

Und doch! — Wie waren fie von einander gegangen? Ruhig, kalt, gleichgiltig dem Anfcheine nach, während ein heißer Kampf in ihrem Inneren tobte.

Er hatte, von der berückenden Schönheit eines fchlauen Weibes verblendet, fich freiwillig an daffelbe gefeffelt, in dem Glauben, daß fein Gefühl für Meline echte, wahre Liebe fei; Ada war durch den Willen ihres Vaters an einen Mann gebunden, der es niemals verftanden hatte, eine wärmere Regung in ihr wachzurufen.

Was fie fühlten, was fie empfanden, das mußte in ihren Herzen verborgen bleiben, und Beide hatten fich tapfer gehalten — bis zur letzten Stunde.

Keines wußte von des Anderen Leid, von feinen Qualen, feinem Kummer; ein Jedes trug feinen Schmerz allein für fich, eifrig über fich wachend, fich nicht zu ver= rathen.

Bis jetzt war es ihnen gelungen, konnte es immer so bleiben? —

Während Aba mit ihrem wilden Schmerze allein blieb, ritt Norbert langsam heimwärts.

Es war ein Abschied für lange, lange Zeit, den er da von Aba genommen. Er wollte nach beendeter Hochzeits= reise nicht heimkehren, sondern mit Meline den Winter in der Residenz verbringen; vielleicht gelang es ihm, in dem Getriebe der Welt die Stimme seines Herzens zu unterbrücken und zum Schweigen zu bringen.

Wie hatte er gekämpft und gerungen, um das Bild des schönen blonden Mädchens in seinem Herzen festzu= halten, das so urplötzlich in demselben erblaßt war.

Er hatte Pflichten, heilige Pflichten gegen seine Braut, denen er gerecht werden mußte, wollte er an ihr als Ehrenmann handeln, und sollte er selbst darüber zu Grunde gehen!

Freiwillig hatte er ihr Herz und Hand geboten, um ihre Liebe geworben, und sie hatte sich vertrauensvoll in seinen Schutz begeben; sie jetzt zu verlassen, wäre schlecht und unehrlich gewesen. Was konnte Meline dafür, daß ihre zauberhafte Schönheit nicht Stand hielt den dunklen, seelenvollen Augen der Anderen gegenüber, die, mit Melinen verglichen, kaum hübsch zu nennen war. Wie ein Blitz= schlag hatte ihn der Blick dieser klaren, sprechenden Augen getroffen. Von allem Anbeginne aber hatte er auch ge= wußt, daß er entsagen mußte, wollte er ein ehrlicher Mann bleiben, und bis jetzt hatte er sich auch nichts vor= zuwerfen.

Bei dem Gedanken an die Zukunft erbebte der starke Mann, und seine Hände ballten sich krampfhaft zusammen.

Eine öde, leere Zukunft, ohne Frieden, ohne Glück, ohne Freude!

Rohnegg stöhnte schmerzlich auf. Einer plötzlichen Regung nachgebend stieg er rasch vom Pferde, und dasselbe am Zügel führend, ging er tiefer in den Wald, an dessen Saume er bisher seinen Weg verfolgt hatte. Dort ließ er die Zügel los und warf sich zur Erde, das Gesicht in beide Hände vergrabend.

Dahin, dahin — Friede, Freud' und Glück! Durch den schon halb entblätterten Buchenwald zog es wie ein leises Aechzen und Stöhnen, das dürre Laub am Boden raschelte in unheimlichen Tönen, und einige matte, spärliche Sonnenstrahlen huschten flüchtig über die entlaubten Wipfel.

Minute auf Minute verrann, Rohnegg blieb noch immer liegen.

Ein kühler, scharfer Herbstwind fuhr durch die Aeste und schüttelte die welken Blätter auf den einsamen Mann herab, der hier mit seinem Schmerze kämpfte, und weder Trost noch Frieden fand. Was konnte er dem Weibe bieten, das er in einigen Tagen sein eigen nennen sollte — nichts, nichts! Sein Herz fühlte nichts mehr für sie, ihre blendende Schönheit ließ ihn kalt, ihre süße, glockenhelle Stimme hatte jeden Zauber für ihn verloren — sie war ihm mit einem Male eine Fremde geworden.

Neben der hohen, üppigen Gestalt des vollendet schönen Weibes sah er ein kleines, zierliches Wesen auftauchen, das ihm mit seinen dunklen Augen tief, tief in die Seele sah — o, diese Augen hatte er Tag und Nacht vor sich, an sie gedachte er zu jeder Stunde, und doch hatte er kein Recht dazu, keines, keines!

Das geduldig neben seinem Herrn stehende Roß begann leise zu wiehern, als wolle es ihn mahnen, zur Wirklichkeit, zu seinen Pflichten zurückzukehren.

Rohnegg fuhr auf und strich sich das wirre Haar aus der Stirn.

„Nur keine Feigheit," murmelte er, „ich will und ich muß diese Leidenschaft bezwingen!"

5.

Zwei Tage später wurde Meline mit Norbert v. Rohnegg ehelich verbunden.

'Meline war eine sehr schöne Braut, deren Liebreiz von allen Anwesenden laut bewundert wurde. Sie sah prachtvoll aus in dem langen, schleppenden Atlaskleide, dessen blendende Weiße ihren zarten Teint noch mehr hervorhob.

Ueber den gleich flüssigem Golde erstrahlenden Flechten lag der kostbare Spitzenschleier wie ein duftiger Hauch gebreitet, und in dem dunklen Grün der Myrtenkrone funkelten einzelne Brillantsterne.

Der werthvolle Schmuck war Rohnegg'sches Familieneigenthum, und Norbert hatte denselben am Vorabende des Hochzeitstages seiner Braut übergeben.

Meline hatte der Versuchung nicht widerstehen können, sich mit den blitzenden Steinen zu schmücken; sie hatte niemals Diamanten besessen, und deren Funkeln und Leuchten übte eine wahrhaft fascinirende Wirkung auf sie aus.

Als Mädchen hatte sie sich so einfach als möglich gekleidet, weil kostbare Stoffe ihr unerreichbar waren, und
sie es verschmähte, zu jener übertriebenen, auf Täuschung
berechneten Eleganz zu greifen, wie ihre Mutter dieselbe
stets so sehr geliebt hatte.

Jetzt, als reiche Frau wollte sie das Versäumte nach-
zuholen trachten, und wenn sie sich schon ohne Liebe hingab, so wollte sie genießen, genießen mit vollen Zügen
den Reichthum, den sie sich durch ihre Schönheit errungen
hatte.

Mit fester Stimme sprach sie das bindende „Ja",
während dasjenige Norbert's fast zögernd klang.

Mit lieblichem Lächeln auf den Lippen nahm sie dann
die Glückwünsche entgegen; sie sah so glücklich, so heiter
aus, daß Rohnegg tiefe Gewissensbisse fühlte und bei sich
selbst nochmals gelobte, sie nie empfinden zu lassen, daß
seine Liebe für sie geschwunden sei.

Die Generalin befand sich in äußerst gehobener Stimmung. In ihrem schweren Brokatkleide mit kostbaren
Spitzen verziert rauschte sie mit vieler Würde einher. Sie
litt heute nicht an ihren Nerven und hatte für Jeden ein
liebenswürdiges Lächeln bereit; war doch das große Ziel
erreicht und ihre Tochter eine reiche Frau geworden.

Nach der Tafel wurde in dem großen Saale getanzt,
und Meline genoß noch einige Stunden hindurch den
Triumph, die Schönste unter allen Schönen zu sein.

Noch athemlos von einem raschen Tanze stand sie an
Feldheim's Seite in einer Fensternische.

Der Baron hatte ihre Hand erfaßt und flüsterte ihr

leise, leidenschaftliche Worte zu, die das Blut höher in ihre Wangen trieben und ihr Herz rascher klopfen machten.

Aber bei alledem vergaß Meline die gewohnte Vorsicht nicht; ihre Blicke überflogen den weiten Saal, und als sie die Gestalt ihres Gatten erblickte, zog sie ihre Hand rasch aus derjenigen Feldheim's.

„Er sucht mich, ich muß fort," sagte sie, tief Athem schöpfend. „Auf Wiedersehen in der Residenz."

Sie war verschwunden, ehe noch Feldheim zur Besinnung kommen konnte. Mit sehr gemischten Empfindungen drückte er sich tiefer in die Fensternische.

Da ging sie hin, die schöne Frau, deren Herz ihm gehörte, die ihn noch kurz vorher ihrer Liebe versichert hatte.

Wenige Minuten noch, und sie verließ an der Seite ihres Gatten das Schloß, um mit ihm nach dem sonnigen Italien zu eilen, um neue Triumphe zu feiern, und er stand bescheiden in einer Ecke und mußte sie ziehen lassen, blos weil er nicht die Mittel besaß, dem reizenden Weibe eine glänzende Zukunft zu bieten. War es nur ihre Schuld allein, daß sie so aus einander gingen? Nein! Auch er hätte nicht der reichen Braut entsagen mögen um ihretwillen, auch ihm galt Reichthum höher als alles Andere, und mochte es nun kommen, wie es wollte, Ada Hellbrunn mußte dennoch seine Gattin werden.

Während sich der Baron diesen Reflexionen hingab, war Meline nach ihrem Zimmer geeilt. Die neuengagirte Zofe half ihrer Herrin sich des Brautschmuckes entledigen, und bald stand Meline in einem geschmackvollen Reise-Anzuge da.

Jetzt klopfte es leise an die Thüre.

„Ich bin bereit," rief Meline mit klarer Stimme.

Rohnegg trat langsam über die Schwelle. „Der Wagen wartet, Meline."

„So laß uns gehen; ich habe schon vorhin von Mama Abschied genommen."

Er bot ihr schweigend den Arm und führte sie hinab.

Als Meline in den Wagen stieg, warf sie noch einen flüchtigen Blick zu den hell erleuchteten Fenstern empor.

Dort oben weilte er, der Einzige, der ein wärmeres Empfinden in ihrer Seele wachgerufen, und sie mußte jetzt fort, hinaus an der Seite des Mannes, der für sie nur das Mittel zum Zwecke war.

Aber sie hatte kein Recht, sich zu beklagen. Sie selbst hatte es ja so gewollt.

6.

Mehr als zwei Jahre waren vergangen, seit Meline Rohnegg's Gattin geworden war. Es war eine unglückliche Ehe, blos durch ein loses Band zusammengehalten, und die schöne junge Frau lockerte täglich mehr an demselben.

Um ihre Kälte Norbert gegenüber zu entschuldigen, hatte sie ihm schon drei Tage nach der Hochzeit gesagt, daß sie auf Aba eifersüchtig sei, und der in seinem Innersten getroffene Mann hatte alles Mögliche versucht, um seine Gattin über diesen Punkt zu beruhigen.

Er fühlte sich schuldig und deshalb war er doppelt nachsichtig gegen sie, gegen ihre immer mehr zu Tage tretenden Fehler und Eigenheiten.

In seiner Ehrlichkeit dachte er nicht daran, daß Melinens Launen selbst die heißeste Liebe in seinem Herzen hätte ersticken müssen, wenn auch kein anderes Bild in demselben je zuvor gelebt, er war sich nur bewußt, daß er ein Unrecht an ihr begangen, und sein Bestreben war nur darauf gerichtet, jenes so viel als möglich wieder gut zu machen.

Den ersten Winter hatte das Ehepaar in der Residenz verlebt; Meline war dort sehr gefeiert worden und Baron Feldheim in ihrem Hause täglich aus und ein gegangen.

Der Frühling war auf Melinens speziellen Wunsch auf Schloß Rohnegg zugebracht worden, aber Aba war mit dem Ehepaare nicht zusammengetroffen. Sie war schon einige Wochen zuvor mit ihrer Gesellschaftsdame nach dem Süden gereist und Rohnegg dankte dem Himmel aus tiefstem Herzen für diesen Zufall.

Im Sommer wünschte Meline eine Badereise zu unter= nehmen, und Rohnegg willfahrte auch diesem Begehren. Den Spätherbst brachten sie in Paris zu, und den Winter wieder in der Residenz.

Mit einer Art von fieberhafter Eile flog dort Meline von Fest zu Fest, von einem Vergnügen zum andern.

Sie befand sich in einer verzweifelten Stimmung; im nächsten Herbste sollte endlich Aba's Vermählung mit dem Baron stattfinden, und Meline liebte ihn von Tag zu Tag mehr mit wahnwitziger Leidenschaft.

Das Schicksal hatte ihr frivoles Spiel an ihr gerächt; sie, die sonst mit den Herzen Anderer gespielt, die mit kalter Ruhe Leidenschaften zu entflammen getrachtet hatte,

fah sich jeht plöhlich von ihren eigenen Gefühlen über-
wältig und da besiegt, wo sie hätte die Siegerin sein sollen.

Ihre leidenschaftliche Liebe ward dem Baron auf die
Dauer unbequem; er fürchtete immer, Meline könnte sich
und ihn verrathen, und dann war die reiche Braut für
ihn noch in der lehten Stunde verloren.

Der Baron war jung und wollte noch das Leben genießen, und das konnte er erst so recht, wenn er der Gatte
des reichen Mädchens geworden war.

Seine Liebe für Meline hatte sich im Laufe der Zeit
verflüchtigt, und am liebsten würde er ein Verhältniß ab-
gebrochen haben, das ihm nur Unannehmlichkeiten und
Verdruß machte. Aber wie dies Meline beibringen? Sie
wollte ja nicht Vernunft annehmen und hatte schon davon
gesprochen, sich von ihrem Gatten scheiden zu lassen, um
frei zu werden.

Eine schöne Aussicht das! Sie war ja gänzlich von
der Gnade ihres Gatten abhängig, er bis über den Kopf
in Schulden, das würde eine angenehme Existenz geben!
Nein, nein! Er war fest entschlossen, Aba zu heirathen,
und um allen weiteren Konflikten auszuweichen, verließ er
noch vor Schluß der Saison die Residenz, um auf sein
kleines Gut zu gehen, das in nächster Nähe von Aba's
großer Besihung lag.

Der Baron zeigte sich jeht als ein sehr aufmerksamer
Bräutigam; er besuchte täglich seine Braut und brachte
ganze Stunden in ihrer Gesellschaft zu, indem er sich bemühte, seine vollste Liebenswürdigkeit zu entfalten, um
ihre Gunst zu erringen.

Aba bemühte sich nach Kräften, freundlich gegen den Baron zu sein; sollte sie doch binnen wenig Monden seine Gattin werden, und ihre Pflicht war es, das Bild des Mannes zu bannen, das sie noch immer in ihrem Herzen trug.

Weder die Zeit noch die Entfernung hatten etwas an ihren Gefühlen zu ändern vermocht, und so sehr sie auch kämpfte und stritt, sie hatte es nicht dazu gebracht, diese unselige Liebe zu Rohnegg aus ihrem Herzen zu reißen.

Mit einem Gemisch von Freude und Schreck erhielt sie vierzehn Tage nach Feldheim's Ankunft die Nachricht, daß Rohneggs wieder zurückgekehrt seien und diesmal einen längeren Aufenthalt zu nehmen gedachten.

Also doch! Sie mußte den bitteren Kelch zur Neige leeren und Norbert an der Seite der Frau sehen, die er aus Liebe geheirathet hatte, während sie dazu bestimmt war, einem Manne anzugehören, den sie weder lieben noch achten konnte.

Sie hatte oft daran gedacht, dem Befehle des todten Vaters zuwider zu handeln und ihre Verlobung zu lösen. Wenn ihr Vater noch am Leben gewesen wäre, vielleicht hätte er sich von ihren Bitten bestimmen lassen, und sie hätte sich wenigstens ihre Freiheit gewahrt. So viel sie sich auch mit diesem Gedanken beschäftigte, so hatte sie doch eine eigene Scheu davor, ihn auszusprechen.

Vielleicht auch war es besser so, wenn eine doppelte Schranke sie von dem geliebten Manne trennte, vielleicht gab ihr die übernommene Pflicht Kraft und Muth, diese Liebe zu überwinden und aus diesem schweren Kampfe als Siegerin hervorzugehen.

Und sie hielt sich fest und tapfer bei dem so sehr ge=
fürchteten Wiedersehen; selbst der schärfste Beobachter hätte
keine Spur von Erregung an ihr wahrnehmen können.

Sie gewann es sogar über sich, bei dieser Gelegenheit
freundlicher als sonst gegen Feldheim zu sein, und er=
weckte dadurch in Melinen eine rasende Eifersucht.

Die junge Frau sah, daß Aba sich während der letzten
Jahre sehr zu ihrem Vortheile verändert hatte, und der
Gedanke, daß der Baron seine Verlobte lieben lernen
könnte, brachte sie zur Verzweiflung.

Sobald sie sich mit Feldheim allein sah, machte sie
ihm die heftigsten Vorwürfe, sie verlangte, er solle die
Verlobung lösen, und seine Weigerung rief einen wahren
Sturm von Bitten und Thränen bei ihr hervor. Es
kam zu einer sehr unerquicklichen Scene, und die Folge
davon war, daß der Baron sich Tage lang nicht vor
Melinen blicken ließ.

Die schöne Frau war ihm nachgerade ganz gleichgiltig
geworden, und nur die Furcht vor ihrer Leidenschaftlich=
keit hielt ihn ab, ihr dies offen in's Gesicht zu sagen.

Meline verzehrte sich vor innerer Aufregung. Immer
näher, immer näher sah sie den Tag kommen, da Feld=
heim einer Anderen gehören würde, und in ihrer Qual,
in ihrem eifersüchtigen Schmerze ließ sie die sonst sorgsam
beobachtete Vorsicht außer Acht.

Sie quälte ihre Mutter mit ihren Launen, sie benahm
sich kalt und abweisend gegen ihren Gatten, und wenn sie
Aba gegenüber stand, so leuchtete ihr der Haß förmlich
aus den Augen.

Ein solches Benehmen mußte enblich boch die Aufmerksamkeit Rohnegg's erregen. Eine Ahnung von bem
wahren Sachverhalte bämmerte in ihm auf, unb mehr
als einmal fah jetzt Meline ben prüfenben Blick bes
Gatten auf sich geheftet, wenn sie mit bem Baron sprach.

In ihrer leidenschaftlichen Verblendung war ihr bies
jetzt einerlei, mochte Norbert Alles erfahren und sie aus
seinem Hause stoßen, ihr war bas gleichgiltig. Im Gegentheil, es war vielmehr besser so, benn Feldheim hatte
baburch bie Verpflichtung, sich ihrer anzunehmen, unb
von einer Verbinbung mit Aba konnte bann keine Rebe sein.

Aber er, um bessentwillen sie bereit war, Glanz unb
Luxus zu opfern, er bachte nicht so.

Mit schönen Reben unb beschwichtigenben Worten
suchte er sie hinzuhalten, sie über seine Gefühle im Un-
klaren zu lassen, unb so kam ber Hochzeitstag heran,
ohne baß Feldheim sich für Melinens Wünsche entschieben
hatte.

Auf Aba's Begehren sollte jebe Festlichkeit unterblei-
ben; in ber Hauskapelle bes Schlosses sollte bie Trauung
blos in Gegenwart zweier Zeugen vollzogen werben, unb
nach berselben bas neuvermählte Paar sofort eine Reise
antreten.

Der Baron hatte nichts gegen biesen etwas sonber-
baren Wunsch einzuwenden gehabt; je rascher unb stiller
bas Ganze abgethan wurde, besto lieber war es ihm.

Er versicherte seiner melancholisch lächelnben Braut,
baß jeber ihrer Wünsche ihm Befehl sei, unb baß er sich
allen ihren Anorbnungen bereitwillig füge.

7.

So war endlich der gefürchtete Tag herangekommen, und die reiche Erbin zählte nur noch nach Stunden die Zeit ihrer Freiheit.

Die Trauung sollte am Vormittage stattfinden, damit das junge Paar noch den Zug erreichen konnte, der um zwölf Uhr die etwa eine Stunde entfernte Station passirte.

Aba hatte sich nach einer schlaflosen Nacht zeitig erhoben und war in den Garten gegangen.

Sie sah bleich und verweint aus, aber der feste Zug um die zusammengepreßten Lippen bewies, daß es ihr im entscheidenden Augenblicke nicht an Muth fehlen würde, ihre Fassung aufrecht zu erhalten.

Es war ein herrlicher Junimorgen, heiter und glänzend stieg die Sonne am wolkenlosen Himmel empor, und ihre blitzenden Strahlen saugten gierig die letzten Thautropfen von den duftenden Rosen auf, die erfrischt nach dem nächtlichen Schlummer ihre Kelche dem werdenden Tage öffneten.

Aba blieb tief aufseufzend stehen; sie betrachtete mit einem langen, traurigen Blicke die kunstvoll angelegten, im üppigsten Flore prangenden Beete, die kühlen Schatten spendenden Boskets, die sauber gehaltenen Wege, die in zierlichen Schlangenwindungen hin und her führten, den kleinen Teich, auf dessen Oberfläche sich stolz ein Schwanenpaar wiegte, und das zwischen hohen Bäumen sich erhebende stattliche Schloß, dessen Herrin sie genannt wurde.

Sie war reich, sehr reich, und hatte nie die materielle Sorge des Lebens kennen gelernt, sie brauchte nur zu wollen, um jeden ihrer Wünsche erfüllt zu sehen — jeden?

Ein tiefer Schmerzenszug grub sich in ihr bleiches Gesicht.

„Reichthum macht nicht glücklich," sagte sie leise vor sich hin, ohne den Thränen zu wehren, die ihre langen Wimpern netzten. „Ich bin es nicht — und er ist es auch nicht. Ich sah ihn in den letzten Tagen stets so bleich, so düster; der Besitz der geliebten Frau hat ihm nicht das gehoffte Glück gebracht!"

Das Herz wurde ihr mit einem Male wieder so unendlich schwer; wenn sie sich auch sagte, wie nöthig es sei, eine neue, unübersteigliche Schranke zwischen sich und den heimlich geliebten Mann zu bringen, so fühlte sie doch auch die ganze Größe des Opfers, das sie dem Andenken ihres Vaters brachte.

Der alte Herr Hellbrunn war ein Sonderling gewesen, der es nie gestattet haben würde, daß seine Tochter vor ihrem vierundzwanzigsten Jahre sich vermählte, denn erst dann, sagte er, sei ein Mädchen verständig genug, um ihre Pflichten als Gattin völlig zu erkennen. Diese Laune ihres Vaters hatte ihr wenigstens eine Spanne Zeit noch ihre Freiheit gewahrt, aber jetzt war der Termin zu Ende und sie mußte sich fügen.

Sie faltete die kleinen Hände wie zum Gebete, und blieb noch einige Augenblicke stille stehen; dann richtete sie sich energisch höher empor und ging festen Schrittes in's Schloß zurück.

Sie trat in ihr Zimmer und warf einen Blick auf die Uhr.

Wie unaufhaltsam der Zeiger vorwärts eilte!

Zwei Stunden noch und sie war an den Mann gebunden, der ihr innerlich immer noch ein Fremder war.

Doch wo blieb Feldheim? Er hätte längst hier sein müssen!

Unruhig hin und her gehend, sah sie immer wieder auf die Uhr, die Minuten berechnend, die ihr noch blieben, und jetzt — jetzt hatte sie keine Zeit mehr übrig!

Mit tonloser Stimme gab sie Befehl, man möge ihr das Brautkleid bringen, bleich und stumm ließ sie sich schmücken.

Jetzt war sie fertig; ohne ihrem Spiegelbilde auch nur einen Blick zu schenken, entließ sie die Dienerin und schloß sich ein.

Wenige Minuten noch blieben ihr bis zur festgesetzten Stunde, und diese wollte sie noch ausnützen.

Feldheim war immer noch nicht da, doch jeden Augenblick mußte sein Wagen durch's Thor rasseln.

Ohne auf ihr weißes Atlaßkleid zu achten, kniete sie nieder und barg ihr Gesicht in die Kissen eines Divans; sie wollte so das heiße Schluchzen ersticken, das aus ihrem armen gequälten Herzen mit unbezwingbarer Gewalt heraufstieg, und während bittere Thränen ihre Wangen netzten, murmelten ihre blassen Lippen den Namen des geliebten Mannes.

8.

Auf Schloß Rohnegg hatte es zwei Tage vorher zwischen Norbert und Meline eine heftige Scene gegeben.

Der sonst so nachsichtige Mann war energisch aufgetreten und hatte der zornbebenden Meline erklärt, daß er ein derartiges Benehmen ihrerseits nicht länger dulden werde.

Wenn er schon nicht im Stande sei, ihr Liebe einzuflößen, so fordere er doch von seiner Gattin Achtung für den Namen, den er ihr gegeben, und sollte sich seine Vermuthung bestätigen, so würde er gezwungen sein, unnachsichtlich vorzugehen.

Die schöne Frau war bei dieser Drohung dennoch erblaßt. Sie hatte es ja einmal selbst gesagt, daß diese sogenannten guten Menschen, wenn in Zorn gebracht, eben so strenge seien, als sie früher nachsichtig gewesen waren.

Trotz ihrer Selbstbeherrschung erbebte sie sichtlich, als sie diese blauen Augen ernst und finster auf sich gerichtet sah. Dieser Mann wäre fähig gewesen, sie sammt ihrer Mutter sofort aus dem Hause zu jagen, wenn er die ganze Wahrheit gewußt hätte.

Sie fühlte ihren Muth schwinden unter seinen zornfunkelnden Blicken, und scheu und unsicher sah sie an ihm vorüber.

„Dein Verdacht ist eine Beleidigung für mich," sagte sie, bemüht, ihrer Stimme einen festen Klang zu geben; „prüfe, ehe Du so ungerecht beschuldigst."

„Das will ich auch, und wehe Dir, wenn meine Ahnung mich nicht getäuscht hat."

Meline hob den schönen Kopf trotzig höher.

„In der That, Du hast gutes Recht, mir zu drohen," versetzte sie höhnend; „sieh' in Dein eigenes Herz und frage Dich, ob Du Dir nichts vorzuwerfen hast."

Ueber Rohnegg's Gesicht flog eine tiefe Blässe.

„Ich habe meine Pflichten gegen Dich niemals verletzt," murmelte er mit dumpfer Stimme.

„Nicht?" rief Meline mit blitzenden Augen. „Hast Du mich nicht zu Deiner Gattin gemacht mit dem Bilde einer Anderen im Herzen? Hast Du nicht Tag und Nacht an diese Andere gedacht und mich mit den Brosamen einer Zärtlichkeit abgefüttert, die eigentlich für sie be- stimmt gewesen sind? Was hast Du denn gethan, um Dir meine Liebe, meine Treue zu erhalten? Nichts, nichts! Wie ein Automat bist Du neben mir hergegangen, immer nur in Gedanken an die Eine, die ich vom ersten Moment an haßte und immer hassen werde."

„Meline!" rief Rohnegg, erschreckt vor dem wilden Ausbrucke, der ihr schönes Gesicht verzerrte.

„Ja, ja, ich hasse sie, diese Heuchlerin mit ihrer ern- sten, vornehmen Miene — ich — ich könnte sie vernich- ten — und Dich mit ihr — denn Ihr Beide habt mir mein Glück gestohlen."

Sie hatte die letzten Worte in kurzen Absätzen und fast schreiend hervorgestoßen. Jetzt mit einem Male stockte ihr Athem, ihre Lippen färbten sich bläulich, die großen schönen Augen nahmen einen stieren Ausdruck an und mit einem dumpfen Röcheln sank sie rücklings zu Boden.

Rohnegg hob sie auf und rief um Hilfe; ein furcht- barer Nervenkrampf hatte die junge Frau erfaßt.

Ihr Gatte blieb, bis der eilig herbeigeholte Arzt gekommen war, der ihm die Versicherung gab, daß Meline
in wenigen Stunden wieder hergestellt sein werde; derlei
Nervenkrämpfe bei Damen hätten im Allgemeinen nicht
nicht viel zu sagen.

Norbert begnügte sich mit diesem Ausspruche; er betrat das Zimmer seiner Gattin nicht wieder und die
Generalin sagte entrüstet zu ihrer Tochter: „Wie sich
dieser Mann geändert hat! Früher wäre er keine Sekunde von Deinem Bette gewichen, und jetzt —"

„Schweige, Mama," erwiederte Meline heftig; „ich
brauche Ruhe und will Niemand sehen, ihn aber am allerwenigsten."

Die Generalin zuckte die Achseln und schwieg gehorsam.

Es war ihr so schwül zu Muthe, als sei ein Gewitter
im Anzuge, aber sie wagte es nicht, von ihren Befürch-
tungen zu ihrer Tochter zu sprechen.

Rohnegg hatte sich in seinem Zimmer eingeschlossen
und brachte dort den größten Theil der Nacht mit Schreiben zu.

Der nächste Tag war der Vorabend von Ada's Hochzeit; am Nachmittage ritt Rohnegg nach dem Gute des
Barons, erhielt aber den Bescheid, daß dieser schon am
frühen Morgen fortgefahren sei, ohne die Zeit seiner Heim-
kunft anzugeben.

„So werde ich warten," hatte er dem Diener, welcher
ihm dies meldete, gesagt, „ich habe mit dem Herrn Baron
dringende Rücksprache zu nehmen."

Und er blieb und wartete, obwohl Stunde auf Stunde verrann und der Baron noch immer nicht kam.

Und wenn er die ganze Nacht hätte warten müssen, er würde nicht von der Stelle gegangen sein, denn er mußte Gewißheit haben, ob seine Gattin eine Schuldige sei. Nicht allein seinetwegen, sondern auch des armen Mädchens wegen, das morgen Feldheim's Gattin werden sollte.

So wollte er sich denn an Feldheim wenden, um aus dessen Blicken seine Schuld zu lesen und Genugthuung zu fordern, denn ein Geständniß würde der Baron ebenso wenig ablegen als Meline.

Und Aba — dieses reine, stolze Mädchen, sollte sie die Gattin eines Mannes werden, der unter der Maske der Freundschaft Denjenigen, der ihm arglos sein Haus geöffnet, beschimpfte und betrog, sie, die dem Baron doch nur ihre Hand reichte, um den Wunsch des todten Vaters zu erfüllen. Aus Herzensneigung that sie es gewiß nicht, denn ein Mädchen wie Aba konnte den Baron niemals lieben.

Die Stunden gingen dem einsam harrenden Manne mit bleierner Schwere dahin, während er dies Alles überdachte, es wurde Abend, es wurde Nacht, und Feldheim war noch immer nicht gekommen.

9.

Ein seltsames Lächeln umspielte Melinens Lippen, als sie von ihrer Mutter erfuhr, daß Rohnegg das Schloß verlassen habe.

„Er sah furchtbar bleich und ernst aus," berichtete

die Generalin. „Meline, was hat es nur zwischen Euch
gegeben? Ich ängstige mich halb zu Tode. O meine
Nerven, meine Nerven!"

„Es wäre jedenfalls besser, Du pflegtest der Ruhe
und ließest mich allein," bemerkte Meline kühl, „ich kann
Dein ewiges Klagen nicht anhören, das greift auch meine
Nerven an."

Die Generalin erhob sich. „Wie Du willst," sagte
sie empfindlich; „Du scheinst Dich wohler zu befinden,
wenn ich nicht bei Dir bin."

Die junge Frau gab keine Antwort; sie blickte ihrer
Mutter nach, bis diese die Thüre hinter sich geschlossen
hatte, dann murmelte sie tief aufathmend: „Endlich
allein!"

Einige Augenblicke noch blieb sie lauschend sitzen, ob
es der Generalin nicht einfiel, noch einmal zurückzukommen,
dann stand sie auf und verriegelte die Thüre.

Hastig packte sie nun alle Schmuckgegenstände und
Werthsachen zusammen, die sie der Freigebigkeit ihres
Gatten zu danken hatte, und als sie damit fertig geworden, vertauschte sie ihr Negligé mit einer dunklen, einfachen Robe. Ueber diesen Vorbereitungen war es Abend
geworden; die junge Frau setzte sich an's Fenster und
wartete, bis die Dunkelheit hereingebrochen war.

Als die sinkende Dämmerung die grünen Parkanlagen
in einen düsteren Schleier hüllte, erhob sie sich, wand ein
großes schwarzes Spitzentuch um die goldig-rothen Flechten
und hüllte sich in einen langen, weiten Mantel.

Den Schmuck und die vorhin zusammengepackten Werthsachen steckte sie zu sich, dann barg sie noch vorsichtig unter den Falten des Mantels einen Gegenstand, und so gerüstet verließ sie leisen Schrittes ihr Gemach.

Auf der Treppe war es still und leer; ungesehen kam sie hinab in den Park, der, in dunkle Schatten gehüllt, finster und unheimlich dalag.

Nun ging es in athemloser Eile vorwärts, tief, tief hinein, bis zu dem kleinen Pavillon, in welchem sie einst das Geständniß von Feldheim's Liebe vernommen.

Hier machte Meline Halt; einige Sekunden lang blieb sie lauschend stehen, nichts rührte, nichts regte sich.

„Er ist noch nicht da," murmelte sie, einen Seufzer unterdrückend.

Sie öffnete die Thüre des Pavillons und trat ein; eine heiße, schwüle Luft schlug ihr entgegen.

Sie tappte sich hin zu einem kleinen Schranke, wo sie eine Kerze und Feuerzeug verborgen hatte, und machte Licht.

Das schwache Flämmchen beleuchtete nur unvollkommen den kleinen Raum; obgleich Meline vor jeder Störung sicher war, so zog sie doch die Vorhänge an den zwei kleinen Bogenfenstern noch fester zu, damit kein Lichtstrahl sie verrathe.

Sie war eben damit fertig geworden, als rasche, feste Schritte sich dem Pavillon näherten.

Die junge Frau zuckte zusammen, dann blieb sie regungslos stehen. In dem Rahmen der geöffneten Thüre zeigte sich die Gestalt des Barons.

„Du kommst spät," sagte Meline in vorwurfsvollem Tone.

Feldheim's schönes Gesicht war stark geröthet, und seine blitzenden Augen verriethen, daß er sich in weinseliger Stimmung befand.

„Ich habe im Kreise einiger Freunde meinen letzten Junggesellentag gefeiert," rief er ziemlich laut, „Du mußt mich schon entschuldigen, theure Meline."

Alles Blut war aus dem Antlitze der jungen Frau gewichen; ihre Lippen bebten und ihre Augen schossen drohende Blitze, aber noch hielt sie an sich.

„Deinen letzten Junggesellentag gefeiert," wiederholte sie langsam; „es ist also Dein Ernst, Du willst jenes Mädchen wirklich zu Deiner Frau machen?"

Der Baron zuckte die Achseln.

„Bleibt mir denn eine andere Wahl? Ich stecke tief in Schulden und brauche eine reiche Frau."

Meline grub ihre kleinen weißen Zähne so tief in die Unterlippe, daß ein Blutstropfen hervorquoll.

„Und ich?" frug sie mit heiserer, unsicherer Stimme.

„Theure Meline, Du mußt Dich eben zu trösten wissen; ich kann Dir nicht helfen. Hast Du nicht auch um Geld geheirathet?"

Ein wilder Schrei ertönte von ihren Lippen. „Erbarmen, Erbarmen, sprich nicht so, Du kannst nicht so herzlos sein," rief sie, halb sinnlos vor Schmerz. „Ich liebe Dich, ich liebe Dich ja, und will Dir Alles ersetzen! Sieh', sieh' mich hier zu Deinen Füßen, ich will Dir Alles opfern und mit Dir fliehen! Laß mich nicht zurück bei dem Manne, den ich nie geliebt und dessen Liebe ich durch meine Kälte verscherzt habe. Er weiß Alles! Er hat von mir Aufklärung geso.bert, und wenngleich ich ihm eine solche verweigert habe, er läßt sich nicht täuschen, nicht irre führen. Er wird sich rächen an Dir, an mir. Komm', laß uns fliehen, so lange es noch Zeit ist, ich kann nicht länger in seinem Hause bleiben!"

Sie hatte sich vor ihm auf die Kniee geworfen und die Hände bittend zu ihm erhoben.

Etwas ernüchtert starrte der Baron auf das schöne bleiche Frauenbild herab, das flehend zu seinen Füßen lag.

Schön war dieses Weib, wunderbar schön, aber was nützte das Alles! Er brauchte Geld, viel Geld, um seine Schulden zu bezahlen, um standesgemäß leben zu können — da mußte alles Andere in den Hintergrund treten. Fliehen sollte er mit ihr, fliehen in der letzten Stunde, nachdem er so lange Jahre geharrt, um die reiche Erbin sein eigen zu nennen? Nein, das wäre Thorheit, Wahnsinn gewesen!

„Sei vernünftig, Meline," sagte er, sich niederbeugend, um sie aufzurichten. „Ich kann nicht anders — verbittere mir den Abschied nicht, wir müssen nun einmal scheiden und ohne einander leben."

Mit einem wilden Schrei emporfahrend, stieß sie ihn so heftig von sich, daß er bestürzt zurücktaumelte.

„Meline, was soll das heißen?"

Sie stand ihm hoch aufgerichtet gegenüber, mit festgeschlossenen Lippen und flammenden Augen.

Das Spitzentuch war ihr vom Haupte gefallen, und gleich Schlangen ringelten sich die gelösten, röthlich schimmernden Flechten über ihren wogenden Busen herab.

„Bedenke, was Du sprichst," tönte es noch einmal von ihren Lippen, „mein Gatte wird mich aus dem Hause jagen, ich werde schutzlos und heimathlos sein!"

„Du siehst zu schwarz; Rohnegg wird Dir vergeben!"

„Niemals! So wie ich Dir nie vergeben werde," zischte sie zwischen den geschlossenen Lippen durch, dicht an ihn herantretend; „da Du mit mir nicht leben willst, so sollst Du mit mir sterben!"

Noch ehe sie geendet, knallte ein Schuß und der Baron stürzte tödtlich getroffen zusammen.

Die Waffe in der Hand stand sie einige Sekunden unbeweglich da; dann irrte ein wildes, bitteres Lächeln um ihre bleichen Lippen.

„Du hast es nicht anders gewollt," rief sie, die Mündung des Revolvers mit fester Hand sich an's Herz setzend.

Ein zweiter Schuß, kaum vernehmbar — lautlos brach Meline zusammen.

10.

Mehr als ein Jahr ist seit jener Katastrophe vergangen, durch welche Ada Hellbrunn ihren Bräutigam und Rohnegg seine Frau verlor; nach so mancher bangen, schweren Stunde ist Alles wieder in ein ruhiges Geleise zurückgekehrt, und die Zeit, diese nimmermüde Trösterin, hat mit sanfter Hand einen Schleier über all' die Schmerzen und Qualen der Vergangenheit gebreitet.

Im Anfange hatte Rohnegg geglaubt, es nicht überleben zu können, diese Schmach, diese Erniedrigung ertragen zu müssen, denn durch den Tod der beiden Schuldigen war ihr Vergehen öffentliches Geheimniß geworden. Rohnegg's

Freunde gaben sich wohl alle Mühe, das Ganze irgend einem unglücklichen Zufalle zuzuschreiben, aber kein Mensch wollte an einen solchen glauben, und Rohnegg stand allem diesem machtlos gegenüber.

Aba war die Einzige, die diesem Unglücke gegenüber eine eherne Stirne zeigte.

Freilich, was sie litt, was sie duldete, als sie den geliebten Mann so niedergebeugt sah, das ahnte Niemand.

Mit ruhigem, freundlichem Ernste suchte sie Rohnegg zu trösten, ohne jemals auch nur durch einen Blick zu verrathen, wie theuer er ihr sei; so wenig sympathisch ihr auch die beiden Todten gewesen waren, sie hätte es für Sünde gehalten, anders als mit einem tiefen Gefühle des Mitleids an sie zu denken, und ihren sanften Worten gelang es, in Rohnegg's Seele mildere Regungen zu erwecken.

Mit dem finsteren Grolle schwand auch langsam das brennende Gefühl der Schmach, das er bisher bei dem Gedanken an Meline und Feldheim empfunden, und höher hob sich sein Haupt, während sein Blick wieder hoffnungsfreudig der Zukunft entgegensah.

Die Generalin hatte bald nach dem Tode ihrer Tochter das Schloß verlassen; Rohnegg hatte ihr großmüthig eine jährliche Rente ausgesetzt, welche sie vor Nahrungssorgen bis an ihr Lebensende schützte.

Nun hauste Rohnegg wieder allein auf seinem herrlichen Besitze, in rastloser Arbeit Trost und Vergessenheit suchend.

Zuweilen besuchte er Aba, um sich an ihrem stillen,

ernsten Wesen, an ihrer ruhigen, sich stets gleich bleiben-
ben Freundlichkeit zu erquicken, aber noch stand er zu
sehr unter dem Drucke des so jäh auf ihn hereingestürmten
Unglückes, um daran zu denken, um das Wesen zu werben, dessen Besitz allein ihm die Gewähr für ein bleiben-
des, friedliches Glück bot. Wußte er denn, ob sie die
Liebe eines Mannes annehmen würde, der es nicht verstanden hatte, sich die Treue des ihm angetrauten Weibes
zu sichern, das seinen Namen mit Schmach und Schande
überhäuft hatte.

Zum zweiten Male seit Melinens Tode war es Herbst
geworden, und noch immer nicht hatte er ihr Grab besucht, um ihr seine Vergebung zu bringen.

In der Familiengruft drunten auf dem kleinen Dorf-
kirchhofe ruhten die sterblichen Ueberreste der schönen Frau,
von der er gesagt, sie sei einem unglücklichen Zufall zum
Opfer gefallen, und es hatte ihm große Ueberwindung
gekostet, die treulose Frau neben der Mutter zu betten, die
das reinste, edelste Weib gewesen.

Um der Welt nicht noch mehr Ursache zum Gerede zu
geben, hatte er dem Begräbnisse beigewohnt, er hatte das
Grab mit den schönsten Blumen schmücken lassen, aber
er, der früher so oft das Grab der Mutter besucht hatte,
war, seit Meline dort ruhte, noch mit keinem Schritte
wieder in der Gruft gewesen.

Mit grollendem Herzen wollte er diese Stätte des Friedens nicht mehr betreten.

Und eines Tages stand er dennoch dort, wie von einer
magischen Gewalt getrieben.

Zagend und zögernd war er über die den Todten ge-
heiligte Schwelle getreten und gesenkten Blickes zu der
Stelle geschritten, wo das Weib lag, das ihn so tief verletzt hatte.

Eine sanfte, süße Stimme begrüßte ihn, und als er
die Augen aufschlug, begegnete sein Blick demjenigen Aba's,
der mit einem feuchten, verklärten Ausdrucke auf ihm
ruhte.

Sie hatte die letzten Rosen ihres Gartens gebracht,
um damit Melinens letzte Ruhestätte zu schmücken.

Das fromme Gebet auf ihren Lippen erstarb, als sie
Rohnegg daherkommen sah; sie war ihm einige Schritte
entgegen getreten, und jetzt bot sie ihm die Hand, indem
sie mit bebender Stimme sagte: „Sie kommen, um endlich
das Wort der Vergebung zu sprechen."

Er faßte ihre Rechte fest zwischen seinen beiden Händen, aber er blieb stumm.

Mit sanfter Gewalt zog ihn Aba näher an das Grab
heran. „Auch ich habe einst Groll gegen sie im Herzen
getragen," flüsterte sie, halb von Thränen erstickt, „aber
der Todten habe ich Alles vergeben."

„Gerade durch ihren Tod hat sie ihre Schuld bekannt
und noch in letzter Stunde die Schande offenkundig auf
mein Haupt gehäuft," versetzte er bitter.

„Wir sind Keines ohne Fehl," sagte Aba sanft. „Norbert, um meinetwillen bannen Sie jeden Groll aus Ihrem
Herzen."

Er sah sie an, und die Erwiederung entfloh von seinen
Lippen, ohne daß er sie ausgesprochen hatte; er senkte das

Haupt, und sein Knie beugend blieb er lange so in tiefem Schweigen.

Aba war an seiner Seite niedergesunken, und aus dem Grunde ihrer reinen Seele stieg ein heißes Gebet zum Himmel empor.

So knieten sie neben einander, Hand in Hand; sie versöhnt und heiligen Friedens voll, er den letzten Rest von Groll aus seiner Seele kämpfend.

Und endlich hatte auch er überwunden, und er konnte nun aus vollstem Herzen sprechen: „Die Erde sei ihr leicht; ich habe vergessen und vergeben!"

„Dank, tausend Dank," flüsterte Aba bewegt.

Als sie sich Beide von ihren Knieen erhoben, wollte Aba ihre Hand aus der seinen lösen, aber Norbert hielt sie fest.

Tief senkte sich sein Blick in die dunklen Augen des Mädchens, dann sagte er leise: „Aba, ich habe Dich geliebt vom ersten Blicke an, und doch bin ich nicht einen Schritt vom Pfade der Pflicht gewichen — ich war gebunden durch mein Wort, Du durch den Willen Deines Vaters — in letzter Stunde sind wir Beide frei geworden. Willst Du nun mein Weib werden? Ich biete Dir ein Herz voll Lieb' und Treue."

Sie sah ihn mit leuchtenden Blicken an, dann senkte sie das Haupt und hauchte ein leises, seliges „Ja!"

Eine unglückliche Dichterin.

Biographische Skizze

von

Theodor Winkler.

Es war um die Mitte des Juli im Jahre 1797, als Friedrich Schiller, damals Professor in Jena, einen Brief von einer Dame erhielt, der dem Empfänger ein gewisses Interesse einflößte. Die Unterschrift lautete nur: Therese v. R. Das Anliegen der Absenderin aber bestand darin, der über Alles verehrte große Dichter möchte sich geneigt finden lassen, ein halbes Stündchen seiner kostbaren Zeit zu opfern und auf die Durchsicht einer Reihe von poetischen Versuchen zu verwenden, welche dem Briefe beilagen und von einem jungen Mädchen herrührten. „Luise" wurde die Verfasserin genannt und hinzugefügt, ihre Lehrerin sei allein die Natur und ein für alles Schöne und Große begeistertes Herz; sie selbst wisse nichts von der Uebersendung ihrer Gedichte an den Herausgeber der „Horen", um so aufmunternder für ihr Talent würde es sein, wenn dieselben vor des berühmten Meisters Augen Gnade fänden und vielleicht des Abdrucks in den „Horen" gewürdigt würden.

Schiller mochte mit dergleichen Zusendungen mehr als zur Genüge gesegnet sein; er erließ kein besonderes Antwortschreiben darauf, las aber die empfangenen Gedichte durch, fand sie in der That lobenswerth und talentvoll und bestimmte eine Auswahl derselben zur Veröffentlichung in den „Horen", wo sie unter dem einfachen Namen „Luise" erschienen. Allein es vergingen doch Wochen und Monate, ehe dies bewerkstelligt wurde, und diese Zwischenzeit mit ihrer Ungewißheit scheint denn die Geduld der Absenderin auf eine zu harte Probe gestellt zu haben. Sie eröffnete ihrer dichterischen Freundin das Geheimniß der Zusendung an Schiller und munterte sie auf, sich nachträglich selbst an ihn zu wenden. Infolge dessen erhielt der Dichter im Januar 1798 einen Brief mit kleiner zierlicher Damenschrift aus Weißenfels in Thüringen, in welchem sich die Verfasserin der Gedichte zu erkennen gab und der mit den Worten schloß:

„Obgleich mich die Ehre, eine Stelle in den „Horen' zu finden, entzücken würde, so thäten Sie mir doch Unrecht, wenn Sie glaubten, daß dies der Beweggrund meines Briefes sei; schon der Gedanke, meine Gedichte in Ihren Händen zu wissen, hat einen unendlichen Reiz für mich, wenn Sie mich auch nicht eines Urtheils darüber oder eines Rathes für die Zukunft würdigen sollten; ich wage es nicht, auf dieses Glück so verdienstlose Ansprüche zu machen, aber möchte Ihnen wenigstens mein Brief die grenzenlose Verehrung ausdrücken, mit der ich die Ehre habe zu sein Ihre ganz ergebene Dienerin

Luise Brachmann."

Damit war der Schleier des Geheimnisses gelüftet. Schiller antwortete ihr darauf u. A.:

„Unter dem Heere von Gedichten, welche dem Heraus= geber eines Almanachs von allen Enden unseres verse reichen prosaischen Deutschlands zufließen, ist die Erscheinung einer schönen und wahren poetischen Empfindung, so wie sie in mehreren Ihrer Gedichte lebt, eine desto angenehmere Ueberraschung."

Mit dieser schmeichelhaften Anerkennung verband der Dichter die Bitte um weitere Beiträge für den Musen= almanach und den Wunsch, die persönliche Bekanntschaft der Dame machen zu dürfen.

Wer war glücklicher als Luise? Die ersehnte Verbin= dung war nun angeknüpft und wurde lebhaft fortgesetzt.

Luise war als die Tochter eines Kreissekretärs am 9. Februar 1777 zu Rochlitz in Sachsen geboren, zur Zeit der Anknüpfung mit dem großen Dichter also zwanzig Jahre alt. Schon in früher Jugend zeigte sie Neigung und Beruf zur Poesie, und als nun ihr Vater 1787 als Geleitskommissar nach Weißenfels versetzt wurde, fand sie alsbald mit ihren Eltern Eingang in dem Hause des Freiherrn v. Hardenberg, der als kurfürstlich sächsischer Salinendirektor daselbst lebte. Luisens lebhafter Geist, ihr warmes Gemüth, ihre anziehenden Umgangsformen und besonders ihre Liebe und Begabung zur Dichtkunst erwarben ihr rasch die Gunst der genannten Familie, in der sie ein jeder Zeit gern gesehener Gast wurde. Ins= besondere waren es die Töchter des Hauses, die sich ihr in inniger Freundschaft anschlossen, nicht minder der

Sohn, jener unter dem Namen Novalis bekannte Dichter, der sich Luisens poetische Ausbildung angelegen sein ließ und ihre Studien leitete. Der Einfluß des Letzteren auf das schwärmerische, für alles Ideale begeisterte Mädchen war ein mächtiger, und der ihm eigene Zug zur Romantik fand in der jungen Dichterin einen nur allzu fruchtbaren Boden. Die dichterische Welt, in die sie sich mit ihrer Phantasie hinein träumte, trat aber nur zu bald in grellen Widerspruch mit der Wirklichkeit.

Einige Jahre lang ging noch Alles friedlich und nach Wunsch. Im regen freundschaftlichen Verkehr mit den Hardenbergs, unter gemeinsamen Studien und poetischen Unterhaltungen mit diesen flossen dem jungen Mädchen unter der schützenden Obhut ihrer Eltern die Tage ruhig und angenehm dahin. Der Umgang mit Novalis bot ihrem Geiste reiche Nahrung, die warme Freundschaft der Schwestern erfüllte ihr ganzes Herz, die Anerkennung und Aufmunterung ihres Talents, die ihr von Schiller zu Theil wurde, spornte sie zu immer höherem Streben an. Allein dieses idyllische Leben sollte nicht von Dauer sein.

Auf Einladung ihres Bruders, der in Dresden lebte, war Luise im Sommer des Jahres 1800 nach der sächsischen Residenz gereist, voll der schönsten Hoffnungen, mit denen sie das Leben dieser reizenden Stadt erfüllte. Allein dieser erste Schritt aus der Stille und den patriarchalischen Verhältnissen der Kleinstadt wurde für sie verhängnißvoll. Niemand weiß eigentlich anzugeben, was ihr dort in den Weg getreten. Fröhlich und guten Muthes kam sie in Dresden an, fand bei dem Bruder, der sie zärtlich

liebte, die herzlichste Aufnahme, genoß an seiner Seite
die Schönheiten der Stadt und ihrer Umgebung, knüpfte
mancherlei interessante Bekanntschaften an und schien zu
ihrem Glücke nichts zu entbehren, bis eines Tages ein
plötzlicher Umschlag in ihrer Stimmung eintrat, der ihr
den Aufenthalt am Elbestrand so unleidlich machte, daß
sie erklärte, nicht länger bleiben zu können und alles Zu-
redens ungeachtet sich zur Rückkehr in's Elternhaus entschloß. In Weißenfels aber nahm dieser Zustand von
Schwermuth nur noch mehr zu und warf sie schließlich
auf's Krankenlager, auf dem sie sechs Wochen lang
zwischen Leben und Tod schwebte.

Am 7. September verlangte Luise, obschon noch nicht
vollkommen genesen, das Zimmer zum ersten Male zu
verlassen. Der ängstlich um sie besorgte Vater begleitete
sie, während sie sich auf einem Korridor im Hofe des
Hauses erging. Kaum aber hatte sie einige Schritte gethan, als sie sich plötzlich vor den Augen des Vaters von
dem zwei Stockwerke hohen Gange in den Hof hinabstürzte,
wo sie den gesuchten Tod unfehlbar gefunden haben würde,
wenn die Gewalt des Sturzes nicht durch ein vorspringen-
des Dach, auf das sie auffiel, abgeschwächt worden wäre.

Luise hatte besonders am Kopfe sehr gefährliche Ver-
letzungen davongetragen und schien anfangs sich nicht
wieder erholen zu sollen. Auf die Nachricht von dem entsetzlichen Vorfall kam ihr Bruder schleunigst aus Dresden,
denn man fürchtete, daß er sie zum letzten Male sehen
werde. Allein Dank ihrer damals noch kräftigen Natur
und der sorgsamen Pflege überwand Luise doch die schreck-

liche Katastrophe und genas nach einigen Wochen vollständig.

Was war geschehen, daß sie sich so abhärmte und zu
einem solch' verzweifelten Schritte hinreißen ließ? Der
Schleier über diese Ursache ist nie ganz gelüftet worden.
Durch eine jugendliche, aus Mangel an Welt- und
Menschenkenntniß begangene Unvorsichtigkeit habe sie sich,
wie es hieß, während ihrer Anwesenheit in Dresden eine
Kränkung ihres so leicht verletzbaren Ehrgefühls zugezogen,
die ihr anfangs unerträglich dünkte und sie mit tiefer
Schwermuth erfüllte.

Wer kann sagen, worin die jugendliche Unbesonnenheit
bestanden? Wahrscheinlich, meint einer ihrer Biographen,
handelte es sich um eine Thorheit ihres liebeschwärmeri-
schen Herzens; vielleicht hatte sie in Dresden den glänzenden Ritter erblickt, den ihre Phantasie schon so lange
geträumt; vielleicht hatte sie ihm ihre Gefühle allzu deutlich zu erkennen gegeben; vielleicht hatte sie keine Er-
hörung gefunden. Denn so reich begabt Luise in geistiger
Beziehung war, so vielseitig ihre Bildung und so liebenswürdig ihr ganzes Wesen genannt werden mußte, Eines
fehlte ihr: die Schönheit der äußeren Erscheinung. Sie
war von kleiner, unansehnlicher Gestalt, ihr Kopf unver-
hältnißmäßig groß, ihre Züge fest, von mehr männlichem
Gepräge; dabei achtete sie wenig auf wohlgefällige Haltung und äußeren Schmuck; ihr Anzug entbehrte fast
allen Putzes und ließ oft sogar die sorgsam ordnende
Frauenhand vermissen. Nur das schöne lichtbraune Haar
und ein Paar sanfte blaue Augen adelten ihre Erschei-

nung, die allerdings bei näherer Bekanntschaft bedeutend gewann.

Nachdem sie sich von dem gewaltsamen Sturze wieder völlig erholt hatte, vertiefte sie sich mit doppeltem Eifer in die Poesie und suchte darin Vergessen für das, was ihr Gemüth bedrückte. Auch Schiller kam wieder an die Reihe. „Ich weiß nicht," schreibt sie ihm unter Anderem, „es ist mir, als wenn ich bei Ihnen für Alles Verzeihung hoffen dürfte ... Wollte der Himmel, ich könnte Sie einmal persönlich sehen, ich habe hunderterlei auf dem Herzen, was ich Ihnen sagen und worüber ich Sie um Ihren Rath bitten wollte." Und Schiller schrieb ihr zurück, er wünsche ebenfalls von Herzen, recht bald durch die persönliche Bekanntschaft der Dichterin erfreut zu werden.

Luise bot nun Alles auf, diese Begegnung zu verwirklichen; es kam aber vorerst nicht dazu. Herbe Schicksalsschläge warteten ihrer, durch die sie auf's Neue tief darniedergebeugt wurde. Mit grausamer Hand zerstörte der Tod den kleinen, engverbundenen Kreis ihrer Angehörigen und Freunde. Am 25. März 1801 starb, noch nicht dreißig Jahre alt, ihr bewährter Gönner, Lehrer und Berather Novalis; bald darauf ihre eigene Schwester Amalie; ferner noch in demselben Jahre Novalis' Schwester, Sidonie v. Hardenberg, ihre beste Freundin; und endlich jene geheimnißvolle, ihr ebenfalls innig zugethane Therese v. N., die ihr den Weg zu Schiller gebahnt hatte. Luisens weiches Gemüth wurde durch diese rasch nach einander folgenden Trauerfälle so erschüttert, daß sie abermals bedenklich erkrankte und lange Zeit an ihrem Aufkommen gezweifelt wurde.

Aber auch diesmal erholte sie sich wieder, und das Erste, was sie schreibt, sobald sie die Feder wieder führen kann, ist ein Brief an Schiller, dem sie vertrauens= voll und in wahrhaft rührender Weise ihr Herz aus= schüttet: „Wundern Sie sich nicht," heißt es da nach der Mittheilung all' der erlittenen Schicksalsschläge, „wun= dern Sie sich nicht über die Aengstlichkeit, mit der ich auch Ihr Wohlwollen zu verlieren fürchte; wenn man so Vieles, was man liebte, durch den Tod verloren, wie ich, so strebt man mit einer Art von Aengstlichkeit das zu erhalten, was noch übrig blieb. Ich habe jetzt Nie= mand mehr, der mir auf dem Wege der Poesie die Hand bieten könnte, Niemand wenigstens, zu dem ich so viel Vertrauen hätte, als zu Ihnen; Sie waren es, der mir zuerst Muth einflößte, der mich zuerst in den öffentlichen Kreis der Dichter einführte; ist es dann ein Wunder, wenn ich zu Ihnen das größte Vertrauen habe? Und sollten Sie mir wohl die Fortdauer Ihres Wohlwollens versagen? Sollten Sie der Unglücklichen das entziehen, was Sie der Glücklichen einst schenkten?" Und nachdem Luise noch den mächtigen Eindruck geschildert, den Schiller's „Wallenstein", sowie seine „Maria Stuart" auf sie ge= macht, fährt sie fort: „Ach, wie glücklich wäre ich, wenn ich in Ihrer Nähe leben könnte, wenn ich mir zuweilen aus Ihrem eigenen Munde Rath und Belehrung erbitten könnte! Wie viele Jahre habe ich nun schon vergebens gewünscht, Sie einmal persönlich zu sehen! Werden Sie

mir wenigstens erlauben, Ihnen zuweilen zu schreiben und
Sie nur zuweilen, nur selten um Ihren Rath zu bitten.
Ich will niemals wieder so lange Briefe schreiben wie
diesen, denn ich fühle wohl die Kostbarkeit Ihrer Zeit…
Ihre Entschließung gegen mich sei indessen, welche sie wolle,
immer werde ich mit der innigsten Verehrung sein Ihre
Luise Brachmann."

Schiller antwortete, wenn auch infolge mancherlei Ab=
haltungen erst nach längerer Zeit, mit der alten Freund=
lichkeit, versicherte die Briefschreiberin seiner herzlichsten
Theilnahme und sprach den Wunsch aus, daß vor Allem
ihr Gemüth sich bald aufheitern möchte. Letzteres sollte
sich freilich nicht erfüllen. Ein neuer Schlag traf die
Bedauernswerthe, indem bald darauf ihre geliebte Mutter
vom Tode dahingerafft wurde. Sie war nun fast ganz
vereinsamt, und außer ihrem in der Ferne lebenden Bruder
und ihrem alten, mit Berufsgeschäften überhäuften Vater,
dem sie die Wirthschaft führte, hatte sie keine Familien=
angehörigen mehr. Das Verlangen nach einem Besuche
in Weimar (wohin Schiller inzwischen übergesiedelt war)
schien daher völlig aufgegeben werden zu müssen. Allein
ihre Sehnsucht nach der persönlichen Bekanntschaft des
Dichters klingt doch mit gleicher Stärke durch alle fol=
genden Briefe an denselben durch. Schiller lud sie wieder=
holt auf's Herzlichste ein, und endlich im September
1803 kam sie mit ihrem Vater in Weimar an, wo sie
von dem Dichter freundlichst empfangen wurde und meh=
rere Tage in dessen Hause zu Gaste war.

Während dieser Tage mochte Luise alles Leid vergessen,

was bisher auf sie eingestürmt und an ihrer Seele genagt
hatte. Es waren Tage des Glückes und der Freude, und
als es schließlich zum Abschied kam, wurde sie so erregt,
daß Schiller sich veranlaßt sah, väterlich warnend den
Finger zu erheben.

Bald nach ihrer Heimkehr wurde Luise von einem
neuen Unglück betroffen. Im Mai 1804 starb ihr Vater,
und damit brach die letzte Stütze in ihrem bürgerlichen
Leben. Die Eltern hatten ihr kein Vermögen hinterlassen,
die Sorge um ihre Existenz fiel jetzt allein auf ihre Schultern, da der Bruder nicht in der Lage war, sie zu sich zu
nehmen oder ihr eine nennenswerthe Unterstützung zu gewähren. Auf ihre Talente vertrauend entschloß sich die
Verlassene, den harten Kampf um's Dasein mit der Feder
in der Hand zu versuchen. Ein schweres Unternehmen und
ein kärgliches Brod! Allerdings hatte sich Luise Brachmann
durch ihre in den letzten Jahren veröffentlichten Gedichte bereits einen angesehenen Namen erworben, und da sie nicht
nur die Gabe hatte, in Versen zu dichten, sondern auch
gewandt in Prosa zu erzählen, so erschloß sich ihr wohl
ein Feld zu literarischer Thätigkeit. Allein damals warfen
solche Arbeiten nur sehr geringen Lohn ab, und es gehörte
ein eiserner Fleiß und eine unerschöpfliche Erfindungsgabe
dazu, um eine bescheidene Existenz darauf zu gründen.

Diese bittere Erfahrung blieb auch unserer Dichterin
nicht erspart. Trotz aller Anstrengung und obwohl sie bei
den Herausgebern von Zeitschriften und Taschenbüchern
eine vielbegehrte Mitarbeiterin war, gelang es ihr doch
kaum, die Mittel für ihren Unterhalt damit zu erwerben.

So erhielt sie z. B. für den Druckbogen eines Romans von ihrem Verleger nur vier Thaler Honorar, wovon sie noch dazu nur die Hälfte in baarem Gelde, die andere Hälfte in Büchern bekam. Aber mehr als das waren es Erlebnisse anderer Art, die verhängnißvoll für sie wurden. Ihr allezeit warm pulsirendes Herz mochte bei der Verlassenheit·, der sie jetzt preisgegeben war, mit doppelter Sehnsucht nach einem Menschen ausschauen, der sich ihrer annehmen und ihr eine Stütze für's Leben sein könnte.

Im Oktober 1806 kam ein Theil des auf seinem Siegeszuge befindlichen französischen Heeres durch Weißen-fels, darunter eine Anzahl Kranker und Verwundeter, welche daselbst liegen blieben. Luise, von jeher für Hel-denthum und Alles, was daran erinnerte, voll glühender Begeisterung, trug den Soldaten die wärmste Sympathie entgegen und brachte den Kranken täglich Erfrischungen in's Lazareth, deren Beschaffung ihr natürlich bei der Kärglichkeit ihrer eigenen Mittel nicht wenig Opfer auf-erlegte. Aber so war sie immer. Sah sie Jemanden, dessen Lage noch trauriger schien als die ihre, dann gab sie gern das Letzte hin. Hierbei geschah es nun, daß sie einen französischen Wundarzt kennen lernte, der an dem Hospitale angestellt war. Bei ihrer gründlichen Beherr-schung der französischen Sprache bot sich dem Verkehre kein Hinderniß, und Luise faßte eine glühende Leidenschaft zu dem Genannten. Allein obwohl ihre Neigung erwiedert wurde, war sie doch hoffnungslos, denn der Mann war in Frankreich bereits verheirathet, und so galt es, wenn auch mit schwerem Herzen, zu verzichten. Bittere Thränen besiegelten den Abschied, lange blieb die Unglückliche in tiefe Schwermuth versunken,*) bis sie endlich auf's Neue in schwere Krankheit verfiel. Zwar genas sie auch diesmal wieder, aber kaum dem Leben wiedergegeben, verfiel sie in Trübsinn und wünschte sich den Tod. Sie beschloß freiwillig ihr Dasein aufzugeben und wollte sich durch Entziehung aller Nahrungsmittel umbringen. Mehrere Tage führte sie das wirklich durch und war bereits in einem bedenklichen Zustand, als es ihrem väterlichen Freunde, dem Superintendenten Schmidt in Weißenfels, noch gelang, durch energisches Zureden so auf sie einzuwirken, daß sie den selbstmörderischen Plan endlich aufgab. Luise zählte damals bereits 36 Jahre.

Trotz ihres schon vorgerückten Alters und ihrer wenig einnehmenden Erscheinung fand sich übrigens damals doch ein älterer bemittelter Herr, der so viel Interesse für sie hegte, daß er ihr seine Hand anbot. Luise verkannte nicht, daß sich ihr mit diesem Anerbieten eine sorgenlose Zukunft aufthat; allein sie konnte sich nicht entschließen, einen Mann zu heirathen, den sie nicht liebte, und lehnte den Antrag ab.

Im Sommer 1820 — in einem Alter von 43 Jahren — machte sie in ihrem Wohnorte die Bekanntschaft eines

---

*) Luise Brachmann hat übrigens diese Episode ihres vielbewegten Lebens zum Gegenstand einer Novelle gemacht, die unter dem Titel „Die Unmöglichkeit" in Becker's Taschenbuch zum geselligen Vergnügen für b. J. 1821 erschienen ist.

jungen aus Berlin gebürtigen preußischen Offiziers bürger-
licher Abkunft, der im letzten Feldzuge verwundet worden
war, wegen Dienstuntüchtigkeit seinen Abschied genommen
hatte und sich der Bühne zuwenden wollte. Trotz der
Ungleichheit des Alters aber (er stand noch in der Mitte
der Zwanzig) und obwohl es Beiden an den nöthigen
Mitteln fehlte, ließ sich Luise doch nicht abhalten, sich
mit dem jungen Offizier, den sie schwärmerisch liebte,
förmlich zu verloben. Ihr Lebensmuth schien mit einem
Male frische Flügel erhalten zu haben, und sie setzte Alles
in Bewegung, um dem Bräutigam eine Anstellung am
Theater zu verschaffen, damit er sich mit ihr vermählen
könne. Allein es wollte nicht glücken. Als ein Versuch
in Weimar fehlschlug, reiste sie selbst nach Wien und
bemühte sich mit Hilfe ihrer literarischen Verbindungen
dort ihr Ziel zu erreichen, allein umsonst! Die Anstrengungen blieben erfolglos, und das Verhältniß zerschlug
sich an der Unmöglichkeit der Erlangung einer genügenden
Existenz.

Dies brach ihren Lebensmuth vollständig. Der Aufenthalt
in Weißenfels, wo sie sich wahrscheinlich dem Gespötte
preisgegeben sah, wurde ihr unerträglich, und so verließ
sie in den ersten Tagen des September 1822 ihren Wohnort und begab sich nach Halle, wo sie in dem Hause des
ihr befreundeten Professors Hendel-Schütz gastliche Aufnahme fand. Bereits am 9. September verschwand sie indeß
aus dem Hause und wurde später von einer Polizeiwache
zurückgebracht, welche sie an der Saale in höchst aufgeregtem
Zustande, händeringend in den Strom hinabschauend an-

getroffen und, um einen augenscheinlich beabsichtigten Selbst-
mord zu hindern, angehalten hatte. Ihre Freunde ließen
sich es nun eifrig angelegen sein, erheiternd auf ihren
Gemüthszustand einzuwirken und sie auf andere Gedanken
zu bringen; kurze Zeit hindurch schien dies auch wirklich
von Erfolg zu sein, aber nur zu bald kamen neue Anfälle
von Schwermuth über sie, und in einem solchen entfernte
sie sich am Abend des 17. September abermals aus dem
Hause, um nicht mehr zurückzukehren.

Sieben Tage später, am 24. September Abends, wurde
ihre Leiche nahe bei der Stadt aus der Saale gezogen.
Der Körper war bereits in so aufgelöstem Zustande, daß
ihre Freundin, Frau Hendel-Schütz, nur an den Kleidern
erkannte, daß es Luise Brachmann war. An ihrem linken
Arm hing ein schwerer Mauerstein, den sie mit einer
Schnur daran befestigt hatte. In dem Zimmer aber, das
sie zuletzt bewohnt, fanden sich mehrere Briefe, die ihren
Entschluß, freiwillig aus dem Leben zu scheiden, deutlich
kund gaben. Darunter einige Zeilen an ihren Bruder in
Dresden mit den Worten: „Ein zu schmerzliches Schicksal,
mein theurer Bruder, läßt mich erliegen; mögen Deine
guten Kinder sich an dem erfreuen, was ich ihnen theils
redlich von unseren guten Eltern bewahrt, theils treulich verdient habe. Küsse alle Deine Kinder und lebe
wohl!"

Auf dem Friedhof zu Halle fand die unglückliche
Dichterin ihre letzte Ruhestätte. Und so erfüllte sich die
Grabschrift, die sie sich selbst lange Jahre zuvor verfaßt
hatte:

„Warm konnt' ich hoffen und unnennbar lieben,
Und treu beharrt' ich, wo ich Liebe gab.
Was ist von Allem tröstend mir geblieben —
Von Lieb' und Hoffnung? — Nur ein einsam Grab."

Luise Brachmann war die Güte, Milde und Liebe selbst — schreibt einer ihrer Zeitgenossen — treueste Freundschaft, strenge Rechtlichkeit, inniger Sinn des Wohlthuns und Dankbarkeit für empfangene Wohlthaten, ein bis zur eigenen Aufopferung sie hinreißendes Mitleid bei fremden Leiden waren die Grundzüge ihres Charakters, gepaart mit einer seltenen Bescheidenheit und Zurückhaltung. — Ihre Gedichte sind freilich heute großentheils vergessen, ihre Erzählungen vom Wandel des Zeitgeschmacks verdrängt. Nur das Gedicht „Kolumbus" ist noch weiteren Kreisen bekannt. Aber eine Dichterin, deren Talent selbst ein Schiller anerkannte und zu fördern suchte, verdient jedenfalls dem Andenken der Nachwelt erhalten zu bleiben.

———

Das Taschentuch und seine Geschichte.

Kulturhistorische Skizze

von

Oswald Heim.

Bisher dürfte wohl die Geschichte eines jeden der Gegenstände, welche zur menschlichen Kleidung gehören, geschrieben worden sein. Man hat den Ursprung aller Stoffe und Gewebe bestimmt, welche zum Schmuck oder zur Bekleidung beider Geschlechter je im Gebrauch waren — nur. ein einziges wurde stets vergessen: das Taschentuch, diese moderne und unentbehrliche Vervollständigung unserer Kleibung. Die Geschichte ist stumm über den Gebrauch der Taschentücher bei den alten Völkern, den Indern, Egyptern, Chaldäern, Assyriern, Persern. Was die Griechen und die Römer betrifft, so hatten dieselben kein Taschentuch im eigentlichen Sinne, sondern ein Schweißtuch (sudorium oder sudoriolum, späterhin, beim Verfalle des römischen Reiches, mucinium oder mucatorium genannt), das speziell zur Abtrocknung des Gesichtes bei starker Transspiration bestimmt war. Verschiedene lateinische Schriftsteller berichten uns, daß in Rom die Redner auf der Tribüne und die Dichter bei den Gesangs- und Lauten-Wettspielen dieses Schweißtuch, das man gemeiniglich in einer Falte der

Tunika oder um den Hals geknüpft trug, gebrauchten;
Plinius soll in seiner Redekunst den Gebrauch desselben
gelehrt haben. Ferner erzählt der römische Geschichts-
schreiber Tacitus in seinen „Annalen", Kaiser Nero habe
sich gerühmt, im Theater sich nie den Schweiß von der
Stirne getrocknet zu haben. Bei den Elegants von Athen
und Rom war es Sitte, ein solches Sudorium in der
Hand und ein anderes im Gürtel zu tragen, aber dasselbe
wurde niemals nach Art unseres Taschentuches verwendet.
Ein derartiger Gebrauch würde als hochgradige Ungezogen-
heit und Unreinlichkeit betrachtet worden sein, denn bekanntlich hatten Griechen und Römer Respekt vor trockenen
Nasen, und nur Kindern und Greisen ward es nachgesehen,
öffentlich sich auszuschnauben.

Unzweifelhaft würde bei diesen Völkern des klassischen
Alterthums eine Frau, die öffentlich mit einem Taschentuche in der Hand erschienen wäre, allen Anstand verletzt,
alle Anbeter verscheucht haben. Gatten trennten sich von
ihren Gattinnen, welche die Schwachheit hatten, ein
Taschentuch gebrauchen zu müssen. Plautus erzählt, daß
man in Rom, bevor man eine Frau nahm, sich ein-
gehendst erkundigte, ob dieselbe auch mit einer Nase,
welche zu keiner „unangenehmen Ableitung" Anlaß gab,
ausgestattet sei, und Juvenal berichtet von einem Ehe-
scheidungsfalle, der auf dem erwähnten Grunde basirte.
Der Philosoph Epiktet spricht in einem moralischen Auf-
satze zu einem Cyniker: „Wie? Unreiner, der Du bist,
würdest Du es wohl gar wagen, in unseren Tempeln
auszuspucken oder Dir die Nase zu putzen?"

Heutzutage freilich bildet das Taschentuch eine unentbehrliche Ergänzung der Kleidung, so daß Derjenige,
welcher dasselbe einmal mitzunehmen vergessen hat, weder
Ruhe noch Vergnügen genießen kann. Da die Alten bekanntlich mehr als die späteren Generationen regelmäßige
Bäder liebten und überhaupt viel Sorgfalt auf die Pflege
der Haut verwendeten, so ist es immerhin möglich, daß
dies den Gebrauch des Tuches für Mund und Nase über-
flüssig machen oder wenigstens sehr beschränken konnte.

Sollte dies wirklich der Fall sein, so zeigt uns be-
reits das beginnende Mittelalter durch den Gebrauch des
Schnupftuches, wie sehr die Reinlichkeit abgenommen hatte,
denn schon in den frühesten Satzungen der christlichen
Kirche, z. B. in den Dekretalen des heil. Isidorus († 636),
Erzbischofs von Sevilla, findet sich die Vorschrift, daß jeder
Mönch unter seinen Kleidungsstücken und Geräthschaften
auch ein „facialis“, d. h. ein Tuch zur Reinigung des
Gesichtes, haben solle. Ob aber die Mönche davon auch
zur Reinigung der Nase Gebrauch machten, ist fraglich.
Auch der berühmte Flaccus Alcuinus († 804), der Ver-
traute und Rathgeber Karl's des Großen, spricht bestimmt
von einem Tuche, facitergium genannt, welches die Geist-
lichen auf der linken Seite trugen und womit sie sich
während ihrer kirchlichen Verrichtungen Augen und Nase
abwischten. Allein diese Tücher scheinen mehr zur kirchlichen Pracht und Zier, als zum wirklichen tagtäglichen
Gebrauche verwendet worden zu sein. Es würden ja sonst
kaum die Benediktiner von Disentis (in Graubündten) um
das Jahr 670 ihre vierundzwanzig „Faciterculi“ vor dem

anrückenden Feinde bis nach Zürich geflüchtet haben.
Ebenso wenig dürften die Mönche von St. Gallen es der
Mühe für werth gehalten haben, in ihrer Chronik aufzu-
zeichnen, daß der reiche Augsburger Bischof Abalbero ihnen
um das Jahr 908 purpurgestickte Schweißtücher geschenkt
habe, wenn dieses nicht wahre Pracht= und Schaustücke
gewesen wären.

Daß um diese Zeit der Gebrauch der Taschentücher
im gemeinen Leben und bei den Laien wenn nicht unbekannt,
so doch mindestens sehr beschränkt gewesen ist, dürfte daraus
erhellen, daß, während Handtücher, Tischtücher, Hals=
tücher u. f. w. gewöhnlich waren und ihre eigenen deutschen
Benennungen hatten, unsere Vorfahren für facialis oder
facitergiam bis in's 11. Jahrhundert hinein und später
keine spezielle Bezeichnung hatten; man behielt in dieser
Epoche den frembländischen Ausdruck bei, den man indessen
etwas veränderte oder — besser gesagt — verballhornisirte.

Die nachweisbare Gewohnheit, Taschentücher zu führen,
nahm ihren Ursprung in einem Lande, in welchem im
Allgemeinen die Reinlichkeit nicht die oberste Regel ist,
nämlich in Italien. Kaiser Friedrich II. von Hohenstaufen
(1209 bis 1250) fand in seiner universellen Thätigkeit,
die er den verschiedensten Gegenständen des öffentlichen und
privaten Lebens angedeihen ließ, auch noch Gelegenheit,
diesem Punkte Aufmerksamkeit zuzuwenden. So befahl er
dem Wirthschaftsverwalter auf einem seiner Güter in
Sicilien, den Mägden und Kindern daselbst zu geben
„duos faciolos de panno lineo“, was nichts anderes heißt,
als zwei leinene Taschentücher. Doch auch noch in der folgen-

den Zeit, bis gegen das 16. Jahrhundert hin, war der
Gebrauch der Taschentücher kein allgemeiner. Gegen die
aus dem Mangel eines Taschentuches sich ergebende Un-
sauberkeit erhob Erasmus von Rotterdam, einer der hervor-
ragendsten Repräsentanten seines Zeitalters, seine Stimme,
und zwar in einem bei ihm sonst ungewohnten derben
Tone. In seiner, einem Prinzen von Burgund zugeeigneten
Anleitung zur Wohlanständigkeit — die man vielleicht
nicht mit Unrecht als den ältesten deutschen „Anstands-
Katechismus" bezeichnen könnte — äußert er sich nämlich
wie folgt: „10te Frage: Wie soll die Nase mit irem
zugehör gehalten werden? Reinklich; nit rotzich, wie ein
unsauber geschirr. 11te Frage: Ist es auch höflich, mit
dem paret (Mütze) oder rock die nasen schneutzen? Nein,
denn sellichs gehört sich zu thun mit einem Facilletlein.
So aber dapffer leut vorhanden, soll sich der Knabe fein
umkehren und sauber machen u. s. f."

Bis gegen das 16. Jahrhundert gebrauchten die Deutschen keine anderen Ausdrücke, als die dem italienischen
„fazzoletto" (welches wieder auf das barbarisch-lateinische
facialis, facitergium sich zurückführen läßt) nachgebildeten
Worte „Fazolet, Fatzolin, Facilletlein, Fatzunlein, Facele",
welche sich auch, nur hier und da etwas verändert, bis
auf den heutigen Tag in vielen Gegenden Oesterreichs,
Bayerns, in dem Schwarzwalde u. s. w. erhalten haben.

Wenn nun auch der Gebrauch der „Nastücher" in der
früheren Zeit ein ziemlich beschränkter war, so hatte man
doch schon äußerst werthvolle, mit kostbaren Spitzen besetzte
Exemplare. Die edlen Frauen des Mittelalters, welche

ja auch auf ihre Gewänder ihr Hauswappen mit heralbi-
scher Genauigkeit malen ließen oder selbst stickten, wid-
meten ihren Kriegern und Helden nicht blos Schärpen und
Feldbinden, sondern auch Taschentücher mit Namen und
Wappen darin. Sehr bald wurden aber in einzelnen
Gegenden die Taschentücher ein Gegenstand so luxuriösen
Gebahrens, daß verschiedene deutsche Kleiderordnungen aus
dem 16. Jahrhundert Front dagegen machten. Mit der
Einwanderung des Taschentuches aus Italien nämlich begann auch ein immer mehr wachsender Luxus in Bezug
auf Wohlgerüche in Deutschland Eingang zu finden. Der
feine Ton verlangte nämlich, daß die Taschentücher, gleichwie die Handschuhe, parfümirt — nach damaliger Aus-
drucksweise „bisamirt" — würden; die wohlriechenden
Wässer, die man hiezu benützte, sollten zugleich die Ver-
schönerung des Teints bezwecken. Ein Rezept dazu gibt
Alessio in seiner „Weiberzierung" (vom Jahre 1575); es
ist ein wunderliches mixtum compositum aus achtzehn
zum Theil sehr sonderbaren, zum Theil aber auch sehr
verdächtigen Substanzen, und enthält z. B. auch Queck-
silbersublimat und Bleiweiß. Der Erfinder verordnet, die
Tücher siebenmal in die Flüssigkeit zu tauchen, und versichert, „so die solches zum siebenten Mal gethan, sind
sie recht zubereitet, köstlich und fürtrefflich für die Königin
und andere köstliche Weiber". Ein solches „mouchoir
de Venus" behielt angeblich seine Wirkung sechs Monate
lang.

Im Jahre 1560 überreichte Jean Nicot, französischer
Gesandter am portugiesischen Königshofe, die ersten Tabaks-

blätter der Königin von Frankreich, Katharina von Medici, und dieser Moment darf als epochemachend für die Geschichte des Taschentuches bezeichnet werden; denn. mit der Einführung und Verbreitung des Tabaks wurde das Taschentuch für Viele ein unentbehrliches Bedürfniß, indem noch bis in das vorige Jahrhundert hinein der größere Theil der Männerwelt der nichts weniger als ästhetischen Sitte des Tabakschnupfens huldigte.

Allein trotz der zunehmenden Verbreitung und Inanspruchnahme des Taschentuches war es doch noch lange Zeit hindurch rücksichtlich seines Erscheinens in der Oeffentlichkeit verpönt und geächtet. So war es z. B. früher auf der französischen Bühne nicht erlaubt, das Taschentuch nur zu nennen, noch viel weniger war es den Schauspielern gestattet, ein solches zu gebrauchen. Als im Jahre 1733 eine Priesterin Melpomene's auf der Bühne das Bedürfniß fühlte, ihr Taschentuch zu benützen, wagte sie nicht, dasselbe hervorzuziehen, sondern bediente sich statt dessen — eines kleinen Billets, das sie bei sich trug. Im Jahre 1796 wiederholte sich derselbe Fall, nur mit der Variation, daß die betreffende Schauspielerin ein perlengesticktes Band aus ihren Haaren löste und es die Rolle des Taschentuches spielen ließ. Im Jahre 1820 wagte es Mlle. Duchesnois in einer Testamentsscene, wo von einem Taschentuche die Rede war, dieses selbst in die Hand zu nehmen, jedoch war sie nicht so kühn, das Kind beim rechten Namen zu nennen, sondern bezeichnete es nur schüchtern als ein „feines Gewebe". Trotzdem betrachteten dies Diejenigen, die für die einfache Wahrheit

eingenommen waren, schon als einen Fortschritt. Endlich
im Jahre 1829 wurde das große Wort zum ersten Male
auf offener Scene gesagt, zum Entsetzen der Einen und
zum Triumphe der Anderen. Dies geschah bei Gelegenheit
der ersten Aufführung des „Othello" im Théâtre fran=
çais. Alfred be Vigny gebührt das Verdienst, den großen
Briten zuerst auf der französischen Bühne eingeführt
zu haben, und so sehr das Publikum im Großen und
Ganzen ihm Beifall zollte, so sehr verdammten ihn die
Aesthetiker und Haarspalter, und zwar zumeist, weil
er die Taschentuchscene nicht unterdrückt oder verändert
hatte. Heutzutage ist man über solche Skrupel weit hinaus.
In der höheren Tragödie wendete — nebenbei bemerkt —
Shakespeare das Taschentuch zuerst an, und zwar in
„Othello"; aber auch sonst ist dem Taschentuch auf der
Bühne oft eine wichtige Rolle zuertheilt: wir erinnern
nur an „Tartuffe" und „Ruy=Blas".

Es ist merkwürdig, daß ein ebenso bescheidener als
unentbehrlicher Gegenstand, wie das Taschentuch, in der
Toilette der Damen erst in der neueren Zeit eine öffent=
liche Rolle spielen durfte. Früher verbarg man es sorg=
fältig in der tiefsten Tiefe seiner Tasche, und es wäre ein
gewaltiger Verstoß gegen den guten Ton gewesen, sich
desselben vor den Augen Anderer zu bedienen. Erst im
Anfange dieses Jahrhunderts wurde es durch die Kaiserin
Josephine courfähig gemacht; dieselbe hatte bekanntlich
sehr schlechte Zähne, und da es damals noch nicht künst=
liche Zähne in solcher Vollendung gab, wie jetzt, so ließ
sie sich, um diesen Mangel zu verdecken, kleine, zierliche,

spitzenbesetzte Taschentücher anfertigen, welche sie während
der Konversation wie spielend graziös zum Munde führte.
Natürlich beeilten sich alle Damen ihrer Umgebung, um
der Kaiserin zu gefallen, dieses Beispiel nachzuahmen, und
das kleine kokette Taschentuch erhielt von da an seinen
Platz in der Damentoilette.

Aber wie der Luxus bei allen Gegenständen der Toilette
eine so bedeutende Rolle spielt, so hat er sich auch des
unansehnlichen Taschentuches bemächtigt; die Dimensionen
und die Qualitäten, in denen sich heutigen Tages Ausstattung und Verzierung der Taschentücher bewegen, sind
bereits derartige, daß man nicht mehr weiß, wohin sie noch
streben, beziehungsweise wie sie endigen werden. Die
auserlesenste Stickerei bedeckt die Ränder des Battistes;
der Namenszug ist mit den kapriziösesten Arabesken umgeben. Manches dieser Taschentücher kostet eine sabelhafte
Summe und — was am beachtenswerthesten ist — unsere
schönen Modedamen benützen es kaum oder gar nicht.

Das Taschentuch dient auch häufig als Telegraph. In
vielen gesellschaftlichen Cirkeln leistet dasselbe ebenso hervorragende Dienste, wie etwa der Fächer. Ganz treffend
bemerkt hierüber Dingelstedt: „Die Taschentücher der Frauen
sind weiße Battistfahnen mit Säumen und Chiffern in
Gold gestickt, die im kleinen Kriege dieselbe Bedeutung
annehmen, welche sie im großen haben. Sie aufziehen
bedeutet: der Platz ergibt sich." Anstatt der Initialen
oder des Vornamens stickt man neuerdings eine Blume in
die Ecke der eleganten Battisttücher, wodurch die Blumen-
sprache wieder zu Ansehen kommt. Die Rose sagt: ich bin

schön und allen Herzen gefährlich; die Reseda: meine
Eigenschaften übertreffen meine Reize; die Primel: ich bin
einverstanden; der Epheu: ich sterbe, wenn ich mich nicht
anklammern kann; die Lilie: Reinheit und Adel; die
Mohnblume: die Schönheit des Herzens ist mehr werth,
als die des Gesichtes u. bergl. m. Auf diese Weise gewinnen die modernen Taschentücher das Interesse von
Albumblättern.

Besonders bemerkenswerth erscheint das Verfahren des
Chinesen der vornehmeren Stände, welcher mehrere kleine
seidene Tüchlein in der Tasche trägt, deren jedes er nur
einmal braucht und dann fortwirft. Einen minder kost-
spieligen Gebrauch erlaubt sich die zierliche Tochter Nipon's
(Japan), welche stets einen Vorrath viereckiger Papier-
stückchen in ihrem weiten Aermel verborgen hält und sich
ihrer zu gleichem Zwecke bedient. Fast allgemein verbreitet
ist noch heute die Ansicht, daß bei den Türken im Harem
das Zuwerfen des Taschentuches ein bedeutsames Ereigniß
sei, wodurch der Herr seiner Odaliske zu erkennen gebe,
daß er sie begünstige. Allein dieser Brauch kommt in
Wirklichkeit niemals vor. In früheren Zeiten würde die
Holde wahrscheinlich nicht recht gewußt haben, wozu sie
das Geschenk gebrauchen sollte, und jetzt würde sie es ver-
muthlich für ein gar zu bescheidenes Zeichen der Anerkennung halten. Wenn der Pascha eine seiner Frauen
auszeichnen will, so geht er einfach zu ihr; ist er auf
großem Fuße eingerichtet, so melden ihn die Harems-
wächter, geleiten ihn bis an die Thüre ihres Gemaches,
und die Auswahl geschieht dann in der Regel privatissime.

Denn wenn der Hausherr seine Vorliebe im Beisein des ganzen Harems kundgeben wollte, dürften ihm die Zurück= gesetzten wohl eine oder die andere Unannehmlichkeit be= reiten. Ist es doch längst anerkannte Regel bei den Mo= hammedanern, daß verschiedene Frauen getrennte Haus= halte haben müssen, wenn sie nicht in die handgreiflichsten Konflikte gerathen wollen. Uebrigens läßt sich in diesem Falle für den Ursprung der in Europa herrschenden Mei= nung ein Grund angeben. Der Ueberlieferung gemäß schickt der Hausherr einer jungen Frau am Tage nach der Hochzeit eine Morgengabe, meist Schmucksachen. Die tür= kische Sitte kennt nun keine Kisten und Kassetten, sondern verpackt Alles in Bündel, für die noch jetzt eigene Bündel= tücher, Bogthscha, oft in sehr feiner Ausführung gewebt werden. Solch' eine Bogthscha erhält nun auch die zur Frau erhobene Odaliske, und daraus wird wohl die abend= ländische Erzählung das Taschentuch gemacht haben.

Das Taschentuch hat bekanntlich in moderner Zeit die Basis zu den verschiedensten Popularisirungen abgeben müssen. Köpfe berühmter Tagesgrößen, Orientirungspläne für Weltausstellungen, Kriegsschauplätze u. s. w., Alles dies und noch mehr wurde für die Nase gezeichnet und auf Seide, Battist, Leinwand oder Baumwolle gedruckt. Der „Moniteur de l'Armée" vom 11. Oktober 1877 ent= hält eine warme Empfehlung der von dem verabschiedeten Kommandanten Perrinon erdachten und in seinem Sinne hergestellten Taschentücher zu militärischer Instruktion. Dieselben sollen allen Einwohnern, gleichviel ob Soldaten oder nicht, die theoretischen Elemente der militärischen

Instruktion vorführen, ohne daß der Staat einen Centime auszugeben hätte. Da erfahrungsgemäß die Landleute Bilder weit eher wie Bücher kaufen, so hat der Kommandant Perrinon den Plan entworfen, die gesammte militärische Instruktion in Bildern mit erläuterndem Texte auf Taschentüchern von 75 Centimetern Breite darzustellen. So enthält ein Taschentuch in der Mitte ein großes Bild, das Auseinandernehmen und Zusammensetzen des Gewehres darstellend, daneben die Schußregeln und Notizen über das Schießen gegen bewegliche Ziele, die Abbildungen des Gewehrzubehörs und die Vorschriften für die gute Erhaltung des Gewehrs. Zwanzig Vignetten umgeben längs den Seiten das Hauptbild. Sie zeigen den Schützen in verschiedenen Lagen, hinter Bäumen, in ein Loch gebettet, flach auf der Erde liegend, im Bajonnetkampf mit einem Kürassier u. s. w., und sind stets mit kurzen Worten erläutert. Der „Moniteur" schließt den betreffenden Artikel mit dem Ausspruche, daß der Zweck des Kommandanten Perrinon ein sehr lobenswerther sei, und daß man in seinen Taschentüchern ein Mittel der Propaganda für die Kenntniß militärischer Verhältnisse in den weitesten Kreisen erblicken müsse.

Das französische Kriegsministerium hat diesen Vorschlag Perrinon's der praktischen Verwirklichung entgegengeführt, indem es im Jahre 1882 ein allgemeines Taschentuch für die Armee eingeführt hat, welches nicht nur der Reinlichkeit, sondern auch dem Unterricht dienen soll. Das aus billigem Kattun hergestellte Tuch ist bunt bedruckt. Aus dem rothen Grunde erhebt sich in der Mitte das Kreuz

der Ehrenlegion mit der Umschrift: „Honneur et Patrie.“
Um diesen Mittelpunkt gruppiren sich in Medaillenform
die Offiziere aller Grade, vom Unterlieutenant bis zum
Kommandanten eines Armeecorps. Durch die Abbildung
der verschiedenen Uniformen werden dem Soldaten die
Unterschiede der Abzeichen klar gemacht. Ferner sind auf
dem Taschentuche des Infanteristen alle Gewehrtheile seiner
Waffe abgebildet, mit genauer Angabe über Gewicht, Einrichtung des Visirs, Beschaffenheit des Mechanismus u. s. w.
In den Rand hineingedruckt sind allgemeine Rathschläge
und besondere Vorschriften für den Marsch und den Feldzug.

Den findigen Amerikanern gebührt das Verdienst, dem
Taschentuche die allerneueste Verwendung gegeben zu haben;
seit einiger Zeit erscheint in den vereinigten Staaten eine
Zeitung unter dem Titel „Das Schnupftuch“ (Pocket-
handkerchief), auf Baumwollenzeug gedruckt. Der Name
dieser Zeitung erklärt zur Genüge ihren Zweck.

Wie man sieht, spielt im modernen Leben das einst
verachtete und verpönte Schnupftuch eine bedeutende Rolle,
und ist vielleicht, nach dem Vorgange der Franzosen und
Amerikaner, in der Zukunft noch zu höheren Ehren bestimmt, bis der Umschwung im Laufe der Dinge es wieder
begrabirt und in die Verborgenheit der Taschen zurück-
scheucht.

Unsere kleinsten und stärksten Feinde.

Ein Blick auf die bakteriologischen Entdeckungen der Gegenwart.

Von

Johannes Buch.

Es sind jetzt gerade 210 Jahre verflossen, seitdem der Holländer Anton Leeuwenhoek zu Delft zum ersten Male Wasser, das mehrere Tage in einer ausgepichten Tonne gestanden hatte, mit dem Mikroskop untersuchte und darin eine Anzahl kleinster Lebewesen entdeckte, die wohl 10,000 mal kleiner, als die bis dahin bekannten Wasserthierchen waren. Die Entdeckung dieser neuen Welt von lebenden Geschöpfchen hat Leeuwenhoek nicht wenig in Erstaunen versetzt. Fand er doch diese kleinsten unförmlich gestalteten Organismen mit kaum erkennbaren Organen ausgestattet, welche jedoch ausreichten, um die possierlichsten Abwechselungen in Form und Bewegung hervorzubringen. Während die einen sich träge durch das Gesichtsfeld schlängelten, indem sie nur zuweilen langsam unförmliche Massen aus ihrem Körper hervorschoben, welche sie nach einer Weile wieder einzogen, um dieses Spiel nach einiger Zeit wieder von Neuem zu vollführen, schossen andere wie Pfeile dahin, drehten sich um ihre eigene Körperachse, hielten eine Zeit

lang mit ihren Bewegungen inne, als ob sie sich auf etwas
besinnen wollten, um dann mit rasender Geschwindigkeit
wieder davon zu jagen. Noch andere hatten an ihrem
vorderen Theile zahlreiche Fädchen, die zuweilen mit
Blitzesschnelle hin und her bewegt wurden, so daß in der
sie umgebenden Flüssigkeit ein Strudel entstand. Mittelst
jener wie Fangarme wirkenden Fädchen führten sie kleinste
Bestandtheile der Flüssigkeit an die Mundöffnung, wo dieselben schnell verschwanden.

Diese Thierchen fanden sich auch bald darauf im
Wasser, in welchem mehrere Tage Pflanzenstoffe gelegen
hatten. Sie waren darin so zahlreich enthalten, daß man
schon damals berechnen konnte, daß in einem einzigen
solchen Wassertropfen 6000 bis 8000 dieser Thierchen vorhanden sein könnten. Als der holländische Gelehrte seine
Entdeckung der königlichen Gesellschaft der Wissenschaften
zu London mittheilte, schüttelten diese Herren hiezu ungläubig die Köpfe. Niemand wollte diesen brieflichen Mit-
theilungen Glauben schenken, bis zwei Jahre später auch
der Präsident dieser Gesellschaft, Robert Hoole, berichten
konnte, daß er, nachdem es ihm gelungen, ein Mikroskop
herzustellen, diese von Delft beschriebenen Thierchen ebenfalls in unendlicher Menge im Pflanzenaufguß gefunden
habe. Allmählig erst überzeugte man sich auch in anderen
Gelehrtenkreisen von der Richtigkeit dieser hochinteressanten
Entdeckung. Man legte sich überall die Frage vor: wo-
her stammen diese Thierchen?

Der Entdecker derselben war der Ansicht, daß sie nicht
von selbst im Wasser entständen, sondern daß ihre Keime

aus der Luft in das Wasser gelangten und sich hier bei passender Gelegenheit weiter entwickelten. Andere Gelehrte dagegen glaubten, daß jene Organismen durch Urzeugung oder selbstständige Entstehung aus organischer Substanz sich entwickelten. Diese Lehre hatte damals viele Anhänger. Jetzt darf man wohl mit Recht annehmen, daß nur Wenige noch an sie glauben, hat man doch die interessante Thatsache konstatirt, daß sich in der Luft, auf dem Erdboden, kurzum überall auf der Erdoberfläche unendlich viele, mikroskopisch kleine, belebte Keime vorfinden, aus denen, wenn sie in Wasser oder in andere ihnen zusagende Substanzen gelangen, die eben beschriebenen Wesen entstehen.

Seit der Auffindung dieser kleinen Lebewesen ist nun wieder eine geraume Zeit vergangen, in welcher aber noch viel interessantere Entdeckungen gemacht worden sind, dergestalt, daß man heute nicht allein die Natur, den Ursprung und die Fortpflanzung jener von Leeuwenhoek entdeckten Wesen kennt, sondern noch viel kleinere und auch noch viel interessantere Lebewesen im Laufe der Zeit gefunden hat, die theils in dem Wasser, dem Boden, der Luft, ja sogar im Körper der Pflanzen, der Thiere und des Menschen leben und sich darin entwickeln. Dieselben sind jedoch zum größten Theil bewegungslos und meistens von so einfacher Gestalt, daß man an ihnen weiter nichts sehen kann, als eine weißliche, glänzende, homogene Masse, die entweder eine Stäbchen-, Kugel- oder höchstens eine Fadenform besitzt.

Man hat diese Wesen Pilze genannt, sie je nach ihrer Lebensweise in mehrere Arten geschieden und dann mit besonderem Namen belegt. Man nennt beispielsweise diejenigen kleinsten Pilze, welche auf abgestorbenen Pflanzen- und Thiertheilen leben und hier Zersetzung bewirken, Saprophyten, diejenigen aber, welche auf lebenden Pflanzen oder Thieren sich ansiedeln, Schmarotzerpilze oder Parasiten. Der berühmte Bakterienforscher C. v. Nägeli scheidet die bei Zersetzungen betheiligten Pilze in drei Gruppen, deren Hauptrepräsentanten er als Schimmelpilze, Sproßpilze und Spaltpilze bezeichnet. Die Schimmelpilze sind wohl Jedermann bekannt, denn sie sind es gerade, welche uns tagtäglich als weißlichgraue oder weißlichgrüne filzige Ueberzüge auf eingemachten Früchten, auf altem Brode, überhaupt auf allen längere Zeit an der Luft liegenden organischen Substanzen vor die Augen treten. Die Sproßpilze hingegen sind mit bloßem Auge nicht zu sehen, tragen aber dazu bei, unser Leben in hohem Grade zu verschönern. Dieser Behauptung wird wohl Jeder dann beipflichten, wenn man ihm die Mittheilung macht, daß gerade diese Lebewesen es sind, die den süßen Most in perlenden Wein und das fade Gemisch von Hopfen, Malz und Wasser in schäumendes Bier umzuwandeln berufen sind. Unter dem Mikroskop sind diese Lebewesen schon bei einer 100fachen Vergrößerung sichtbar; sie erscheinen hier als rosenkranzförmige kurze Fäden, deren Glieder aber nur aus einer einzigen runden oder eiförmigen Zelle bestehen. Nebenbei trifft man auch isolirte Zellen in großer Zahl an.

Die Spaltpilze endlich sind die kleinsten unter allen Organismen, sie sind daher auch am schwersten aufzufinden. In der Regel sind sie erst bei einer 500- bis 700fachen Vergrößerung deutlich sichtbar, zuweilen ist es auch nothwendig, sie, um ihre Struktur genau zu ermitteln, mit wässerigen oder alkoholischen Anilinfarben zu färben, wo sie dann recht anschaulich vor die Augen treten. Bau, Wesen und Ursprung ist in vielen Punkten noch nicht aufgeklärt. Wie klein diese Pilze sind, davon kann man sich ungefähr einen Begriff machen, wenn man erfährt, daß von den kleinsten derselben 30 Billionen erforderlich sind, um das Gewicht von einem Gramm voll zu machen.

Die Spaltpilze sind einzellige Organismen, welche häufig eine stäbchenförmige, öfters aber auch eine fadenförmige, spiralförmige oder auch kugelige Gestalt haben. Ihre Vermehrung erfolgt durch Sporenbildung, oder aber durch Spaltung; hienach haben sie auch ihren Namen erhalten.

Man könnte nun annehmen, daß diese außerordentlich kleinen und unscheinbaren Gebilde im Haushalte der Natur nur eine ihrer Größe entsprechende untergeordnete Rolle zu spielen bestimmt seien; das wäre jedoch eine irrige Annahme. Denn nicht nur, daß diese kleinsten Lebewesen unserem Leben in mancher Hinsicht Angenehmes erweisen — wir erinnern nur an die durch sie hervorgerufene Umwandlung des Zuckers in Milchsäure, des Weingeistes zu Essigsäure — sondern sie sind es auch, welche die wichtigsten organischen Umwälzungen auf unserer Erde hervorrufen. Sie führen alle organischen Substanzen in

Fäulniß über und spielen bei vielen Krankheiten der
Menschen oder im Thierreiche eine hervorragende
Rolle, indem sie hier entweder als Begleiter, oder aber
als äußere Ursache derselben aufzutreten pflegen.

Schon in den ältesten Zeiten war man der Ansicht,
daß einige Krankheiten, wie die Pest und das Sumpf-
fieber, durch einen außerhalb des Körpers befindlichen Stoff,
der gelegentlich den Körper als Wohnort aufsucht und ihn
dann krank macht, erzeugt würden. Aber erst unserem
Jahrhundert war es vorbehalten, hierüber Klarheit zu erhalten. Es war im Jahre 1855, als Pollender im Blute
milzbrandkranker Thiere stäbchenförmige Gebilde (Bakterien) auffand, die später auch von anderen Gelehrten gesehen wurden und die, wie man jetzt mit Bestimmtheit
annimmt, die Ursache des Milzbrandes sind. Später fand
man auch bei anderen Krankheiten, bei Blutvergiftung,
bei Typhus, bei Diphtheritis, bei Pocken und beim Roth-
lauf Bakterien, die von Vielen als die Ursachen dieser
Krankheiten angesehen werden. In allerneuester Zeit hat
man sogar bei der Cholera, der Schwindsucht und der Wuth-
krankheit charakteristische Bakterien aufzufinden geglaubt,
welche diese Krankheiten hervorrufen, was jedoch noch
weiterer Bestätigung und Untersuchung bedarf.

Aus allem diesem erhellt, daß sehr viele Spaltpilze
die Feinde alles organischen Lebens sind. Die Wissenschaft
machte es sich daher schon seit langer Zeit zur Aufgabe,
die Natur und das Wesen der Spaltpilze, insbesondere
derjenigen, die den Menschen und Thieren so überaus gefährlich sind, genauer kennen zu lernen. Dieses ist ihr

auch bis zu einem gewissen Grade gelungen; denn nicht
allein, daß man die Pilze im Innern des erkrankten
Menschen oder Thieres aufgefunden und ihre Natur und
ihr Wesen näher studirt hat, nein, man hat es auch verstanden, sie aus dem Organismus herauszunehmen, auf
künstlich hergerichteten Nährböden zu züchten und hierauf
von Generation zu Generation sich entwickeln zu lassen.
Von allgemeinem Interesse dürfte es daher gewiß sein,
Einiges über die Art und Weise der Züchtung dieser unserer Todfeinde zu erfahren. Bevor wir jedoch auf die
Beschreibung der Züchtungen der pathogenen (krankheit-
erregenden) Spaltpilze eingehen, müssen noch zum besseren
Verständnisse für die Leser über die in der Luft vorkom-
menden Organismen einige Erläuterungen vorausgeschickt
werden.

Bekanntlich befinden sich in der Luft größere Mengen
von Staub, welcher sich auf alle Gegenstände lagert und
sogar in die feinsten Ritzen und Fugen einbringt. Untersucht man diesen Staub mit dem Mikroskop, so findet
man in demselben sowohl belebte als auch unbelebte
Körperchen von theils unorganischer, theils organischer
Natur. Um die Luftstäubchen bezüglich ihrer Zahl und
ihrer Natur innerhalb einer gewissen Luftmenge festzu-
stellen, haben die Professoren Schröder und Dusch im
Jahre 1856 ein Mittel ausfindig gemacht, die Luft mittelst Baumwolle zu filtriren und den in dem Filter
befindlichen Staub zu sammeln. Diese Erfindung hat
der französische Gelehrte Pasteur praktisch verwerthet,
indem er statt der Baumwolle Schießbaumwolle nahm,

die er dann, nachdem in ihr alle Stäubchen aus einer durch sie getriebenen bestimmten Luftmenge enthalten waren, in Aether legte, in welchem sich bekanntlich die Schießbaumwolle zu der schleimigen Flüssigkeit des Kollodiums auflöst. In dieser Kollodiumflüssigkeit senkten sich alle Staubtheilchen infolge ihres größeren spezifischen Gewichtes nach und nach zu Boden, wo sie dann sehr leicht mit dem Mikroskop untersucht werden konnten. Auf diese Weise fand man im Pariser Straßenstaub auf 1 Kubikmeter Luft 6 bis 23 Milligramm fester Stoffe und von diesen 66 bis 75 Prozent unorganischer und 25 bis 34 Prozent organischer Theilchen.

Diese organischen Staubtheilchen sind es nun gerade, welche die Kulturen eines bestimmten Pilzes durch ihr Hinzukommen stören oder gar gänzlich vernichten. Denn wie wir gesehen haben, befinden sie sich überall in der Atmosphäre und lassen sich, ohne daß sie wahrgenommen werden, auf alle Gegenstände, mithin auch auf die zu Kulturen bestimmten Nährböden nieder, wo sie sich nach kurzer Zeit zu sichtbarem Pilzrasen entwickeln. Besonders gern suchen sie feuchte oder flüssige organische Substanzen auf, auf denen sie reichlich ihr Fortkommen finden.

Es lag daher der Gedanke nahe, statt der flüssigen Nährsubstrate für Pilzzüchtungen nur feste Nährböden zu verwerthen, da man auf diesen die fremden Eindringlinge besser fern halten und, wenn sie einmal da sind, auch eher als solche erkennen kann. So lange man daher flüssige Nährmedien, wie Hühnerbrühe, Fleischwasserpepton 2c. zu Reinkulturen verwendet hat, ist es niemals gelungen, solche zu erhalten, sondern es stellten sich immer und immer die fremden Bakterien ein, die den rein zu züchtenden Pilz überwucherten. Erst als man feste Nähr= böden hergestellt hatte, gelang es, reine Kulturen derselben zu erhalten. Die Nährböden, welche hiezu benützt werden, bestehen meistens aus Fleischwasser und Pepton, aus Fleisch= extrakt, aus Weizeninfusion und aus Blutserum, welche zu einer gelatinösen Masse verarbeitet werden. Letzteres nimmt wohl von den genannten die wichtigste Stelle ein, da auf ihm alle Bakterien, besonders aber die sogenannten Tuberkelbacillen mit Vorliebe wachsen. Aus diesem Grunde findet es auch überall zur Reinkultur der Bakterien reich= liche Anwendung. Seine Herstellung, sowie die Reinzüchtung der Spaltpilze auf ihm dürfte wohl von hohem Interesse sein und wir wollen daher jetzt das Wichtigste darüber erwähnen.

Das Blutserum wird aus dem Blute geschlachteter Thiere gewonnen, indem Blut in cylindrischen Gefässen aufgefangen wird und darin 24 bis 30 Stunden ruhig an einem kühlen Orte stehen bleibt. Es senken sich dann die Blutkörperchen in Verbindung mit dem Fibrin als Blutkuchen zu Boden, während die übrigen Bestandtheile des Blutes als bernsteingelbes Serum (Blutwasser) oben= auf schwimmen. Dasselbe wird nun in kleine Gläschen (Reagensgläser) gebracht und ist jetzt schon geeignet, einen Nährboden für Spaltpilze abzugeben. Um aber, wie schon erwähnt, auf ihm einen bestimmten Spaltpilz ohne Gesellschaft eines anderen Pilzes züchten zu können, ist es nothwendig, daß alle fremden Organismen ferngehalten

werden, ferner, daß das Serum in eine feste Form ver-
wandelt wird, in welcher es Temperaturen von 58 ° C.
ertragen kann, ohne hiebei Veränderungen zu erleiden.
Da, wie schon bemerkt, in der Luft und an allen Gegenständen belebte Keime sich aufhalten können, so unterliegt es
keinem Zweifel, daß auch in dem Blutserum, welches mit
Luft und verschiedenen Gegenständen in Berührung gekommen ist, solche Keime enthalten sind. Dieselben müssen
also hier erst getödtet werden.

Die meisten Flüssigkeiten, in denen diese Keime vor-
kommen, werden durch Kochen von ihnen befreit; auch in
dem Blutserum gehen alle Keime durch Kochen zu Grunde.
Hiedurch wird aber das Serum undurchsichtig und zum
Kultiviren von Pilzen ungeeignet. Man hat daher für
dasselbe ein anderes Verfahren in Anwendung gebracht,
welches darin besteht, daß man das Serum mehrere Tage
hindurch täglich eine Stunde lang auf 58 ° C. erhitzt.
Hiedurch werden auch alle Pilze und deren Keime zerstört.

Das Serum ist infolge dessen nach dieser Behandlung
vollständig sterilisirt, d. h. von Organismen frei gemacht
worden. Hierauf wird dasselbe in eine feste Form über-
geführt. Zu diesem Zwecke bringt man es in einen mit
einem Glasdeckel versehenen Blechkasten, in welchem eine
Temperatur von 65 ° C. herrscht. Bleibt das Serum
hierin ungefähr eine halbe Stunde lang, so ist es in eine
starre, feste, durchsichtige, bernsteingelbe Masse umgewan-
delt. Werden nun auf dieses erstarrte Serum Gewebs-
partikelchen, wie Stückchen aus tuberkulös veränderten

Organen oder Gewebstheilchen aus dem Darm von Cho-
leraleichen oder Blutgerinnsel von an Milzbrand zu Grunde
gegangenen Thieren gebracht, und wird dasselbe dann in
einem Brutapparat — einen mit einem doppelten Boden
versehenen Kasten, welcher auf Bluttemperatur (37° C.)
erwärmt wird — längere Zeit aufbewahrt, so entwickeln
sich nach kürzerer oder längerer Zeit anfangs kleine Pilzrasen, die sich immer mehr vergrößern und sich bei mikro-
skopischer Untersuchung mit den in den Gewebstheilchen
vorhandenen Bakterien als vollständig identisch erweisen.
Erwähnt sei übrigens noch, daß auch die auf das Serum
gelagerten Gewebstheilchen vor ihrer Uebertragung von
fremden Organismen befreit werden müssen, indem sie
mit einer schwachen Sublimatlösung gut abgewaschen werden; ebenso werden die hiezu benutzten Instrumente,
Scheeren, Pinzetten ꝛc. durch vorheriges Ausglühen von
fremden Organismen gereinigt. Auf diese Weise hat man
nicht allein fast alle bis jetzt bekannten Bakterien, mögen
sie Schimmelpilze, Sproßpilze oder Spaltpilze heißen,
isolirt und gezüchtet, sondern man hat auch alle diejenigen
Spaltpilze, die, der Behauptung einiger Forscher nach, als
die Ursachen der gefürchteten Cholera, der Schwindsucht,
des Typhus, des Milzbrandes und mehrerer anderer ge-
fährlicher Infektionskrankheiten gelten, auf die gleiche Art
außerhalb des Organismus künstlich gezüchtet. In
allen bakteriologischen Laboratorien findet man daher
auch diese gefährlichen Pilze als zierlich geformte Pilzrasen auf Nährsubstraten auf Lager, so daß mit ihnen
zu jeder Zeit durch künstliches Einimpfen derselben in

ben Organismus eines dazu geeigneten Thieres die betreffenden Krankheiten erzeugt werden können. Denn dies
muß hinzugefügt werden: jene Pilze können die betreffende
Krankheit nur dann erzeugen, wenn im Körper des Thieres
die Disposition dafür vorhanden ist, da ja sonst z. B. bei
einer Typhusepidemie sämmtliche Einwohner des betreffenden Bezirkes erkranken müßten.

Nicht alle Bakterien werden aber auf Blutserum oder
ähnlichen Nährböden gezüchtet und aufbewahrt, sondern
ein großer Theil derselben nimmt mit sterilisirten, ge-
kochten Kartoffeln vorlieb und pflanzt sich darauf sehr
gut fort. So können beispielsweise die Milzbrandbacillen
ausschließlich auf Kartoffeln rein gezüchtet werden, während die Tuberkelbacillen nicht darauf zur Entwickelung
gelangen. Diese werden nur auf Blutserum hiezu gebracht.

Das Sterilisiren der Kartoffeln geschieht auf die gleiche
Weise, wie das Sterilisiren der flüssigen Nährsubstrate.
Nur ist das ganze Verfahren hiebei etwas einfacher. Die
Kartoffeln werden nämlich zu diesem Zweck von ihren
Augen befreit und tüchtig mit Sublimatlösung abgewaschen.
Das Sterilisiren und Kochen geschieht hierauf in einem
Dampfkoch-Apparat, welcher in seinem unteren Theile mit
Wasser gefüllt ist, über welchem sich ein Sieb befindet,
auf das die Kartoffeln gelegt werden. Das Wasser wird
dann bis zur Siedetemperatur 1 bis 3 Stunden lang er-
hitzt, wodurch die Kartoffeln einem strömenden Wasser-
dampf ausgesetzt sind. Hiedurch werden sie gekocht und
auch gleichzeitig von allen ihnen noch etwa anhaftenden

Organismen befreit. Wie Koch, Gaffky, Löffler und Andere durch Versuche nachgewiesen haben, vernichtet der strömende Wasserdampf innerhalb einiger Stunden sämmtliche in seinem Bereiche befindlichen Organismen und deren Sporen. Nachdem nun die Kartoffeln unter bestimmten Vorsichtsmaßregeln aus dem Apparat entfernt worden sind, bringt man sie unter eine Glasglocke, die mit Fließpapier vorher ausgelegt worden ist, das man mit Sublimatlösung durchfeuchtet hat. Befinden sich trotz aller dieser Vorsichtsmaßregeln dennoch einige Organismen in dem freien Luftraum innerhalb der Glocke, so werden sich dieselben nur sehr selten oder so vereinzelt auf der Kartoffel niederlassen, daß durch ihre Entwickelung keinerlei Störungen in der Reinkultur einzutreten vermögen.

Es würde den Rahmen dieser Betrachtung überschreiten, wollten wir noch andere Methoden, die für die Reinzüchtung von Pilzen zwar verwendet werden, jedoch weniger von Bedeutung sind, einer Besprechung unterziehen. Für uns genügt es, an der besten Methode den Weg gezeigt zu haben. Keineswegs ist, wie bereits oben erwähnt, das Gebiet der Erforschung jener schädliche Keime und ihre Beziehung zu Krankheiten schon abgeschlossen, vielmehr sind in dieser Hinsicht noch viele Räthsel zu lösen. Hoffen wollen wir aber, daß im Laufe der Zukunft nicht allein die Natur und das Wesen dieser kleinen, heimtückischen Feinde vollständig erforscht werde, sondern daß sich auch Mittel und Wege finden, dieselben, bevor sie noch den Körper ergriffen und krank gemacht haben, zu zerstören.

Fischerleben an den Küsten der Normandie.

Ethnographische Skizze
von
Aug. Scheibe.

(Nachdruck verboten.)

Längs der Küste der Normandie, jener alten Provinz Frankreichs, welche gegen Norden und Westen an den Kanal, gegen Osten an die Picardie und Ile de France und gegen Süden an Orléanais, Maine und die Bretagne grenzt, liegt eine Reihe von Fischerdörfern, bewohnt von einer harten, seefahrenden Bevölkerung, Nachkommen jener Normannen, die vor einem Jahrtausend zu Schiffe auf Abenteuer und Eroberungen ausziehend, auch hier den Fuß an's Land setzten. Der normännische Schiffer spricht noch heute eine Sprache, die, von dem in den übrigen Theilen des Landes gebräuchlichen Dialekt weit abweichend, dem Fremden total unverständlich ist, und hat bei der Abneigung, sich mit der ackerbauenden Bevölkerung zu vermischen und zu verschwägern, seine Sitten und Tradition merkwürdig treu bewahrt. Selbst die Völkerwanderung, welche die Pariser Gesellschaft unter dem Vorwande, Seebäder zu gebrauchen, allsommerlich nach jenen Gestaden antritt, um ihnen für wenige Monate das Ansehen der Pariser Boulevards zu geben, hat daran nichts geändert, denn wenn bei

Anbruch der ungünstigen Jahreszeit die Menschenwelle sich
verläuft, wenn die zahlreichen freundlichen Villen sich wieder auf neun Monate schließen, wenn das Geräusch des
großen „Jahrmarktes der Eitelkeiten" verstummt, hat der
ganze Trubel auf den wortkargen Normannen kaum einen
anderen Eindruck hinterlassen, als etwa eine Verschärfung
seines ohnehin sehr starken Erwerbstriebes. Er ist im
Ganzen kein ungefälliger Wirth, und seine Familie läßt
es an Artigkeit gegen die Fremden, die so viel Geld in's
Land bringen, nicht fehlen, aber der Anblick des bunten,
mühelosen Lebens hat keinen Einfluß auf seinen angeborenen Charakter. Wenig angezogen durch Tand und Luxus,
richtet sich sein scharfer Blick hinaus auf sein eigentliches
Element, die See, die sich bald unter dem Schleier wehen-
der Nebel verbirgt, bald im Flammenscheine der Sonne
blitzt und funkelt, bald in schaumgekrönten Wellen heran-
stürmt, um sich donnernd am Gestade zu brechen — die
Stimme des Meeres allein ist's, welcher er verständnißvoll lauscht.

Und diese Uebereinstimmung des Volkes mit dem Lande
verleiht der Gegend zum Theil jenen malerischen Reiz,
welcher zuerst eine Kolonie von Künstlern nach den Küsten
der Normandie führte. Denn mögen die Fischerboote mit
der Ebbe hinaussegeln, mit der Fluth heimkehren, oder
mag sich der noch nasse Strand durch die grauen Gestalten
der auf den Schalthierfang ausziehenden Frauen und Mädchen bevölkern, immer ist es ein lebensvolles, interessantes
Bild, das sich dem Auge darbietet.

Die Mündung des Seineflusses scheidet die Normandie

in zwei Theile, deren Gestade in ihrer Formation wesent-
lich verschieden sind.   An der linksseitigen Küste senkt sich
zwischen braunen Klippen an vielen Stellen ein niedriger
Strand hinab zum Wasser, und aus dieser Gestaltung,
welche die Fischerboote zwingt, weit draußen zwischen den
Felsenriffen Anker zu werfen, entwickelt sich ein ungemein
charakteristisches Leben und Treiben, an dem die Frauen
hervorragend Antheil nehmen.

Bei eintretender Fluth begibt sich die Frau, welche das
Amt des Ausguckers versieht, mit einem Fernrohre be-
waffnet auf ihren Posten auf einer der Klippen.   Sie er-
späht die heimkehrenden Fischer lange vorher, ehe sie dem
bloßen Auge sichtbar werden, und die Kunde von ihrem
Kommen fliegt schnell durch's Dorf.   Weiber und Kinder —
barfuß und in klappernden Holzschuhen — eilen herbei,
und nach und nach tauchen die Segel, von denen man jedes
einzelne aus weiter Ferne erkennt, am Horizonte empor.
Näher kommend, nehmen die Fischer ihre Leinwand ein
und rudern nach ihren Ankerplätzen.   Jetzt ist ihre Arbeit
beendigt, während die der Frauen beginnt.   Hochaufgeschürzt
waten die starken Weiber durch das Wasser hinaus nach
den Booten, schaffen die mit Fischen gefüllten Körbe, einen
nach dem anderen, an's Land, ebenso die Netze und sonstigen
Geräthe, und kehren endlich ein letztes Mal zurück, um
ihre Männer, die sie zur Zeit der Abfahrt auf den breiten
Schultern hinaus zu den Barken getragen haben, jetzt Hucke-
pack wieder auf's Trockene zu bringen.   Hier nimmt der
Familienvater sein Jüngstes auf den Arm, seine übrige
Nachkommenschaft hängt sich an Jacke und Hose, während

seine schwer beladene Ehehälfte stolz neben ihm her dem
Hause zuschreitet. Kurze Zeit darauf eilen die jungen
Mädchen leichtfüßig mit ihren Fischkörben von dannen,
um möglichst schnell auf dem Markte oder bei ihren Kunden
zu sein.

An dieser Küstenstrecke befinden sich gleichzeitig die
reichsten Fundorte für allerlei Schalthiere, das recht eigentliche Dominium der weiblichen Thätigkeit. Sobald die
Ebbe eingetreten, begeben sich die Muschelsammlerinnen,
ihre Körbe auf dem Rücken, hinaus nach dem Strande,
wo das ablaufende Seewasser große Tümpel zurückläßt,
und bald ist die glitzernde Fläche mit gebückt einherschrei-
tenden Gestalten bedeckt. Dies Terrain hat seine Gefahren;
das braune Gestein ist mit schlüpfrigen Seegewächsen über-
zogen, die Fluth reißt Löcher und läßt, namentlich bei
starkem Wellenschlage, Vertiefungen zurück, wo gestern
noch Alles eben war; aber die Muschelsammlerin hat ein
scharfes Auge und einen sicheren Fuß, und die Muscheln
des Kanals gehören zu seinen leckersten Produkten, deren
Preis die Mühe des Sammelns wohl lohnt. Die Fluth
läßt diese „Früchte des Meeres" in ganzen Nestern zwischen den Steinen, in Tang und anderen Seegewächsen
eingebettet zurück, und zweimal täglich wird dieser frucht-
bare Garten der See von fleißigen Händen abgeerntet.
Dem ungeübten Auge fällt es ziemlich schwer, Schlamm,
Seegras und Muscheln zu unterscheiden, die professionelle
Sammlerin aber blickt sich nie vergebens. Mit scharfem
Messer löst sie die Muscheln ab, wirft sie in ihren Korb
und weiß sich die einförmige Arbeit zu versüßen, indem sie

.ihrer Zunge freien Lauf läßt. Der Muschelgrund ist der große Neuigkeitsmarkt des Ortes, und die Sommergäste bieten den zuweilen recht spitzen Zungen willkommene Gelegenheit zur Uebung. Dabei kommt indessen die Arbeit nicht zu kurz. Die den Händlern gehörigen, von starkknochigen normännischen Gäulen gezogenen Karren, welche sich nach und nach einstellen, füllen sich bald mit dem Inhalt der Körbe, und erst die wieder steigende Fluth macht dem Tagewerk ein Ende.

Im Gegensatz zu der in Haufen ausziehenden Muschelsammlerin ist die Krabbenfängerin immer eine einsame Erscheinung. Sie folgt dem abfließenden Wasser Schritt für Schritt durch knietiefe Tümpel, und ihr schwingendes Netz gleicht, von Weitem gesehen, den Flügeln eines riesenhaften Vogels. Jeder Schwung ihres Armes, jedes Eintauchen ihres Netzes ist ein Glückswurf, bei dem sie gelegentlich das Leben einsetzt. Ein Ausgleiten des Fußes, das Einsinken in eine ihr noch unbekannte Vertiefung können sie bei der Schwere des Netzes hinabziehen in das trügerische Element, wenn ihre Muskeln zum Widerstand nicht stark genug sind. Hebt sie das beutelförmige, durch Stangen ausgespreitete Fangnetz, von dem das Wasser in schimmernden Tropfen herabfließt, aus der Fluth, so spähen ihre Augen eifrig nach dem, was in seinen Tiefen zurückbleibt, denn die Crevette (bei uns Garnele genannt) ist ihr Silber und Gold, der Gewinn, um den sie spielt, und das launenhafte Glück füllt ihr bald das Netz vollauf mit den kleinen Krebsen, bald mit leeren Auswurfstoffen.

Anders, aber nicht weniger charakteristisch gestaltet sich,

schon durch die Formation der Küste, das Fischerleben
rechtsseitig der Seine. Gewaltige Felsenriffe stellen hier
dem gefräßigen Elemente einen starken Damm entgegen
und schützen die fruchtbaren Felder und Farmen von Caux
gegen seine Angriffe, hier und da aber haben Bäche und
Flüsse des Binnenlandes sich ihren Weg zum Meere durch
die Klippen gebahnt, und Etretat, Fécamp, St. Valery-
en-Caux z. B. stehen in solchen Breschen, auf einem Terrain, das Salz- und Süßwasser in gemeinschaftlicher, un-
ermüdlicher Arbeit im Laufe der Jahrhunderte aus dem
Felsengestade genagt haben. Der halbkreisförmige Strand
dieser Ortschaften, bedeckt mit den durch die ewige rollende
Bewegung rundgeschliffenen Trümmern der Klippen, ge-
währt den Schiffern gute Landungsplätze, aber er bietet
ihnen, obwohl zu beiden Seiten durch hohe Felsen ge-
schützt, keinen Hafen und keine Sicherheit bei den plötzlichen Stürmen, welche den Kanal so oft aufwühlen. Die
Küste bedroht den Fischer mit größeren Gefahren, als die
offene See, und dieser Umstand läßt auch bei der tiefsten
Ruhe in der Natur Vorsicht und Sorge stets auf der
Oberfläche des Daseins erscheinen.

Am stärksten macht sich das in Etretat bemerklich, das
malerisch zwischen seltsam zerklüfteten Klippen gebettet,
zur Sommerszeit einen Sammelplatz der eleganten Welt
bildet. Hier sind am Strande seine Hotels, Kasinos und
Villen entstanden, ja, Musik, Lachen und Plaudern über-
tönt zuweilen das Brausen des Meeres. Aber eine scharfe
Grenzlinie trennt den müßigen Luxus von der Arbeit, und

das eigentliche Fischerdorf bietet zu allen Tageszeiten eine
Reihenfolge malerischer Scenen und Bilder.

Hier liegen alte, mit Moos überzogene Schiffsrümpfe,
da sind Reihen von Pfählen zum Trocknen und Ausbessern
der Netze eingerammt, um welche Gruppen fleißiger Menschen beschäftigt sind, während das überall ausgebreitete
Tauwerk die Luft mit starkem Theergeruch erfüllt. Von
kräftigen Ruderschlägen getrieben, laufen mit der Fluth
die heimkehrenden Fischerbarken knirschend auf den Strand,
um, kaum ihrer Beute entledigt, zum Schutze gegen eine
etwaige stürmische See von den Weibern auf die höheren
Felsbänke hinaufgezogen zu werden. Mit Fett bestrichene
runde Hölzer werden unter den Kiel des Fahrzeuges ge-
schoben, und die mit hohen, blendend weißen Mützen be-
kleideten Weiber setzen entweder eine vierarmige, diesem
Zwecke dienende Haspel in Bewegung, oder legen Taue
und starke Lederriemen auf ihre breiten Schultern, um so
das Boot an einen sicheren Ort zu ziehen.

Das Anlangen eines vom Fischfange heimkehrenden
Bootes zieht stets eine Menge Menschen, auch viele von den
Sommergästen herbei, welche um die zum Theil noch lebenden und in ihren Netzen zappelnden Makrelen, Schollen,
Butten und Seezungen feilschen. Delikatessen, die hier
häufig höher bezahlt werden, als in Paris; denn erreicht
der gebotene Preis nicht die Erwartungen der meist sehr
kurz angebundenen Verkäuferin und ihres schweigsamen Ehe-
herrn, so würdigt sie das Angebot kaum einer Erwiederung,
sondern bringt ihre Waare nach Hause, um sie, in Stroh
verpackt, mit der nächsten Post nach der Stadt zu senden.

Zur Zeit der Ebbe, mit welcher der Fischer hinaus auf den Fang fährt, gleiten die Boote in derselben Weise wieder hinab in die salzige Fluth, und kaum sind sie mit vollen Segeln hinausgesteuert, so eilen die fleißigen Hausfrauen auch schon nach der „Quelle", um dort ihre großen Waschfeste abzuhalten, während ihre Säuglinge in den Körben krähen und die übrigen Kinder sich munter umhertummeln.

Diese sogenannte Quelle, ein unterirdischer Fluß, welcher hier seinen Weg in den Kanal sucht und findet, ist nur zur Ebbezeit vorhanden. Sobald die Fluth sich zurückzieht, graben die Frauen mit Schaufeln und Spaten am Strande runde Löcher, die sich sofort aus dem Grunde herauf mit süßem Wasser füllen, und in diese natürlichen Wannen, in denen sich das Wasser stets von selbst erneuert, werfen sie, was der Reinigung bedarf. Die aus runden Steinen bestehenden Wände des Bassins dienen als Waschbrett, und nur ganz widerspenstige Flecken werden mit einer Sodalösung, die Jede in einer Flasche mit sich führt, behandelt. Wäsche von blendender Weiße ist das Resultat der Prozedur.

Die grauen, schmucklosen Hütten der Fischer mit ihren niedrigen, nur von kleinen, unregelmäßig angebrachten Fenstern erhellten Räumen machen, von außen gesehen, einen ziemlich düsteren Eindruck; aber derselbe weicht, sobald man näher tritt. Das Haus ist im Innern die Reinlichkeit selbst. Der vordere Theil des Erdgeschosses wird häufig durch einen zum Verkauf von Fischen eingerichteten Raum eingenommen, und dahinter liegt, um

einige Stufen tiefer, die Küche mit ihrem weit offenen
Kamin, welche der Familie zugleich als Wohnstube dient.
Der Ziegelfußboden ist so blank gescheuert, daß er im leb=
haftesten Roth erglänzt; altes buntes Steingut von Rouen
garnirt alle Wände, und einige Krüge mit blankem Silber=
beschlag fehlen in keiner Hütte. Ueber der Feuerstelle
hängen zum Gebrauch wie als Zierrath blitzende Kupfer=
geschirre, und das Büffet von gelbem, glänzend polirtem
Holz bildet neben dem großen, mit alten Beschlägen ver=
zierten Leinenschranke, der in einer Kammer des Ober=
geschosses steht, und dem alten köstlichen Steingut an den
Küchenwänden die Freude und den Stolz jeder normänni=
schen Fischerfrau.

Steigt man die schmale, ausgetretene Treppe hinauf,
welche aus dem Flur nach dem oberen Stockwerke führt,
so gelangt man in das fast in jeder Hütte vorhandene
Stübchen für Sommergäste, und herrschen in den unteren
dunkleren Räumen satte, aber durchaus harmonische Far=
ben vor, so ist in diesem oberen Putzkästchen Alles in
jungfräulichem Weiß gehalten. Weiße Vorhänge umgeben
die kleinen Fenster, durch welche die kräftige Seeluft herein=
weht, der Toilettentisch ist weiß garnirt und mit weißen
geknüpften Fransen kokett behangen, das Bett gleicht mit
seinen zeltartig drapirten Gardinen einem Haufen Schnee,
und Bettzeug und Handtücher erfüllen den Raum mit
Lavendelgeruch. Das nie fehlende Bild der Jungfrau
Maria, wie die blutrothen Herzen an der Wand sind in
kindlichster Weise mit Muscheln, Flittern, bunten und ver=
goldeten Glaskugeln geschmückt. Der Gast vermißt in

diesem behaglichen Heim kaum etwas Anderes, als den
Glanz der Fröhlichkeit. Das Leben seiner Bewohner ist
eben zu schwer und gefahrvoll, um die Heiterkeit aufkommen zu lassen, und wenn man in einer normännischen
Fischerhütte selten ein ärgerliches Wort vernimmt, so erhellt doch auch fast nie ein lautes Lachen seine Mauern.

Wie der Hausherr, so verrichten auch Frauen und
Töchter ihre Arbeit mit großer Ernsthaftigkeit und gestatten sich kaum einen Moment der Ruhe. Auch rechtsseitig des Seineflusses sammeln sie zur Ebbezeit zwischen
den Klippen den Bedarf des Ortes an Muschelthieren, be-
sorgen Morgens hinter ihren mit Blumen geschmückten und
auf das Zierlichste und Appetitlichste herausgeputzten Laden-
tischen den Verkauf der frisch hereingekommenen Fische,
tragen am Nachmittage den Rest ihrer Waare hausirend
nach den weiter landeinwärts gelegenen Ortschaften, stehen
dem Manne in seiner schweren Hantirung treulich bei,
halten ihr Daheim bis in's Aeußerste reinlich und besor-
gen die Bedienung und, auf Verlangen, auch die Mahl-
zeiten ihrer Sommergäste, wobei sie die Fische auf sehr
schmackhafte und anderwärts unbekannte Weise zubereiten
und sich in der Kunst, Omeletten zu backen, als Meisterin-
nen bewähren.

Erst im Oktober, nachdem die hier in großem Styl
betriebene Heringsfischerei zu Ende ist, tritt in dieser Ge-
schäftigkeit eine kleine Pause ein, und nun werden alle bis
zu dieser Zeit aufgeschobenen Familienfeste, besonders die
Hochzeiten, gefeiert. Die Braut trägt dabei ein weißes
Kleid und einen Blumenkranz im Haar; der Cider, das

landesübliche Getränk, wird nicht gespart, und wenn das
Wetter es irgend erlaubt, findet Abends auf dem mit
Sand bestreuten Platze der Mairie Tanz unter freiem
Himmel statt. Aber die Lust ist auch hier selten eine laute
und der Tanz meist nur eine Ronde nach dem Takte eines
von Tänzern und Zuschauern gesungenen Liedes.

Fragt man die jungen Mädchen, ob die Gefahren zur
See, denen die Männer ausgesetzt sind, sie nicht abschrecken,
immer wieder Fischer zu heirathen, so begegnet man erstaunten Gesichtern. Ohne das Gehen und Kommen der
Männer, meinen sie, würde das Leben sehr langweilig sein,
und Angst und Sorge erscheinen ihnen als beinahe noth-
wendiger Kitt des Familienlebens. Sind die Fischer von
Etretat bei stürmischer See draußen, so eilen ihre weiblichen Angehörigen hinauf auf die Höhe, wo an der großen
Straße, an einem Punkte, von welchem aus man den
Kanal weit überblickt, ein grob gearbeitetes hölzernes Kru-
zifix steht, und unbekümmert um Sturm und Regen liegen
sie hier Stunden lang auf den Stufen vor dem Bilde des
Heilandes, um sein Mitleid anzurufen oder, den Stamm
des Kreuzes umfassend, auf die empörte, donnernde Fluth
hinaus zu blicken. Ist aber ihr Flehen vergeblich gewesen,
spült die See die Trümmer eines Fahrzeuges oder die
Leichen seiner Bemannung an's Land, so wird keine laute
Klage hörbar. Man fügt sich mit der den Normannen eigenen
Fassung in das Unabänderliche. Jeder Todte, mag er zur
See verunglückt oder in seinem Bette gestorben sein, wird
in ein Leinentuch genäht und bis zur Beerdigung in der
Thüre der Hütte, mit den Füßen nach außen, aufgestellt.

Um den Sarg ist eine Art Zelt von Leinentüchern auf=
geschlagen, zu Füßen steht ein Becken mit Weihwasser, in
dem ein ebenfalls geweihter Stechpalmenzweig liegt. Jeder
Vorübergehende bleibt stehen, spricht ein Gebet für das
Heil der armen Seele und besprengt den Sarg vermittelst
des Stechpalmenzweiges. Ist der Hingeschiedene, gleich=
viel, ob Mann oder Frau, von höherem Alter, so wird
er von den barmherzigen Brüdern zur Kirche getragen,
und das ganze Dorf, die Weiber in lange schwarze Trauer=
tücher gehüllt, geben ihm das Geleite. Ist der Verstor=
bene nicht älter als sechzehn Jahre, so tragen ihn seine
Gespielen, die Mädchen weiß gekleidet, zur letzten Ruhe=
stätte, ist er über sechzehn Jahre alt, aber noch Jüngling
oder Mädchen, so wird der Sarg ebenfalls von der Jugend
des Ortes getragen, aber die Mädchen sind dann schwarz
gekleidet. — Die Trauer der Frau um ihren Mann, die
der Kinder um die Eltern dauert zwei Jahre und wird
so streng beobachtet, daß man während der Trauerzeit so=
gar das bunte Küchengeräth verschließt und erst nach Ab=
lauf derselben wieder aufstellt.

Die Taufe der Kinder findet meist ohne besondere Fest=
lichkeit statt, desto feierlicher aber pflegt man die Taufe
eines neuen Fahrzeuges zu begehen. Nicht nur das ganze
Dorf versammelt sich dabei, sondern auch der Priester mit
dem Sakristan kommt herzu, segnet das Boot und gibt
ihm den Namen. Kein Fischer würde sich auf einem
Boote in's Meer wagen, das den Segen der Kirche nicht
empfangen hätte. Der Feier folgt ein Festschmaus, dessen
Kosten die Eigenthümer des Fahrzeuges bestreiten.

Auch wenn die Fischer dieser Küste eine Fahrt nach entfernteren Fischgründen antreten, pflegen sie für sich und ihr Boot eine feierliche Messe lesen zu lassen, der das ganze Dorf in tiefer Andacht beiwohnt, und der Fremde, welcher einmal Zeuge eines solchen Gottesdienstes ist, vermag sich eines tiefen Eindrucks sicherlich nicht zu erwehren.

So sehen wir, daß sich die Küstenbevölkerung der Normandie trotz der unablässig auf sie einwirkenden Pariser Hypercivilisation durchweg ein einfaches gesundes Fühlen und Denken bewahrt, und wohl auch fernerhin bewahren wird, denn der gewaltige Athem des Meeres und der unablässige Kampf mit dem wilden Elemente stählt nicht nur den Körper, sondern erweitert auch die Seele und hebt sie über die Nichtigkeiten der modernen Modewelt hinaus.

Die Georgine.

Hortikulturistische Studie

von

Louis Haschert.

Wenn wir den gegenwärtigen Zustand der Pflanzendecke unseres Bodens mit demjenigen vergleichen, der vorhanden war, ehe der Mensch die erste Hand anlegte, um
diese oder jene Gewächse, die ihm besonders werthvoll
schienen, in der Nähe seiner Hütte zu pflanzen und zu
pflegen, so ist es augenscheinlich, daß durch die Hand des
Menschen seit seinem Aufschwung auf die erste Kultur-
stufe die Physiognomie der Pflanzendecke eine Umwandlung
erlitten hat, wie dies durch keine andere Einwirkung möglich gewesen wäre.

Nicht nur, daß der Mensch das Beste und Schönste,
was die Natur geschaffen, über Land und Meer, über
Berg und Thal trug, daß er den Westen mit dem Osten
und den Osten mit dem Westen vereinigte und auch Süd
und Nord und Berg und Ebene in einander schob, um
den vorzüglichsten und lieblichsten unter Flora's Kindern
seine ganz besondere Pflege angedeihen zu lassen; er hat
auch die Natur gezwungen zu neuen eigenthümlichen
Schöpfungen, die ohne ihn sicher nicht entstanden wären.

Hat sich doch die Natur so mancher Pflanze bis zur Un-
kenntlichkeit des Zusammenhanges mit dem Urtypus verändert, nicht zu sprechen von den zahllosen Abweichungen,
die fast täglich durch die Kunst des geschickten Gärtners
hervorgerufen werden, und dies natürlich da am meisten,
wo die Kultur überhaupt am höchsten gestiegen. Hier
wird die Natur veranlaßt, in den mannigfaltigsten Farben-
mischungen die ausgewählten Pfleglinge des Menschen mit
neuen Schönheiten auszustatten.

Die meisten unserer Kulturgewächse, die gegenwärtig in den weiten Ebenen Mitteleuropa's gebaut
werden, stammen aus südlicher gelegenen Gegenden.
Auch in unseren Gärten erblicken wir ringsum ein
buntes Gemisch von importirten Fremblingen. Blumen-
schmuck und Blumenduft aus aller Herren Ländern strömt
uns entgegen; denn auch hier wie bei den Kulturpflanzen
ist es dem Menschen gelungen, die das Gesicht und den
Geruch erfreuenden Gewächse der fernsten Regionen unseren
heimischen klimatischen Verhältnissen anzupassen. Neben
den Hyazinthen und Narzissen, den Krokus und Tulpen
wanderte Alles, was der Gärtner gewöhnlich zur Orangerie
rechnet, aus den am Mittelmeer gelegenen Ländern bei
uns ein. China, Japan und Persien, Chile, Peru und
das Kapland lieferten unseren Gärten eine ganze Reihe
der beliebtesten Zierpflanzen, die sich ebensowohl durch
Farbenpracht wie durch Formenschönheit auszeichnen und
unseren Gärten und Gewächshäusern zum schönsten Schmuck
gereichen. Nordamerika verdanken wir außer vielen Bäumen und Sträuchern, die unsere Parkanlagen schmücken,

namentlich die jetzt vielbegehrten Azaleen, während aus
Mexiko neben den gegenwärtig so verbreiteten Cinnien und
vielen Cacteen auch die unsere Gärten den ganzen Herbst
hindurch schmückende Georgine, welche auch zu Ehren
des schwedischen Botanikers Andreas Dahl den schönen
Namen Dahlia erhalten hat, bei uns eingeführt wurde.
Und diese schöne, allgemein geschätzte Mexikanerin ist es,
deren Betrachtung wir uns heute widmen wollen.

Vor länger als einem Jahrhundert — es war im
Jahr 1784 — wurde die Georgine in ihrem einfachsten
schlichten Gewande nach Europa importirt, im Jahre 1800
zuerst in Dresden kultivirt, und 1804 wurden durch
A. v. Humboldt Samen dieser Pflanze in Berlin eingeführt. Es war dies die wilde Stammform, welche in
den zwanziger und zum Theil noch in den dreißiger Jahren
als eine neue Zierde unserer Gärten willkommen geheißen
wurde. Eine kleine gelbe Scheibe war von fünf bis sechs
breiten, eirunden, stumpf zugespitzten, braun- oder purpur-
rothen Blumenblättern umgeben, und bildete eine Blüthe,
welche auf langem, dünnem Stiel sich wiegte. Welcher
Unterschied zwischen dieser einfachen Stammform und den
durch die Kultur entwickelten „Prachtsorten" unserer heutigen Gärten! Wie aber ist es möglich gewesen, aus
jener einfachen Form die so prächtig gefüllten Blumen
zu züchten, wie sie bereits im Jahre 1830 in England
gezogen wurden?

Dieser Vorgang beruht auf einem Gesetz, dessen Geheimniß der große Goethe in seiner Schrift über die
„Metamorphose der Pflanze" zuerst unseren Blicken

entſchleierte. Bei einiger Aufmerkſamkeit kann es uns
nicht entgehen, daß viele unſerer beliebteſten gefüllten
Gartenblumen aus ihren einfachen Stammformen dadurch
entſtanden ſind, daß die vier Blüthenkreiſe: Kelch, Blumenkrone, Staubgefäſſe und Stempel ſich in einander ver-
wandelt haben. Die Füllung des Mohns und der Roſe
haben wir der Umwandlung der Staubgefäſſe, die
ſie ja in ſo großer Zahl beſitzen, in ſchönfarbige Blumenblätter zuzuſchreiben. Ganz anders verhält es ſich bei
unſerer Georgine.

Sonnenroſe und Kamille, Aſter und Georgine machen
wohl den Eindruck einer Blüthe, gerade wie eine Roſe
oder Nelke; ſie ſind aber durchaus keine einzelnen Blüthen,
ſondern ein ganzer Verein von Blüthen, welche von einer
gemeinſamen, aus Blattgebilden oft außerordentlich regelmäßig und zierlich zuſammengeſetzten Hülle umſchloſſen
werden. Es ſind daher die einzelnen Blättchen, welche
bekanntlich oft in großer Anzahl die genannten vermeint-
lichen Blumen zuſammenſetzen, nicht Blumenblätter, ſondern wirkliche einzelne Blüthen mit allen ihren weſent-
lichen Theilen, dem Fruchtboden, Stempel und Staub-
gefäſſen. (Kelch und Blumenkrone ſind nur zufällige, alſo
ganz unweſentliche Beſtandtheile einer Blüthe.) Bei den
meiſten Pflanzen dieſer ungemein artenreichen Familie
unterſcheidet man leicht eine meiſt gelb gefärbte Scheibe
in der Mitte, welche am Rande von meiſt anders gefärb-
ten Blattgebilden ſtrahlenartig umgeben iſt, wofür uns
wohl am beſten jene Blume zum Beiſpiel dienen kann,
welche von Fauſt's Gretchen und ſeitdem von vielen an-

deren Gretchen als Liebesorakel befragt wird (Wucher-
blume). Was sie da mit der Herzklopfen verursachenden
Frage „er liebt mich — liebt mich nicht" abzupfen, sind
die Rand- oder Strahlenblüthchen, und der gelbe
übrigbleibende Knopf enthält die in zierlichen Bogenlinien
zusammengedrängten „Scheibenblüthchen".

In diesem Bau der Rand- und Scheibenblüthen er-
kennen wir die Mittel, mit denen die formenschaffende
Natur die zahllosen Spielarten unserer Georgine bildet.
Aus der fast flachen Scheibe einer einfachen Blume ent-
wickelt sich durch Veränderung der einzelnen Blüthen die
Kugelgestalt einer veredelten Sorte, an der zuletzt jeder
Unterschied zwischen Rand- und Scheibenblüthen verwischt ist.

Die Erfolge, welche die Blumenzüchter hinsichtlich der
Veredelung der Georgine und der fortwährenden Erzeugung
neuer Spielarten durch Fleiß und Ausdauer in den letzten
Jahrzehnten erzielt haben, sind geradezu staunenswerth,
und den Leistungen der deutschen Blumenzüchter J. Steck-
mann und Deegen in Köstritz, Marbner u. A. ist im
In- und Auslande die höchste Anerkennung zu Theil geworden. Auch in Frankreich und England sind viele
Blumen ersten Ranges gezogen worden; doch ist man
dort in der Auswahl etwas wählerischer als bei uns, und
richtet sein Augenmerk vorzüglich auf Größe und vollkom-
menen Bau der Blumen, ohne dabei die Schönheit und
Seltenheit der Färbung aus dem Auge zu lassen. J. Steck-
mann hat sich der Mühe unterzogen, die unendlich zahlreichen Spielarten nach der Form und Bildung der Blüthen-
köpfe zu ordnen, und als Eintheilungsgrund die Stellung

und Form der einzelnen Blüthchen benutzt. Er unter-
scheidet danach Rosen= und Asterform, Zellen=, Muschel=
und Röhrenform 2c. Die Blumen mit muschelförmiger
Blüthchenbildung, die gewöhnlich englische Georginen genannt werden, sind unstreitig die schönsten, wenigstens die
elegantesten, und finden die meisten Nachfrage.

Wie in der Größe und in dem Bau, haben die Georginen
auch in der Färbung einen Reichthum entfaltet, wie nur
wenige andere unserer beliebtesten Zierpflanzen. Man
findet jetzt unter ihnen alle möglichen Nüancen von Weiß,
Gelb, Rosa, Roth und Violett, selbst ganz dunkle, fast
schwarze Farben. Bald sind die Nüancen einfarbig und
mehr oder weniger lebhaft und feurig, bald erscheinen sie
gemischt oder gehen allmählig in einander über, bald treten
die Farben unvermittelt neben einander und bilden dadurch angenehme Kontraste. Nur die blaue Farbe hat
trotz aller hierauf gerichteter Bemühungen noch nicht erzielt werden können. Um so mehr erfreut uns das wahrhaft schöne Gelb dieser Blume, welches in einer ungemeinen
Zartheit und Reinheit des Tones uns entgegenstrahlt, was
jedenfalls darin seinen Grund hat, daß der gelbe Farb-
stoff im Zellsaft der Blumenblätter in gelöstem Zustande
sich befindet, während er sonst in der Regel nur in Form
kleiner Körnchen im Zellsaft schwimmend auftritt.

Je länger die Georgine sich im Zustande der Domesti-
kation (künstlicher Züchtung) befindet, eine um so größere
Ausbeute liefert die Aussaat an guten und fortpflanzungs-
würdigen Exemplaren. Daher nimmt mit jedem Jahre
noch die Zahl der Varietäten zu, und wenn diese auch

nicht immer in jeder Hinsicht vor einer strengen Kritik
bestehen können, bieten sie uns doch neue und bisweilen
höchst interessante Formen oder Farbennüancirungen. Bei
einer immer größeren Auswahl aus der Sämlingsschule
sollten es aber die Georginenzüchter für eine wichtige Aufgabe halten, im Interesse der vielen Garten- und Blumen-
freunde nur solche Pflanzen in den Handel zu bringen,
welche allen bescheidenen Anforderungen an die Schönheit
der Blume gerecht werden. Vilmorin rechnet in seiner
„Blumengärtnerei" zu den Eigenschaften, welche eine gute
Georgine besitzen muß, folgende: „Die Blumen müssen frei
über dem Blätterbusche stehen. Die langen und dünnen
Blumenstiele müssen fest und elastisch und vollkommen
gerade sein, und die Blumen so tragen, daß ihre ganze
Farbenfläche in das Auge fällt. Die Blume selbst muß
regelmäßig gewölbt und mehr oder weniger kugelig gebaut,
die Einzelblüthen dagegen müssen dachziegelig geordnet
sein und in ihrer Form soviel wie möglich der Zellen-
oder Muschelform entsprechen. Von den Farben verlangt
man Reinheit und Glanz; sind die Blumen gestreift, ge-
fleckt oder gespitzt, so sei die Nebenfarbe lebhaft, gut ab-
gesetzt und auffallend. Wie berechtigt auch alle diese
Forderungen sind, so werden doch die Georginenzüchter
wie bisher oft genug sich versucht fühlen, über dem Reiz
der Neuheit in Form und Farbe den einen oder den anderen Mangel zu übersehen."

In neuerer Zeit haben namentlich zwei Spielarten
eine große Verbreitung gefunden, die Zwerggeorginen,
welche wegen ihres niedrigen, nicht über 60 bis 70 Centi-

meter hinausgehenden Wuchses besonders für kleine Gärten
recht dankbar sind, und die Liliputgeorginen mit
ihren kleinen, fast kugelförmigen Blumen, welche sich sowohl durch den meist mustergiltigen Bau der Einzelblüth-
chen, als auch großentheils durch ihr so reiches gleich-
zeitiges Aufblühen auszeichnen, wodurch dem Blumen-
freunde Gelegenheit geboten wird, auch seine Vasen zu
schmücken, ohne die Pflanzen im Garten ärmlich erscheinen
zu lassen.

Werden die Georginen, wie dies gewöhnlich der Fall
ist, Ende Mai oder Anfang Juni ausgepflanzt, so fällt
ihre Blüthenzeit besonders in die Monate August, September und Oktober, bis der erste Frost sie ihres Schmuckes
beraubt. Von Ende September an stehen sie in der Regel
im schönsten Flor und gewähren dann die prächtigste Augen-
weide. Hier offenbart sich aber auch, ob der Gartenfreund
beim Auspflanzen seiner Georginen zur Dekoration der
Rabatten oder zur Bildung von Einzelgruppen mit dem
gehörigen Geschick und Geschmack verfahren ist, ob er dabei
Rücksicht genommen hat auf die Höhe und den ganzen Bau
der Pflanze, und ob er hinsichtlich der Vereinigung der
verschiedenen Farben das nöthige Verständniß besaß, um
dadurch Effekte hervorzubringen, die mit anderen Zierpflanzen kaum je erreicht werden dürften.

Es ist durchaus nicht nöthig, oft sogar höchst nach-
theilig, die Georginenknollen sofort nach der ersten Berührung durch den Frost aus der Erde zu heben und im
Keller unterzubringen. Die noch zu unreifen und wasser-
reichen Knollen fangen bald an, sich zu zersetzen und zu

schimmeln, und zeigen dann im kommenden Frühjahr zu-
sammengeschrumpfte, nicht mehr keimfähige, abgestorbene
Stöcke. Es empfiehlt sich vielmehr, nach dem Eintritt des
ersten Frostes nur die Pflanzenstengel etwa 20 Centimeter
über dem Erdboden abzuschneiden und die mit etwas Erde
bedeckten Wurzelstöcke noch so lange unberührt zu lassen,
bis härtere Fröste eintreten. Bis dahin werden die Knollen durch fortwährende Aufnahme von Nährstoffen reifer
und kräftiger und dem langen Winter gegenüber wider-
standsfähiger. Dann aber nimmt man die Stöcke an einem
möglichst hellen Tage vorsichtig, um keine Knollen zu ver-
letzen, aus der Erde, befreit sie von den daran hängenden
Bodenbestandtheilen, läßt sie an der Luft noch etwas ab-
trocknen und bewahrt sie über Winter in einem trockenen
Keller oder sonst an einem frostfreien, trockenen und kühlen
Orte, und bedeckt sie, wenn sie anfangen sollten einzu-
schrumpfen, mit trockenem Sand, Lohe oder Spreu.

Die Vermehrung der Georginen geschieht theils durch
Aussäen von Samen, theils durch Abtrennung der Knollen,
theils aber auch durch Stecklinge. Da die Vermehrung
durch Samen nur in den Sämlingsschulen zu dem Zweck
geschieht, neue Varietäten zu züchten, so halten wir uns
hier an die beiden letzten Vermehrungsarten. Durch die
Erfahrung gewitzigt, daß durch das Auspflanzen ganzer
Stöcke zwar reich verästelte und ungemein blattreiche Pflanzen, aber meist kleine und zum Theil auch schlecht gebau'e
Blumen gezogen werden, hat man auch bald angefangen,
die Wurzelstöcke zu theilen, wodurch man nicht nur schönere

und kräftigere Blumen, sondern zugleich auch eine un=
gemeine Vermehrung erzielte.

Ende Mai werden die Wurzelstöcke von oben herab
gespalten und in so viele Theile zerlegt, als sie Knollen
besitzen, doch muß jeder so entstandene Theil an seinem
Oberende eine Knospe zeigen. Diese einzelnen Knollen
werden sodann entweder sofort ausgepflanzt, oder vorher
erst in mit guter, etwas sandiger Gartenerde gefüllte
Blumentöpfe gebracht, um an wärmerer Stelle die Entwickelung der jungen Triebe zu zeitigen und ein früheres
Anwachsen zu begünstigen. Hiebei darf man jedoch nicht
außer Acht lassen, rechtzeitig auf die Beseitigung der
schwächeren Nebentriebe bedacht zu sein, um dadurch nicht
nur der ganzen Pflanze eine angenehmere Form zu geben,
sondern sie auch zur Hervorbringung eines größeren
Blüthenreichthums und schöner, vollendeter Blumen zu
nöthigen. In die gegen 90 Centimeter von einander entfernten, zur Aufnahme der Georginen bestimmten kleinen
Gruben sind zunächst die Pfähle anzubringen, an denen
später die schwanken Stämmchen angebunden werden müssen,
um sie gegen die Unbill der Witterung zu schützen; hierauf werden die jungen Schößlinge eingesetzt, mit etwas
sandiger guter Gartenerde bedeckt und angegossen, während
oberseits eine beckenartige Vertiefung gelassen wird, um
das Ablaufen des Wassers möglichst zu verhindern.

Will man dagegen seine Georginen durch Stecklinge
vermehren, wie dies jetzt häufig geschieht, weil dadurch die
in jeder Hinsicht befriedigendsten Resultate erzielt werden,
so schneidet man aus den bereits Ende Februar zum An-

treiben in ein Warmbeet gebrachten Stöcken die 3 bis 5 Centimeter langen Triebe mit einem Stückchen Knolle heraus, setzt sie einzeln in kleine Töpfchen und läßt sie bei möglichst abgeschlossener Luft anwachsen. Bei schnellerem Wachsthum sind sie nochmals in größere Töpfe umzusetzen, wenn es nöthig ist, auch zu stutzen, nach und nach an die äußere Luft zu gewöhnen und endlich zu geeigneter Zeit in's freie Land auszupflanzen.

„Es ist eine bemerkenswerthe Thatsache," sagt Vilmorin, „daß Kultur, Klima und das Zusammenwirken oft nicht nachweisbarer Umstände auf den Georginenflor in auffallender Weise einwirken. Diese Pflanze besitzt eine ungemein veränderliche Natur (deshalb ja Dahlia variabilis genannt), sowohl in Ansehung der Form als der Färbung der Blumen. Bald bekommen sonst gut gefüllte Varietäten einen Knopf oder werden halb gefüllt; bald verändert sich eine bis dahin beständige Farbe so sehr, daß man beim Auspflanzen fehl gegriffen zu haben glaubt."

Trotzdem kann unsere Gartenkunst, ohne daß sie sich über das ursächliche Bedingtsein ihrer Schöpfungen Rechenschaft zu geben vermag, immerhin stolz sein, neben der veredelten Form auch die unglaubliche Vervielfältigung der Farben erreicht zu haben, die bei keiner Zierpflanze so mannigfaltig sind, als bei der Georgine.

Mannigfaltiges.

Eine Postfahrt im wilden Westen. — Bis vor Kurzem gab es in den westlichen und nordwestlichen Staaten und Territorien Nordamerika's noch so gut wie keine Eisenbahnen; die Beförderung von Menschen geschah meist durch besondere Postlinien, während für den Transport von Waaren große Wagenzüge, oder in zu coupirtem Terrain Maulthier-Kolonnen gebildet wurden. Das Reisen in der Postkutsche bot zu jener Zeit — in vielen Gegenden auch jetzt noch — ungemein viel Interessantes, nur durfte man nicht nervös sein. Einstmals beabsichtigte ich von Boisé-City aus, in Idaho gelegen, eine Tour nach Winnemucca in Nevada zu machen, eine Entfernung von einigen hundert Meilen. Da mit der Post viel Geld und andere Werthobjekte versandt wurden, erhielt der Wagen, mit dem ich damals reiste, einen besonderen, bis an die Zähne bewaffneten Begleiter als Schutz mit. Die Reisegesellschaft in der sechsspännigen Kutsche bestand aus einer Farmersfrau, einem alten Goldgräber, zwei Büffeljägern und meiner Wenigkeit, während auf dem Bock der Kutscher und unser Schutzmann saßen. An einem schönen Morgen ging die Fahrt los, und zwar gleich in so scharfer Gangart, daß man sich bei dem Rütteln und Schütteln des Wagens anklammern mußte, um nicht wie ein Bündel Heu hin und her geworfen zu werden. Alle 15 bis 20 Meilen war eine Station, wo die Pferde gewechselt wurden und wo man sich zugleich für theures Geld etwas restauriren

konnte. Es mußte jedoch Alles in fliegender Haft geschehen, wie
das in Amerika eben üblich. So waren wir bis um Mitternacht
gefahren und hatten wohl ein Drittel der ganzen Strecke zurück-
gelegt, als auf einem kleinen Haltepunkte ein erneuter Pferde-
wechsel eintrat. Es war bekannt, daß der jetzt kommende Weg
über alle Begriffe schlecht war, was von Räubern und Strolchen
benutzt wurde, gerade an dieser Stelle ihre Ueberfälle zu machen.
Die Gewißheit, daß diese Gerüchte nicht übertrieben seien, sollten
wir sehr bald erlangen. Unsere ganze Gesellschaft war nämlich
in das Stationshäuschen getreten, um der Nachtkühle wegen
etwas Warmes zu sich zu nehmen, als plötzlich ein riesiger Kerl
in's Zimmer trat. Er hatte einen langen, vom Alter sehr mit-
genommenen Ueberzieher an, um welchen ein breiter Ledergurt
geschnallt war, und in diesem steckten ein paar Revolver. Anfangs glaubten wir, es mit einem Banditen zu thun zu haben,
der gar nicht so lange habe warten können, bis wir uns wieder
in Bewegung gesetzt, der es vielmehr vorgezogen, schon auf der
Station sein Geschäft zu beginnen. Als der Mann bis zur
Mitte der Stube gekommen, besah er sich alle Anwesenden genau
und zog dann mit größter Gemüthsruhe einen seiner Revolver
hervor, den er wie spielend in der Hand hielt. Natürlich be-
stärkte uns diese eigenthümliche Manipulation in der Annahme,
daß jetzt die letzte Stunde für uns, resp. für unseren Geldbeutel
geschlagen habe. Doch diese Furcht war unbegründet, der Mann
redete uns vielmehr folgendermaßen an: „Sie Alle, die Sie hier
im Raume sind, fahren mit der Post, wie ich gehört habe. Dieselbe geht sofort ab und ich bin von hier bis zur nächsten Station ihr Führer. Die Gegend ist sehr unsicher, es kommen häufig
Ueberfälle vor. Da ich nun nicht der Mann bin, der sich gut-
willig ausrauben läßt, so setze ich mich in derartigen Fällen selbst-
verständlich zur Wehre, was ich bisher auch stets mit bestem Erfolge
gethan habe. Doch allein würde ich nicht im Stande sein, die

Angreifer zu bewältigen, und ich verlange daher von jedem Passa-
gier, daß er sich an der Vertheidigung des Wagens betheiligt.
Sollte ich im Falle eines Angriffes Jemand von dieser geehrten
Gesellschaft bemerken, der keine Courage zeigt, so schieße ich selbst
ihn ohne Weiteres über den Haufen." Mit diesen Worten schloß
unser nunmehriger Beschützer seinen Vortrag, der an Deutlichkeit
nichts zu wünschen übrig ließ; wenige Minuten später wurden
wir von ihm zum Einsteigen aufgefordert. War die Fahrt vorher
schon toll genug gegangen, so bildete sie doch nur ein reines
Kinderspiel gegen die wilde Jagd, die jetzt erfolgte. Zum Glück
hatten wir Mondschein, der eine ziemlich weite Umschau gestattete.
Was die Pferde laufen wollten, so ging es über Berge und
durch Thäler, an den steilsten Abgründen vorüber, daß ich
mich nicht genug wundern konnte, wie es dem Kutscher möglich
war, uns in einem derartigen Terrain mit heiler Haut durch-
zubringen. So mochten wir etwa eine Stunde dahin gerast sein,
als von vorn plötzlich ein donnerndes Halt ertönte. Wir ge-
horchten dem Rufe natürlich nicht, unser Kutscher hieb vielmehr
mit Macht auf die Pferde, die davonjagten so schnell sie nur
laufen konnten. Im nächsten Moment saußten aber schon ein
paar Kugeln um unsere Köpfe, welche jedoch weiter keinen
Schaden anrichteten, als daß eine derselben den prächtigen
Kopfputz unserer Reisegefährtin etwas berangirte. Da wir
schnell vorwärts kamen, so glaubten wir uns schon in Sicherheit, als die Pferde plötzlich stutzten und trotz der auf sie herab-
fallenden Hiebe nicht weiter wollten. Der Wagen stand und nun
wurde uns der Grund auch sehr bald klar. Ueber eine Art
Hohlweg, den wir eben passiren mußten, hatten die Banditen
mehrere Baumstämme geworfen, die ihn völlig sperrten. Auf
das Kommando unseres Kutschers verließen wir schleunigst den
Wagen. Da man sicher sein konnte, daß der Feind nicht lange
auf sich warten lassen würde, jedenfalls aber früher erschien, ehe

es möglich wurde, den Verhau zu beseitigen, so stellten wir uns
nach Anordnung unseres Anführers hinter demselben auf, der sich
zur Deckung trefflich eignete. Es währte nur wenige Minuten,
so kamen vier Männer zu Fuß heran, uns schon aus der Ferne
zuschreiend, nicht zu schießen, da wir sonst ohne Gnade in's Gras
beißen müßten. Wie viel Personen wir waren, vermochten die
Angreifer nicht zu sehen, sonst hätten sie möglicher Weise ihr
Vorhaben doch aufgegeben. Als sie auf etwa 50 Schritte heran
waren, schoß unser „Beschützer", der eine vortreffliche Büchse besaß,
und einer von der Bande machte einen gewaltigen Satz in die
Höhe, um im nächsten Moment leblos zusammenzubrechen. Wüthend
stürmten die drei anderen Gesellen weiter, doch gleichzeitig wurden auf ganz nahe Distanz noch zwei von dem Kutscher und dem
einen von den Büffeljägern erlegt. Der jetzt noch übrig bleibende
Räuber wollte, als er dies sah, Reißaus nehmen, doch sollte ihm
die Flucht nicht mehr gelingen. Unser „Beschützer" lief eiligst
hinter dem Galgenvogel her und brachte auch ihn nach wenigen
Schritten durch einen wohlgezielten Revolverschuß zu Fall. Ob die
Leute wirklich todt oder nur verwundet waren, darum konnten
wir uns nicht weiter kümmern, obgleich die mitfahrende Farmersfrau bat, man solle doch sehen, ob den Unglücklichen nicht noch
Hilfe werden könne. Da meinte aber der „Beschützer" in trockenem
Tone: „Madame, Sie fahren heute diese Tour und vielleicht im
Leben nicht wieder; ich aber muß tagtäglich diese Strecke machen
und mich fortwährend mit diesem Gesindel herumbalgen, da ist
es mir schon lieb, wenn meiner Feinde etwas weniger werden.
Sind sie nicht ganz todt, so gibt es hier eine Menge Wölfe,
die sich ihrer schon erbarmen werden." Nachdem wir in Eile
den Hohlweg freigemacht hatten, ging die Fahrt weiter. Auf
der nächsten Station meldete der Kutscher nur, daß unterwegs
vier Banditen erschossen worden seien, und damit war die ganze
Sache erledigt. O. v. Briesen.

Ursprung des Spießruthenlaufens. — Zu Kaiser
Karl's V. Zeiten waren die militärischen Strafen unmenschlich.
Sie wurden aber nicht für Versehen im Dienst, vielmehr nur für
eigentliche Verbrechen, für böse und schändliche Handlungen ver-
hängt. Eine Strafe dieser Art war das Laufen gegen den Spieß.
Ein alter militärischer Schriftsteller hat von dieser grausamen
Exekution folgende Beschreibung hinterlassen: „Wenn einer von
den Lanzenknechten ein schweres Verbrechen begangen hatte, so
versammelte der Hauptmann, zu dessen Rotte er gehörte, sein
Häuflein, erzählte demselben die verübte Frevelthat und bat, den
Malefikanten zum Laufen gegen den Spieß zu verurtheilen. Hat
nun die Mehrheit gestimmt, so bedanken sich die Fähndrichs bei
dem gemeinen Mann, daß sie so willig, so ehrlich und ehrhaftig
gewesen, gut Regiment zu stärken und zu erhalten. Dann werfen
sie ihre Fähnlein dreimal in die Höhe und ziehen unter Trommeln
und Pfeifen mit dem Häuflein gegen den Aufgang der Sonne.
Unterdeß sie hier eine Gasse bilden, läßt man den armen Sün-
der beichten. Ist die Beichte vollendet, so führt der Profoß
den Gefangenen vor die Gasse und befiehlt den Trommelschlägern,
die Trommeln dreimal zu rühren. Alsdann warnt er einen
Jeden, die Gasse wohl zu bewahren und fest zu verschließen; denn
wer eine solche Lücke läßt, daß der Delinquent herausschlüpfen
und entrinnen könnte, der sollte statt dessen die Todesstrafe leiden.
Wenn dies geschehen ist, so führt der Profoß den Unglücklichen
dreimal in der Gasse auf und nieder, damit er einen jeden seiner
Kameraden um Verzeihung und Versöhnung bitte, wenn er ihn
je im Leben mit Wort und That beleidigt haben sollte. Er selbst
verzeiht ebenfalls einem Jeden die ihm etwa zugefügten Beleidigungen. Ebenso sprechen ihm auch die Fähndriche Trost und
Muth zu und ermahnen ihn, tapfer und unverzagt zu sein; die
Trommel wird wiederum dreimal gerührt, die Fähndriche stellen
die Leute in doppelte Reihen und befehlen, die Spieße vorzu-

strecken. Die Fähnbriche stellen sich so, daß sie mit dem Rücken gegen die Sonne stehen und die Spitze des Fähuleins dem Delinquenten zukehren. Nun legt der Profoß demselben die Kette an, nimmt Abschied von ihm, bittet für alles zugefügte Unrecht um Verzeihung und wendet sich dann an die Lanzenknechte. Die bittet er, nicht auf ihn zu grollen, daß er ihren Kameraden zum Tode aufbewahrt und geführt habe, er habe dies wegen des Regiments thun müssen. Er stellt den Verurtheilten hierauf zwanzig Schritt vor die Reihen, entblößt ihm den Oberleib und gibt ihm drei Streiche auf die rechte Achsel im Namen des Vaters, des Sohnes und des heiligen Geistes. Zuletzt kehrt er ihn mit dem Gesicht gegen die Spieße und sagt ihm dann: „Nun gehe tapfer b'rauf los!" — Mit einem starken Anlauf muß sich dann der Unglückliche in die Spieße stürzen. Die Lanzenknechte kamen ihm einige Schritte entgegen, um die Spieße mit desto größerem Nachdruck in die Brust zu stoßen. Wenn der Entseelte keine Spur des Lebens mehr zeigte, so fiel Alles auf die Kniee und that ein kurzes Gebet, seiner armen Seele zum Trost. Darauf stellten sich die Lanzenträger in eine Reihe und zogen dreimal um den Körper des Getödteten herum. Die Schützen schossen dreimal ab und schlossen mit den Lanzenieren einen großen Kreis. Der Profoß stellte sich in die Mitte desselben und dankte für die so gut beobachtete Ordnung. Der Leichnam ward in eine Grube geworfen, und Jeder kehrte nach seiner Behausung zurück." Von dieser Strafe hat das spätere, ebenfalls grausame Spießruthenlaufen seine Entstehung und seinen Namen. Der Vater Kaiser Wilhelm's, der König Friedrich Wilhelm III., war der Erste, welcher diese grausame Strafe abschaffte. Ihm folgten dann auch die Fürsten der anderen deutschen Staaten nach.   E. R.

Wie neue Wörter gemacht werden. — Die merkwürdigste Geschichte eines englischen „Slang" ist die des Wortes „quiz" (Neckerei). Der Slang findet sich zwar bei allen Völkern, doch ist er immerhin etwas eigenthümlich Englisches. Zunächst bezeichnen die Engländer damit nur jene Ausdrücke und Redens-arten, deren die Diebe und Gauner sich bedienen, und es bedeutet dieses Wort ursprünglich so viel als Diebes- und Gaunersprache. Eigentlich hat jeder Stand mehr oder weniger seine Geheimnisse und auch seine Praktiken und Kniffe, für die er entweder be-sondere Worte ausgeprägt oder bereits vorhandene Worte zu einem anderen Sinne umgeschmolzen hat. Und diese Redeweise wird von den Engländern „slang" oder „cant" oder „flash-language" genannt. In dieser hat nun das Wort „quiz" eine interessante Geschichte. Dieses Wort ist von Sheridan erfunden und auf folgende Weise in Schwung gebracht worden. Es galt in einer heiteren Abendgesellschaft die Wette, ob man ein neues Wort erfinden und schnell in's Publikum bringen könne. Sheridan, statt den weitläufigen Weg der Presse zu gehen, griff die Sache bei der Wurzel an und er und einige seiner Freunde schrieben die auf's Gerathewohl gewählten Buchstaben „q—u—i—z" mit Kreide an alle Hausthüren in den Straßen, durch die sie in der Nacht auf dem Heimwege kamen. Am anderen Morgen fand Mr. Brown das ominöse Wort „quiz", von dem er nicht wußte, was es bedeuten sollte, mit großen Buchstaben an seine Thür geschrieben. Er eilte zum Nachbar Mr. Smith, um ihm seine Meinung darüber mitzutheilen, und fand diesen in der Schlafmütze ebenfalls vor seiner Thüre stehen und längst schon über dasselbe unbegreifliche Wort nachdenken. Sie klopften ihren nächsten Nachbarn Mr. Green aus dem Schlafe und zeigten auch ihm die verdächtigen Buchstaben an seinem Hause, die dort ebenso wie an dem ihrigen deutlich angeschrieben standen. Sollten sie vielleicht das Zeichen irgend einer geheimen Verschwörung, etwa gegen Leben und Eigen-thum der Bürger sein? Sollten sie vielleicht die armen Opfer dieser Verschwörung auf diese Weise bezeichnen? Mr. Green wusch in seiner Herzensangst schnell seine Thüre wieder rein. Solche

Scenen gab es vor allen Thüren und am Ende lief die Botschaft von dem Worte „quiz" durch ganz London und man zerbrach sich überall die Köpfe darüber, welcher Spaßvogel wohl sich diesen Scherz erlaubt habe, das Publikum zum Besten zu haben. Auch die Journale erzählten den Streich wieder. Mit einem Worte, der „Quiz" wurde allgemein bekannt und blieb hinfort ein Cant- oder Slang-Ausdruck für jede Neckerei und jeden Scherz. Ja, die Engländer nahmen dies Wort ganz in ihren Sprachschatz auf, bildeten auch ein Verbum „to quiz" (foppen) und ein Ad- jektivum „quizzy" (neckisch) davon.   Dr. A. B.

Für „nächtliche Vorfälle". — Von der unsinnigen Ver- schwendung, welche am Hofe Ludwig's XIV. herrschte, legt auch eine Einrichtung Zeugniß ab, welche man „en cas de nuit" (Für nächtliche Vorfälle) nannte. Es war das ein Abend für Abend in einem Vorzimmer des königlichen Schlosses servirtes Mahl. Der Gebrauch datirte von einer Krankheit des Dauphins, während deren Dauer die zur Nachtzeit anwesenden Aerzte regel- mäßig opulent bewirthet wurden. Nach des Thronfolgers Wieder- herstellung wurde die Einrichtung auch bei Krankheitsfällen aller anderen Prinzen des Hauses erneuert, dann aber wurde, da ja auch einmal die Möglichkeit eintreten konnte, daß ein Arzt plötz- lich gebraucht werden und dann gleich eine Stärkung zur Hand sein mußte, dieses Mahl Nacht für Nacht aufgetragen. Dasselbe bestand nach der eigenen Bestimmung des Königs aus zwei Schüs- seln Bouillon, einem gebratenen Kapaun oder zwei gebratenen jungen Hühnern, acht frisch gesottenen Eiern, zwei Flaschen Vor- beauxwein und acht Milchbrödchen und kostete der königlichen Kasse jährlich nach unserem heutigen Gelde etwa dreißigtausend Mark. Da in den meisten Fällen, selbst wenn man ärztlicher Hilfe zur betreffenden Zeit bedurfte, die Speisen unberührt ge- lassen wurden, so fielen dieselben ebenso wie die täglich frisch aufgesteckten Wachskerzen der Kandelaber und Kronleuchter der

Dienerschaft zu, welche sämmtliches verkaufte und den Erlös unter sich vertheilte. Erst Ludwig XVI. schaffte, hauptsächlich auf Betreiben seiner Gemahlin Marie Antoinette, diesen Mißbrauch zum größten Mißvergnügen der Dienerschaft wieder ab.   L. M.

Das gelobte Land der Advokaten. — Es gibt keine Stadt der Erde, welche unter ihren Einwohnern so viel Advokaten zählt, als Neapel; schon vor fünfzig Jahren gab es deren nicht weniger denn 4000, die trotz dieser zahlreichen Konkurrenz alle von ihrer Praxis gemüthlich leben konnten. Kein Mensch ist so prozeßsüchtig als der Neapolitaner, und diese böse Sucht hat schon Viele derselben um Hab und Gut gebracht. Die Advokaten heißen in Neapel „Paglietti" oder Strohhüte, und sie haben diesen Namen von einem der spanischen Vicekönige erhalten, weil sie zu seiner Zeit sich durch das Tragen von breitkrämpigen Strohhüten auszeichneten. Schon zur Zeit des Papstes Sixtus V. müssen die Advokaten in Neapel einen sehr bedeutenden Prozentsatz der Bevölkerung gebildet haben, denn dieser Papst bat bei einer Hungersnoth in Rom um eine größere Anzahl Ochsen, und der damalige König von Neapel beeilte sich, ihm zu erwiedern, daß er damit nicht aufwarten könne, dagegen sei er zur Stellung einer gleichen Anzahl Advokaten bereit. Noch heute ist die Advokatur in Stadt und Land Neapel das einträglichste Geschäft und kein Vater glaubt in Neapel seinen Sohn besser versorgen zu können, als wenn er ihn zum Advokaten ausbilden läßt.

                                                                    J.

Giftige Pflanzen und Blumen. — Es gibt mehrere, vielfach vorhandene Pflanzen, deren Blätter, Blüthen und Samen heftige Gifte enthalten, vor welchen die Kinder, die ja gern an Allem kauen, zu warnen sind. Die gelbe Sumpfdotterblume, große Butter- oder Schmalzblume, Kuhblume (Caltha palustris) besitzt giftige Eigenschaften, die im getrockneten Zustande der Pflanze zu verschwinden scheinen, aber keine Kuh berührt die frische Blüthe.

Die Blumenblätter sind so scharf ätzend, daß sich die Haut zarter Finger oft davon entzündet. Der Oleander enthält in Rinde, Blättern und Blüthen ein tödtliches Gift, dürfte daher als Zier- und Zimmerpflanze gefährlich sein. Die Beeren und Blüthen der wilden Zaun- oder Gichtrübe (Bryonia dioica) wirken heftig purgirend, und die rothen, die Kinder verlockenden Beeren haben schon Todesfälle veranlaßt. Die Samen und Blüthen des so elegant blühenden Goldregens (Cytisus laburnum) und des Catalpabaumes sollen Kindern fern gehalten werden, auch die Rinde ist giftig. Die Samen der gelben und rauhschotigen Wicke bewirken Erbrechen und heftigen Kopfschmerz. Die Hunds- petersilie, tolle Petersilie, Hundsdile, Gartenschierling (Aethusa cynapium) hat rübenähnliche, wenn auch dünnere Wurzeln, deren Genuß in einer Stunde den Tod veranlassen kann. Der Wiesenschierling (Conium maculatum) soll derjenige sein, dessen Saft Sokrates den Tod gab. Er tödtet durch heftige Wirkung auf die Nerven, verursacht vollständige Unempfindlichkeit und Lähmung der Arme und Beine und ist außer in der Hand des Arztes eines der gefährlichsten Gifte. Im August findet man ihn in voller Blüthe auf Feldern, Bergen, an der Küste, und Damen und Kinder pflücken massenhaft seine kleinen weißen Blüthenbüschel, ohne zu ahnen, daß sie ein fürchterliches Gift liebkosen. Der Wasserschierling (Cicuta virosa) hat schon oft Vergiftungen verursacht, namentlich da er der Petersilie gleicht, aber eine schwammige, durch hohle Querfächer getheilte Wurzel hat. Der rothe Wassersteinbrech ähnelt, wenn nicht blühend, dem Sellerie und in der Wurzel der Petersilie, enthält jedoch in letzterer ein starkes Gift, das Krämpfe und in kurzer Zeit Tod bewirkt. Der feinblätterige Wassersteinbrech und der gewöhnliche Steinbrech sind außerdem gefährliche Unkräuter. Die Zwiebel- knollen des Affodil (Asphodelus) sind schon oft mit Lauch ver- wechselt und statt dessen mitgekocht worden. Das hat recht üble

Wirkungen; Erwachsene verspüren lange anhaltenden Brechreiz. Kinder erholen sich oft Tage lang nicht davon.　　　　　R.

Ueber die Bestimmung der Pyramiden sind schon mancherlei Hypothesen aufgestellt worden. Am längsten glaubte man sie für die Abhaltung egyptischer Mysterien bestimmt und vermuthete eine unterirdische Verbindung derselben unter einander. Nach Persigni sollten sie den Wüstensand abhalten, gegen das Nilthal vorzudringen; Tycho de Brahe glaubte sie zur Bestimmung der Hauptpunkte der Sonnenbahn erbaut; der Prinz von Monaco sah darin eine weise Vorsorge gegen den Pauperismus, also einfache Nothstandsbauten. Agnew will in den Pyramiden eine Darstellung der Quadratur des Zirkels erblicken. Am weitesten ging jedoch S. Witte, welcher sie ein Naturspiel und nicht Menschenwerk nennt. Nach ihm wäre die regelmäßige Gestalt kein Hinderniß dieser Annahme, da ja die Basalte der Fingalshöhle auch regelmäßig seien. In diese Hypothese bezieht er sogar die egyptische Sphinx ein. Die Ableitung des Namens „Pyramide" erfuhr natürlich ebenfalls die verschiedensten und von einander abweichendsten Auslegungen. Nach den Griechen stammt der Name von Pyr (Feuer) her, da die Pyramiden eben dem Sonnengotte geweiht waren. Später leitete man das Wort von „Pyros" (Getreide) her, da die Pyramiden von Vielen für die Getreidemagazine Joseph's gehalten wurden. In der Koptensprache heißt aber Pirama Höfe. Dies dürfte auch wohl der richtigste Ursprung sein, da die Pyramiden ja in Wirklichkeit „Friedhöfe" der Könige sind.　　　　　C.

Vom Scharfblick des großen französischen Feldherrn Turenne im Felde erzählt Rochambeau ein sehr interessantes Beispiel, welches sich in der Schlacht bei Nördlingen im dreißigjährigen Kriege zutrug. Condé, der Oberanführer des französischen Heeres, hatte wider den Rath Turenne's das kaiserliche Heer angegriffen und mußte sich nach schweren Verlüften zurückziehen. Turenne hatte bis zu diesem Momente mit seinem Adlerblick die Vorgänge verfolgt; plötzlich kommandirte er zum Angriff gegen den Feind, obgleich er von Condé den Befehl erhalten hatte, den Rückzug nach Nördlingen zu decken. Als ihn die umstehenden Offiziere an diesen Befehl erinnerten, rief der Held heftig: „Vorwärts, meine Herren, vorwärts, nur keine Zeit verloren, zum Angriff! Der feindliche Anführer muß gefallen sein, denn seine Armee thut nicht, was sie thun sollte!" Die Franzosen griffen an, und die kaiserliche Armee wurde gänzlich geschlagen. Turenne aber hatte mit seinem Feldherrnblick recht gesehen, der feindliche General Mercy war in der That gefallen! J.

Riesen-Eruption eines Vulkans. — Zu den gewaltigsten Verheerungen, welche jemals durch eine vulkanische Eruption hervorgerufen worden sind, gehörigen diejenigen, welche der Ausbruch des Skaptar Jökul auf Island im Jahre 1783 anrichtete. Bei derselben ergossen sich drei ungeheure Lavaströme aus dem Krater. Der erste führte so viel geschmolzenes Gestein mit sich, daß er ein nahezu 600 Fuß tiefes Thal ausfüllte und sich weiterhin zu einem großen See ausbreitete. Der zweite Strom schlug im Ganzen dieselbe Richtung ein, indem er sich über den ersten ergoß. Der dritte, welcher eine andere Richtung nahm, bildete wiederum einen Feuersee von 5 Meilen Durchmesser und 100 Fuß Tiefe. Bei einer Länge von ungefähr 12 Meilen floß der erste Strom in einer Breite dahin, welche an einzelnen Stellen 3 bis 4 Meilen erreichte; die Dimensionen des dritten waren nicht viel geringer — auch er war gegen 10 Meilen lang und seine größte Breite betrug 2 Meilen. Im Ganzen muß die dem Erdinneren damals entquollene Masse feurig-flüssigen Gesteins auf mindestens 150,000 Millionen Kubikfuß geschätzt werden. Die verschiedenen Ausbrüche folgten nicht mit kurzen Zwischenräumen auf einander, sondern vertheilten sich auf eine Zeit von mehr

als 2¹/₂ Monaten, bis sie in einem außerordentlich heftigen Erd-
beben ihren Abschluß fanden. Die Verwüstungen, welche die
glühenden Lavaströme unter allem Lebenden angerichtet hatten,
waren entsetzlich. Gegen 1300 Menschenleben wurden vernichtet.
Auch die Verluste an Vieh waren kolossal; nicht weniger als
20,000 Pferde, 7000 Rinder und 130,000 Schafe gingen zu
Grunde. Ebenso wurden die Fischereien an der Südküste der
Insel zerstört. Noch zwei Generationen später empfand die Bevölkerung der Insel die Folgen jenes schrecklichen Ereignisses als
höchst verhängnißvoll für ihre Entwickelung.   K. G.

Enttäuscht. — Als die Kronprinzessin von Preußen, Vik-
toria, ihre zweite Niederkunft erwartete, war Alles in Berlin
in der größten Spannung, ob diesmal ein Prinz erscheinen
werde. Da wurde eines Tages plötzlich das Dröhnen von
Kanonenschüssen von ferne hörbar. Also das längst erwartete Ereigniß schien eingetreten zu sein, die Artillerie gab die
üblichen Freudenschüsse ab, deren Anzahl bei einem Prinzen 101,
bei einer Prinzessin nur 21 beträgt. Zwei Jungen, die eben zur
Schule wollten, horchten ebenfalls mit offenem Munde. „Eins,"
zählten sie, „Zwei! Drei! Vier!" Die Aufregung stieg merk-
lich. Bum! „Fünf!" Und so fort bis Neun. Plötzlich aber
verstummte das Schießen. Es wurden nämlich nur Geschütze
draußen auf dem Artillerie-Schießplatze angeschossen und der Wind
stand gerade von Tegel her. Als gar nichts mehr kam, sahen
die beiden Jungen sich ganz betroffen an. „Du lieber Gott!
Nicht 'mal 'ne Prinzessin!" sprach der Eine von ihnen kopfschüttelnd und sehr enttäuscht gingen sie weiter.   v. P.